肖璞韬 著

国风扬异域 之

飲馬天竺

评话本

梅邨题

王玄策演义

中国社会科学出版社

图书在版编目（CIP）数据

饮马天竺：王玄策演义 / 肖璞韬著. — 北京：中国社会科学出版社，2016.7
ISBN 978-7-5161-8370-0

Ⅰ.①饮… Ⅱ.①肖… Ⅲ.①北方评书－中国－当代 Ⅳ.①I239.8

中国版本图书馆CIP数据核字（2016）第133300号

出 版 人	赵剑英
责任编辑	侯苗苗　郭晓娟
特约编辑	冯亚东
责任校对	付　婷
责任印制	李寡寡
出　　版	中国社会科学出版社
社　　址	北京鼓楼西大街甲158号
邮　　编	100720
网　　址	http://www.csspw.cn
发 行 部	010-84083685
门 市 部	010-84029450
经　　销	新华书店及其他书店
印刷装订	北京君升印刷有限公司
版　　次	2016年7月第1版
印　　次	2016年7月第1次印刷
开　　本	710×1000　1/16
印　　张	19
字　　数	265千字
定　　价	45.00元

凡购买中国社会科学出版社图书，如有质量问题请与本社营销中心联系调换
电话：010-84083683
版权所有　侵权必究

目　录

序		001
第一回	出西域使团踏旅途　过雪山玄策话天竺	001
第二回	唐三藏求学天竺　王玄策一访印度	007
第三回	尊圣命三藏著奇书　得御旨玄策再出使	012
第四回	经变故蒋师仁投军　遭意外王玄策遇险	017
第五回	王玄策护宝拼命　蒋师仁初战告捷	022
第六回	明宴席突变暗虎穴　戒日王暴毙引众乱	028
第七回	坏拉朱存心害使团　蒋师仁大闹宴席厅	034
第八回	蒋师仁奋力突围　唐使团血洒印度	040
第九回	王玄策巧计脱困　坏拉朱颠倒黑白	047
第十回	王玄策求援雪域　泥婆罗慷慨施援	052
第十一回	纳伦德拉愿复荣光　松赞干布临场吝啬	058
第十二回	唐太宗力降吐蕃　蒋师仁挑选精兵	064
第十三回	松赞干布软硬兼施　纳伦德拉俯首听命	070
第十四回	联军打造利器　师仁大练军兵	075
第十五回	利兵刃惊煞众人　蒋师仁艺服猛将	081

001

第十六回	王玄策先礼后兵　鬼拉朱搬弄是非	087
第十七回	丞相持正入监牢　阿罗那顺派兵将	092
第十八回	拉朱作茧自缚　玄策兵发恒河	097
第十九回	扎西请令巧突袭　拉吉中招陷苦战	103
第二十回	王玄策痛骂拉朱　蒋师仁阵前显威	109
第二十一回	巴哈杜尔力挫顽敌　斯郎降措出战遇险	115
第二十二回	斯郎降措反败为胜　拉朱困窘孤注一掷	120
第二十三回	蒋师仁活捉拉朱　王玄策缺粮遇难	126
第二十四回	为人心玄策打赌　遇火情拉朱脱逃	132
第二十五回	苦劝下班西犹豫　危难时贵人相助	138
第二十六回	合众力诸将领筹粮食　援军至禄东赞出难题	144
第二十七回	王玄策兵发曲女城　印度王动摇愿和谈	150
第二十八回	拉朱再搅和谈计　玄策痛骂印度王	156
第二十九回	辛格大战两军阵　萨钦偷袭蒋师仁	162
第三十回	蒋师仁生擒萨钦　王玄策大战铁骑	168
第三十一回	王玄策大破铁骑兵　印度王再派重盾阵	174
第三十二回	绞盘弩重创盾阵　众将领计划攻城	180
第三十三回	王玄策严令纪律　鬼拉朱三搅求和	186
第三十四回	疑兵计惊印度王　敌将夜袭陷空营	193
第三十五回	印度王临时抱佛脚　蒋师仁攻打曲女城	199
第三十六回	师仁虚招巧消耗　联军声东又击西	205
第三十七回	印度王城破出逃　猛辛格力尽被擒	212
第三十八回	蒋师仁错失良机　王玄策会见俘虏	218
第三十九回	服人心曲女城平定　劝敌手王玄策用诚	224
第四十回	定大势婆罗门告辞　急求功吐蕃将冒进	230

第四十一回	遇象兵吐蕃遭重创　泥婆罗残兵败归营	236
第四十二回	全力护主巴拉特求情　志得意满印度王备战	242
第四十三回	巴拉特苦劝大王　王玄策大破象阵	248
第四十四回	恶贯满盈印度王遭擒　忠心护主巴拉特苦劝	254
第四十五回	天竺各王定计谈判　玄策布局从容赴约	260
第四十六回	天竺王打草惊蛇　猛辛格据门发威	266
第四十七回	婆罗门化解危难　王玄策会谈成功	272
第四十八回	蒋师仁击破残军　王玄策长安献俘	278
第四十九回	解君忧王玄策出招　服仙丹李世民驾崩	284
参考书目		290
跋		291

序

单田芳

这些日子，净听习主席在讲"一带一路"，这"一带一路"到底怎么回事？说实话，陆上这丝绸之路我还是比较熟悉的，张骞通西域嘛，这在我脑子里大概有张地图。但海上丝绸之路是怎么回事？什么时候开始繁盛的？我脑子里却没什么答案。

恰巧这些日子在和朋友聊这些的时候，老徒弟肖璞韬也在座，我知道他在历史方面有两下子，正好也问到这了，我就问了一句："璞韬啊，这海上丝绸之路你怎么看？"

璞韬神秘地一笑，却反问我："师父，王玄策这个人您听没听说过？"

这个我还真没听说过，没想到璞韬继续反问："师父，那唐三藏您听说过没？"

这还真问得我一愣，要说唐三藏，我还能不熟悉吗？《西游记》里，他是西去取经的东土高僧，带着孙悟空、猪八戒、沙和尚这仨徒弟，骑着白龙马。而在现实之中呢，他远没有这么风光，据说西行之时历尽艰辛，跟偷渡客差不多，所遭劫难一点也不比《西游记》中的九九八十一难少。可我还真挺奇怪，你要说唐三藏西行，走的是陆上丝绸之路，这我信。但这跟海上丝绸之路有什么关系呢？

我这老徒弟一乐："师父，那可太有关系了！因为就是唐三藏法师回国之后，带来了印度的信息，再加上之后发生的一系列事件，才促使海上丝绸之路走向繁荣的！不过要说这到底怎么回事，您且听我慢慢道来！"

说实话，我这老徒弟这几年对评书挺用心。虽说还年轻，尚缺点经验，但他脑子好，而且对历史很熟悉，经常能把两者结合，做一些别人都玩不转的"俏活儿"出来，所以我就耐心地听他讲。

结果这一讲，我恍然大悟，闹了半天，就因为唐三藏的《大唐西域记》，让当时的唐太宗李世民和印度的明君戒日王尸罗逸多互相仰慕，所以就互派使节访问。结果其中一次访问的时候，戒日王暴毙，篡位的阿罗那顺劫夺了唐朝王玄策的使团，结果王玄策逃走奔了吐蕃，求得松赞干布的帮助，最终活捉敌酋阿罗那顺。据说阿罗那顺的石像，后来还戳在了唐太宗的昭陵。

可王玄策这一手，却在无意间改变了地缘平衡。之前是唐朝、吐蕃，还有印度的戒日帝国，三强并立，有点互相牵制的感觉。结果戒日王一死，戒日帝国本身就要崩盘，王玄策又来了个助推，最终帮着松赞干布破了局。吐蕃之前正好夹在两强中间，王玄策破局之后，印度已不足为虑，所以后来吐蕃强盛，就开始把主力集中在北边，跟唐朝争夺陆上丝绸之路的控制权。唐朝初期还行，但随着后期力量衰退，不得已，就把主要的商业力量集中在海上丝绸之路。海上丝绸之路虽然早已有之，但繁荣程度比陆上丝绸之路要差一些，所以在唐朝中后期，开始特别重视这条贸易线路之后，海上丝绸之路才出现了一个大繁荣（当然，这也是因为安史之乱并没破坏到东南沿海）。

璞韬这么一讲，我算把这些个我熟悉和不熟悉的人物，都串到了一起。不过我也挺奇怪，所以说了一句："璞韬啊，这些你还挺清楚，不错！"

结果璞韬嘿嘿一乐："师父，不瞒您说，我最近还就在写王玄策的这部书，到时候还得请您帮我择择毛。"

过几天之后，璞韬还真给我拿了几集录好的评书，而且又跟我透露了他的大计划。闹了半天，他又开始搞一个大系列，叫作"国风扬异域"，想要把古代中国人对外交流的这些人和故事写成评书，而他们的舞台，就少不了这"一带一路"，这个王玄策只是第一部而已。这本书内容十分精彩，我可以向大家热情推荐，相信他后面的作品也不会让大家失望。

一般说中国历史，我很喜欢下面一首《西江月》：

道德三皇五帝，功名夏后商周，英雄五霸闹春秋，顷刻兴亡过手。
青史几行名姓，北邙无数荒丘，前人播种后人收，说甚龙争虎斗！

璞韬在这个"国风扬异域"系列，也作有一首开篇诗，我同样非常喜欢：

壮志名中华，旌旗卫汉勋。
国风扬异域，锐骑卷胡尘！

2016年春节于北京

第一回 出西域使团踏旅途 过雪山玄策话天竺

壮志名中华，旌旗卫汉勋。

国风扬异域，锐骑卷胡尘！

昭陵，位于现在的西安，是唐太宗李世民的陵墓。这个陵墓在考古学上非常之著名，除了它是安葬这李世民还有众多贞观能臣的之外，还有非常多的历史遗迹，其中，以昭陵六骏和十四国君长像最为著名，这些都代表了唐太宗李世民征伐四方的千秋功业。

其中，这十四国君长像，和昭陵六骏一起，位于昭陵的北司马门内。按照《新唐书》记载：这十四国的君长，大多是臣服于唐王朝那些周边部落的首领，比如突厥的颉利可汗、阿史那社尔，吐蕃的松赞干布，还有新罗的乐浪郡王金贞德等等，这都是历史上数得着的人物！

这其中有一位值得注意，此人是帝那伏帝国的国王阿罗那顺，但如果查一查，帝那伏帝国应该属于现在印度的比哈尔邦。看过《西游记》的人大多知道，在唐朝时期，咱们称印度为"天竺"，而就在唐朝时

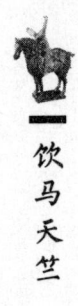

期，天竺也不和唐朝直接接壤啊，那这个国王为什么会被立在昭陵的十四国君长像之中，表示对唐朝的臣服呢？咱们书中代言，这牵涉到了唐太宗时期的一次著名的外交行动，而这一切的事，还要从大唐贞观年间说起。

大唐贞观二十二年，也就是公元648年农历四月前后，现在的克什米尔地区出现了一支队伍，队伍的核心是三辆大车，车上有车老板儿。在大车的旁边，还有三十二个人，一水儿的骑兵，头前一个小伙子还拿着旗帜，上面写着汉字，一看就知道，这是唐朝的使团！而且来的人，那都是精锐！

为什么说是精锐呢？在这支使团队伍中，三十个人的装备很统一，都是压骑白马，岁数在二十岁往上，三十岁往下；右手马槊，左手圆盾；左腰挎着一把唐刀，右腰配着弓箭，头戴圆顶银盔，身披山字纹细鳞甲、白色披风，左右胸各有一片护心镜，打磨得锃明刷亮！咱们书中代言，这就是唐代最负盛名的铠甲之一：山字纹铠！

而在队伍中，有两个人的装扮，稍微有点不同，头上也是银顶圆盔，身披银色鳞甲，左右肩有吞肩兽，左右胸各有护心镜，远远看去，他们俩浑身上下都闪着银光，明晃晃夺人二目！咱们书中代言，这种铠甲几乎就是唐代的标志，叫明光铠！再往他们俩身上看，座下都是一匹大青马，着绿色披风，从这个颜色就可以看出，两个人都是七品的官员。其中一人跳下马来，平顶身高大概六尺挂零，面似冠玉，眉分八彩，目若朗星，三绺墨髯随风飘摆，长得挺帅，看岁数，大概在三十五左右，腰间一把唐直刀。此人就是本书最主要的人物、此次出使行动的正使——王玄策，现在的官衔是正七品上的右卫率府长史。

而另一个人，身高七尺，面如镔铁，豹头环眼，压耳毫毛拧着劲儿地往上长，腰里藏着一把铁鞭，掌中一把加了号的长槊，上秤约约，得六十斤上下，一看就是员猛将！看这岁数呢，大概三十不到。此人就是这次出使行动的副使，也是武官——蒋师仁，官衔是正七品上的致果校尉。

有人问了，这支队伍出现在克什米尔地区，他们要去哪儿呢？告诉您，这支使团从长安出发，经西域到中亚的各部族进行外交访问。现在呢，这些任务已经完成，王玄策他们还得兜一个大圈，经克什米尔地区，奔他们的最后一站——中天竺，也就是今天的印度。可咱们说了，克什米尔地区，属于帕米尔高原，海拔高、氧气稀薄，而且温度低，别看现在已经是农历四月，但实际气温也就是零上几度而已，而且动不动就大雨倾盆。别说在一千多年前的唐代，就算在现在，即便不考虑国界和政治问题，只谈行军，用陆军跨越帕米尔高原也不是件简单的事。

咱们且说王玄策这一行人，他们已经在帕米尔高原上行进了七天七夜，大山翻了一座又一座，就算使团的人员都是百里挑一的精锐，现在也都被恶劣的气候折磨到了极限。又是一场大雨过后，大家呼吸都觉得困难，说实话，跟西域和中亚地区溜达一大圈，大家伙儿还从没遇上过这么折磨人的地方！咱们说副使蒋师仁，他是武官出身，行军打仗很有

王玄策戎装骑马想象图。赵幼华绘

经验，他把大号的浑铁槊担在了铁过梁上，喘着气跟王玄策说："王大人，咱们大家伙儿都太累了，这一场大雨，兄弟们都冷，咱们趁着雨停了，歇会儿，把衣服烤干再走吧！"

咱们再说王玄策呢，他一看，还真是，大家伙儿虽然谁也没发表怨言，但疲惫之色都很明显。这也难怪，这里的鬼天气太折磨人！于是王玄策一挥手："好吧！大家伙儿休息一个时辰，然后继续上路！"

"是！"

"明白！"

于是大家伙儿儿赶紧找了一块相对平整的地方，找来一些木柴，摘盔卸甲，车夫把押着的大车也给摘了，马就近拴上，开始烤火休息，有的人把干粮拿来，互相分着吃。大家伙儿休息着，就开始聊天，聊来聊去，满肚子怨气："哎我说哥哥，咱们在这鬼地方走了七天了，什么时候是个头啊？"

"是啊是啊，这鬼地方没法待！我都有点病了！哎我说王大人，您之前去过天竺，您说说，咱们什么时候才能走出这鬼地方啊！"

王玄策一看，大家都是怨声载道，那就想办法给大家提提神吧！

"嗯，我先问大家一句啊！你们知道咱们现在这个鬼地方是哪儿吗？"

"哎？不知道……"

"我也不知道。蒋大人，您知道吗？"

蒋师仁一听，捋了捋胡子："王大人，依我看，咱们现在应该是在翻越葱岭。我之前在西域的军中听说过，但没想到这里这么难走！"

"嘿！可不是！满处都是雪山，天气也无常！咱们走了七天，碰上了八场大雨，我们天天都冻得够呛，真他娘的晦气！"

"对对对！"

王玄策一乐："嗯，蒋大人说的没错，咱们现在就是在葱岭之中。但你们只知其一不知其二，这个葱岭，据说就是上古时期的不周山！"

蒋师仁听了一蒙："啊？我说王大人，难道这真是传说中，水神共工撞过的那个不周山？"

"没错！就是那座不周山！"

这回大伙儿一听，兴致当时就来了："怪不得雨那么多呢！这是水神共工的地盘！"

"对对对！看来这就是神仙给咱的考验，看看咱有没有那能耐！这叫什么什么，'苦其心志，劳其筋骨'，等咱们过去了，自然能成大事！"

"哎，我看也差不多，我说王大人，咱们还得多久才能越过不周山呢？"

王玄策乐了："哈哈！大家伙儿不必太急，休息休息，你们看！"

王玄策的手往南一指："你们看见没？再有小半天时间，翻过那座雪山，咱们就越过葱岭了！到了那边，离天竺就不远了，但是天气会突然变热，你可小心着点！"

有个士兵听了一咧嘴："啊？我说王大人，咱们刚出冰窖，就得进火炉啊？"

蒋师仁一听这话，又气又笑，站起来就给那个耍贫嘴的士兵一脚！

"咣！"

这个士兵没注意，当时就被踢了一个大马趴，蒋师仁一瞪眼："他娘的！哪儿那么多废话！咱们这次出使，代表大唐，就是再苦再难，你也得忍着！"

王玄策赶紧摆摆手："哎！蒋大人，别发那么大火，咱们这次出使，千难万险，大家有点怨言也不奇怪。我跟你们说啊，有谁想发怨言，就趁现在。等到了天竺，咱们就得代表大唐，你们谁也不许有废话！听明白没有！"

"是！"

"明白！我说王大人，天竺到底什么样啊？"

王玄策晃晃头："天竺啊！是佛住的地方，风俗习惯跟咱们大唐完全不一样。比如说吃饭，咱们大唐的人多用箸，也就是筷子；天竺人就不一样，崇尚用手抓着饭吃。"

"啊？那不太脏了吗？"

"哎，你也别说，人家用手抓着吃多少年，也没见有什么病的，所以这就是种习俗。再有呢，天竺的古迹也是很多的，给我印象比较深的，什么摩诃菩提寺、耆阇（督）崛山等等，跟咱们大唐相比，完全是另一种风情。这些东西呢，我现在说，可能你们也想象不到，等到了天竺，咱们一起眼见为实。"

说到这有人问了，别人对天竺都不了解，王玄策怎么知道的那么多呢？这呢，我大致把原委给您讲讲。

贞观年间，大唐的国力已经从隋朝末年的战乱凋敝转入强盛，唐太宗李世民就开始开疆拓土，平南扫北、征东击西，那是威风八面啊！不过咱们这呢，仅说西线的情况。

贞观十五年前后，西线战场发生了两件大事！其一，唐太宗任命的交河道行军大总管侯君集攻下高昌，平定西域，建立了安西都护府；其二，天竺国的婆罗门使者，经西域到了唐朝的首都长安，面见唐太宗。

第二回　唐三藏求学天竺　王玄策一访印度

　　王玄策率领使团翻越葱岭，传说中的葱岭就是不周山，气候特别恶劣。大家走得太累了，干脆就坐下歇歇，王玄策看大家没精神，干脆给大家讲起了天竺的事情："天竺，据玄奘大师说，也叫印度，什么习俗、景致等等，跟咱们大唐完全不一样，比如什么摩诃菩提寺、耆阇崛山等等，等到了那儿，我带你们亲眼看看怎么样？"

　　说到这有人问了，别人都不知道天竺怎么回事，王玄策怎么那么清楚呢？这里呢，还得把其中的原委给您讲讲。

　　贞观年间，大唐的国力已经从隋朝末年的战乱凋敝转入强盛，唐太宗李世民就开始开疆拓土，平南扫北、征东击西，那是威风八面啊！不过咱们这呢，仅说西线的情况。

　　贞观十五年前后，西线战场发生了两件大事！其一，唐太宗任命的交河道行军大总管侯君集攻下高昌，平定西域，建立了安西都护府；其二，天竺国的婆罗门使者，经西域到了唐朝的首都长安，面见唐太宗。

而唐太宗呢，一听天竺国的使者，还真有点蒙！要说呢，唐太宗也算个见识极广的人物，对于周边少数民族部落和国家的情况知之甚详，可对于天竺国，也就是从一些外来僧人的口中听说过，只知道天竺是个大国。但天竺在哪儿？国家大到什么程度？有多强盛？全都不太清楚。而且唐太宗一想：天竺使者从西域来，是不是他们的国家离着西域不远呢？我们刚刚平定了西域，他们会不会给捣乱呢？

于是，唐太宗李世民为了摸底，特别发国书慰问，而且派了大臣，跟婆罗门使者询问天竺的情况。婆罗门使者自然不会给自己的国家抹黑，所以大说特说天竺的强盛。

等大臣把情况反馈给李世民，李世民发现了几个比较有意思的情况：第一，天竺国跟我们不直接相邻，但是呢，跟吐蕃相邻，现在也有一个圣君在位，就是戒日王尸罗逸多。第二，天竺国是怎么知道我们大唐的呢？那是因为唐朝的僧人玄奘法师，经西域到了印度学习佛法，几年之后，玄奘法师佛法大成，名震天竺，戒日王特别接见了玄奘法师。戒日王就得问呐："您从哪儿来？"

"贫僧从东土大唐而来。"

"哦？大唐是个什么样的国家呢？"

玄奘法师自然不敢怠慢，赶紧把大唐的情况给戒日王讲了不少。戒日王尸罗逸多一听，当时就来了兴趣！哦！大唐在吐蕃以东，现在的皇帝李世民，也是个英雄！

咱们俗话说，英雄之间，惺惺相惜。所以戒日王马上派遣了尊贵的婆罗门使者，经西域出访大唐。这就是婆罗门使者来的原因。

唐太宗了解了天竺使者来访的原委之后，摆出了一副大国的气势。毕竟现在西域刚定，多一个朋友好过多一个敌人，所以马上再派人抚慰，然后派出云骑尉梁怀璥往通天竺。这样中印两国在唐代时期，算是正式建立了友好的交往。

说实话，大唐在当时，的确是世界上最强盛的王朝，来的婆罗门使者大开眼界，所以回去之后，跟戒日王尸罗逸多也大说特说唐王朝的强盛。戒日王听了高兴，赶紧再遣使者，出使大唐，打算跟唐朝做个长期的交流。唐太宗李世民一看，你跟我表示友好，那我也得表示表示，来而不往非礼也！所以，唐太宗李世民派遣了朝散大夫卫尉寺丞李义表为正使，前融州黄水县县令王玄策为副使，出访天竺。当然了，这次出访天竺是主要任务之一，而他们的另一个任务，就是安抚西域和中亚各部族的人心。此时唐朝刚把此地的西突厥势力击溃，安抚民心势在必行。所以呢，这就是王玄策第一次出使天竺。

古画中的唐玄奘

这件事发生在贞观十七年。李义表和王玄策从西域经中亚诸国到了天竺之后，受到了戒日王尸罗逸多的热情接待，他们在西域、中亚以及天竺游历考察了两年多。等把各国的情况仔仔细细地考察了一遍，返回长安，已经是贞观二十年了。

而就在王玄策他们游历天竺的时候，贞观十九年正月，佛教大师玄奘从天竺经西域回国，唐太宗李世民下令，派出梁国公房玄龄等文武百官前来迎接。

咱们这说一句，玄奘法师，也就是《西游记》里面的主人公唐三藏，在历史上远没有《西游记》里面风光，出发的时候皇上接见，还认了干兄弟。其实都没有！玄奘法师走的时候，就跟个偷渡客差不多。但回来可不一样了，宰相相迎、皇上接见等等等等，那是最尊贵的礼节。有人问了，这是为什么呢？走的时候和回来的时候，差距怎么那么大呢？咱就这么说，唐太宗有他自己的打算。

您想想啊，现在西域平定，下面呢，就该治理了。可是呢，西域地

第二回 唐三藏求学天竺 王玄策一访印度

区、民族众多，怎么去治理呢？用僵死的条条框框肯定不行。比如你说民主好，这没错，但有些地方并没有民主的风气，你要生搬硬套，肯定就得变味，然后就得乱！当时虽然没有民主一说，但情况差不多，你信奉儒家，西域不一定行！那怎么办呢？唐太宗李世民就琢磨着：我干脆了解一下西域的状况，看看每个民族都什么习惯，我因地制宜，才能得到长治久安。

可是呢，唐太宗的想法挺好，但实行起来有难度！咱们说，东汉之后，天下大乱！中原王朝和西域的联系时断时续，政权统一的时候，联系还多点，一旦出现战乱，中原王朝自己都自顾不暇，哪有精力跟西域联系呢？所以每到这时候，西域就会脱离控制。您想想，从东汉末年开始，三国两晋南北朝，四百来年的时间，战乱的时间占绝大多数，就算有比较熟悉西域的人，经过战乱和那么长时间，早都去世了。这怎么办呢？唐太宗为此是头疼不已！

哎，就在这个时候，救星来了！谁呢？玄奘法师！他经西域，往返大唐和天竺，一待就是十几年，他肯定比别人了解得多，而且对西域远处的大国天竺也很熟悉，这太好了！

所以唐太宗就让宰相房玄龄带着文武百官，亲自在长安的十里外迎接，自己呢，则命人在宫中盛排筵宴，接见玄奘法师。

玄奘法师感慨万千啊！你说走的时候什么样？回来的时候什么样？差距怎么那么大呢？不用说，这回皇上肯定用得着我，不然才不会这么隆重地迎接呢！

不过呢，玄奘法师也留了个心眼，皇上既然用得上我，那我提点要求，十之八九，皇上肯定也得答应！所以玄奘法师呢，就在筵席之上跟唐太宗李世民提出："贫僧立志弘扬佛法，请皇上恩准，让贫僧留在长安，翻译佛经，普度芸芸众生！"

唐太宗李世民呢，对于弘扬佛法的事，他倒没什么反对意见。唐朝的风气非常开放，在李世民眼中，你只要不反我们李氏皇族和大唐的天下，要干什么我不用多干涉，翻译佛经、弘扬佛法什么的，都没关系，你就干去吧。但是，你得先把我关心的事办到！所以李世民当场，那是满口答应。

等到宴席过后，李世民呢，又升坐偏殿，召见了玄奘法师。刚才酒宴之上，大家都说的是官话，这回该谈实质的了。李世民就跟玄奘法师讲了："我听闻大师经西域到天竺，游历甚久，朕对于西域和天竺之事特别感兴趣。大师可否把沿途的所见所闻，都详细地告诉朕？"

咱们说玄奘法师，那也是人中的尖子，心里跟明镜一样，当时就明白了，我走的时候，西域还不属于大唐，等我回来，西域就已经归了大唐！不用说，皇上这是要通过我了解西域和天竺的情况，这是要摸底啊！

咱还别说，玄奘法师除了是个佛学大家以外，也算个大旅行家，所过之处，他都要了解了解。所以在西域和天竺打了个来回，历时十几年，对那儿的风俗习惯也是比较了解。所以这玄奘法师也就答应："陛下，西域和天竺的境况，贫僧了解一二，只不过内容比较多，贫僧一时讲解不清。不过既然陛下希望知道，那贫僧愿把在西域和天竺的所闻所见写出来，供陛下御览！"

您看见没，这就叫明白人，多的话不用说，双方是心领神会。于是乎，双方就各自开始忙活。唐太宗话付前言，让玄奘法师入住弘福寺，翻译佛经。而玄奘法师呢，让弟子笔录，他口述，著成一部《大唐西域记》。李世民一看，那是如获至宝！

第三回 尊圣命三藏著奇书
　　　　得御旨玄策再出使

李世民和玄奘法师做了交易。李世民呢，下令，让玄奘法师入住弘福寺，把带回来的佛经、舍利、佛像等等，全安放在那儿，加以供奉。然后敕令弘福寺开办译场，组织帮手，帮助玄奘法师译经。后来，唐太宗李世民还特意撰写了《大唐三藏圣教序》，把玄奘法师奉为了佛教的一代宗师，这给了多大的面子啊！而玄奘法师呢，也投桃报李，一边翻译佛经，一边口述，让弟子辩机和尚记录，把自己在西域、中亚、天竺各国的所见所闻全都记录下来，历时一年，到了贞观二十年，此书完成。这部书现在非常有名，叫作《大唐西域记》。

但咱们还得说一句，《大唐西域记》现在非常有名，上网就可以搜到，但在当时，可不是谁想看都能看的，这属于皇帝以及极少数重臣才能看的内部刊物，具有重大的参考价值。即便是到了今天，这部《大唐西域记》仍然有不少的借鉴价值，至少从此，"印度"一词，就成了指代南亚那个大国的称呼。所以此部书一出，唐太宗李世民是如获至宝啊！

而就在《大唐西域记》刚刚完成的时候，巧了！李义表和王玄策的使团也完成任务，返回长安。唐太宗大喜过望，马上召见了李义表和王玄策，让他们详细汇报了出使西域、中亚以及印度等国的状况。李义表和王玄策，那都是带着考察任务出使的，所以心中很有数，给唐太宗写了一份详细的报告。唐太宗再把他们的报告，跟《大唐西域记》之中的内容两相一对照，哎，唐太宗心里就有谱了，这就是西域、中亚以及印度诸国的第一手资料。有了这第一手资料，我们大唐就能很好地治理西域，还能拓展和周边国家的关系。您还别说，拿到这第一手的资料之后，唐朝前期，尤其是唐太宗到唐玄宗前期，对于西域的治理还有跟中亚的联系，都还是比较理想的。

咱们闲言少叙，书归正文。唐太宗得到了西域、中亚，乃至于印度的资料；玄奘法师得到了弘扬佛法的大好条件，这是两全其美的买卖。可事情呢，总有个但是，一年以后，到了贞观二十一年，玄奘法师又向唐太宗李世民提出："陛下，贫僧以为，咱们要想办法培养会梵文的人。"

唐太宗就问了："法师，那怎么培养呢？"

"贫僧以为，咱们得从印度引进一批梵语的大师，以后咱们也就可以借用这些引进的人，培养自己的人才了。"

有人问了，这是为什么呢？咱们说，玄奘法师带回来的佛经，全都是梵文，也就是当时的印度语书写的。玄奘法师呢，的确是大师，精通佛法和梵文，可他带回来的经文，浩如烟海，太多了！玄奘法师手大捂不过天来，一个人根本翻译不完。那怎么办呢？就得找别人帮忙。刚开始，玄奘法师想办法联系西域来的胡僧。但是呢，这帮胡僧有的懂梵文，但对中国文化知之甚少，翻译过来词不达意；有的呢，在中国的时间长，对中国文化挺了解，但对梵文知道的不太多，翻译起来挺费劲。这就没可心的人了！玄奘法师万般无奈，只能再找唐太宗提要求。

唐太宗李世民呢，听了这个想法，挺高兴。为什么呢？其实最近，他也想再派个使团去印度。这倒不是为了翻译佛经。咱们说这个时候，李世民已经到了晚年，为了益寿延年，所以常吃丹药。可丹药这东西，咱们现在知道，有好多的重金属，可能吃下去能精神亢奋一下，但吃多了肯定中毒。而当时的太医呢，为了给皇上将养身体，就让皇上多吃补品，而且补品之中，最难找的有一味，那就是石蜜。

有人问了，这石蜜是什么东西呢？这告诉您，石蜜其实就是粗制的冰糖或者白砂糖，这玩意合中益肺，舒缓肝气，这肝就是解毒的啊！所以这石蜜对于老吃丹药的唐太宗而言，挺有好处。可咱们说，冰糖和白砂糖这东西，现在挺常见，但唐朝时期，咱们就没这技术，造不出来！那皇上还得用！怎么办呢？就只能从出没在西域和中亚的胡商手里买。可无商不奸啊！尤其是当时出没在西域和中亚的那些胡商，这些大多是粟特人，那是有名的商业民族，特别会赚钱！这石蜜在原产地不值什么钱，但让他们三倒手两倒手，等到了李世民手中，价格不菲啊！李世民为这个事，一直挺苦恼。哎，这天他恰巧在看《大唐西域记》，里面写得挺清楚，印度就产石蜜！李世民脑筋一动，哎，我要是派个使团过去，学学石蜜的制作技术，再带回来，这不是挺好吗？我们也不用花那么多钱去买了。

但是呢，这只是想法，没法说啊！为了石蜜的制作技术，就派一个使团，不远万里的去印度，估计大臣们也不会同意。这怎么办呢？哎，正好这时候，玄奘法师提出来，要培养会梵文的人。怎么培养呢？最好的办法，就是去印度雇一些梵文的大师回来，再用对中国文化比较了解的胡僧当拐棍，教给自己的人。所以唐太宗李世民等到第

白砂糖。古称"石蜜"，其制作方法于唐代传入中国，一种说法认为，就是王玄策从印度带回

二天早朝，就跟大臣们说："众位卿家，朕答应过玄奘法师，要弘扬佛法。可近日，玄奘法师提出，缺少懂梵语的人才。朕有意再派一个使团，出使印度，见见戒日王，让他派一些梵语方面的高人来咱们大唐。众卿以为如何啊？"

大臣听了这些，面面相觑，有的就说了："启奏陛下，弘扬佛法，乃是好事。但印度和咱们相隔万里，为了这点小事出使，有点劳民伤财啊！请陛下三思！"

"对对对，此举十分地不合算，请陛下三思！"

唐太宗一听，心里有点不高兴。不过李世民脑袋也快，马上一转个，又说了："众卿家，朕之所以想再派使团出使印度，还有另外一个原因。印度是个大国，我们必须全方位了解他们，尤其是他们的军事状况。现在他们对西域没有非分之想，但难保以后没有！所以我们要派使团，和印度进行很好的沟通，也显露我大唐的国风，知己知彼，以备不时之需，诸卿家以为如何啊？"

这回众大臣一听，还真没法反对，所以赶紧往上回答："皇上圣明！"

"皇上所言极是！"

这就算拍了板。可派谁去呢？唐太宗李世民琢磨了半天，把在长安的所有官员的花名册看了好几遍，最后朱笔一点，谁啊？王玄策！

有人问了，为什么又选王玄策呢？很简单，王玄策是第一次出使印度的副使，在印度有过详细的考察，对于印度的情况挺了解，还被戒日王尸罗逸多接见过，人地两熟。而且在之前，王玄策还当过融州黄水县的县令，这地方在现在的广西，少数民族挺多，所以王玄策在对待少数民族问题方面，也挺有经验。而最主要的一点，因为之前出使的正使李义表，他的官职是朝散大夫、卫尉寺丞，有实际的职位，所以出使回来之后，有一大堆的公事要处理。可皇上那边还急着要报告，这怎么办呢？李义表没辙，就把王玄策拖住了，让他待在长安，给皇上写报告，到现在，报告刚写完，王玄策还没离开长安。当时唐代的交通还不太发达，如果走了再追，挺费劲，这回可方便，人家没走！

再说唐太宗李世民，他最近老看王玄策的报告，对王玄策这个人也有点印象，所以就钦点他出使印度。为了这个，唐太宗特别封王玄策为右卫率府长史，这个职位呢，相当于皇太子卫队的幕僚长，也是正七品上的官职。别看王玄策之前当县令，也是正七品上，品级似乎没动，但现在这个七品，怎么说也是中央的官，能代表中央！

在走之前呢，李世民还给王玄策下了密旨，告诉他：你这次出使，第一，得给朕把石蜜的制法带回来。第二，要好好地再考察一下印度，尤其是军事方面，他们以后会不会威胁咱们大唐？都给我弄清楚了！第三，想办法带回一些梵语方面的高手，帮助玄奘法师翻译佛经。当然朕也知道，这一路之上，千难万险，所以我给你便宜行事之权。有什么大事，不必在万里之外请示我，你就便宜行事吧！

就这样，王玄策带着唐太宗的国书，立刻启程，奔了西域的安西都护府。唐太宗也都在那边交代好了，准备了礼物，什么金银玉石、绫罗绸缎等等等等，整整三大车！另外呢，王玄策开始挑选这次出使的随从。

要说呢，随从方面，你带少了不行，万一遇上点什么事，人少了不够用。可你带多了也不行，带个五百、上千人，你是出使去，还是打仗去啊？所以王玄策考虑再三，是选了又选、拔了又拔，选了三十个精锐，这就算够用了。

这是一般随从，此外，王玄策还得选一个武官，作为自己的副手。王玄策选来选去，就选中了西域军中的骁将——蒋师仁！

第四回　经变故蒋师仁投军
　　　　　遭意外王玄策遇险

　　王玄策出使印度，这第一步就是选定随员，这可是十分讲究的。你带多了不行，要不你是出使去了，还是打仗去了？可是你带少了一样不行，遇上点事，人手也不够。所以王玄策选了又选、拔了又拔，选了三十个精锐，这是普通随员。

　　除此之外，王玄策还要选定一个副手，也是使团的副使，军事负责人。王玄策呢，挑来挑去，选中了西域军中的骁将——蒋师仁，官衔是致果校尉！

　　有人问了，这个蒋师仁什么来历呢？这我给您稍微介绍一下。蒋师仁他们家最开始呢，也是个小小的贵族，虽说不是家财万贯，但吃喝不愁，还比较富裕。蒋师仁呢，读书写字他都会，但没什么兴趣，就喜欢练武，当时家里的条件还行，蒋师仁他爸就花钱，给他请教师。蒋师仁呢，也是块练武的料子，臂力惊人，别的兵器不过瘾，他就喜欢练长槊，六十斤的浑铁槊能舞动如飞，多少人都近不了他的身，马术也学得不错。可没想到几年之后，蒋师仁家里吃了官司，家道中落，没辙了，养不起自己了。那怎么办呢？也得想办法生活。蒋师仁一想：我别的不会，就会练武，那我就投军去吧！

就这样，蒋师仁带了点盘缠，牵了匹马，拿着兵刃投了军。正好这时候，大唐出兵西域，这回可有蒋师仁施展的余地了，他本身就力大无穷，能使六十斤的浑铁槊，那了得嘛！后来在军中，蒋师仁得了名人的传授、高人的指点，又学会了陌刀，近身还学了铁鞭。这回可好，马上步下，蒋师仁都有独到的功夫，这就更没人是他的对手了！而且蒋师仁还有点文化，打起仗来会变通，战斗经验积累得也挺快。就这样，短短几年，蒋师仁屡立战功，从普通一兵升到了正七品上的致果校尉，西域军中没有不知道他的。所以王玄策一看，也就蒋师仁了！

正副使和随从，都决定了。但王玄策一琢磨：我们这是去出使啊，不能给唐朝丢脸！怎么办呢？首先这着装得统一、得精神，这人靠衣服马靠鞍，你要出去穿一身乞丐装，肯定没人理你。所以王玄策又让安西都护府，调了一批好的铠甲，让使团的人穿上，随员一律是山字纹铠，这铠甲在唐十三铠中排名第二，好看，而且实用。王玄策和蒋师仁，穿的都是唐代最著名的明光铠，这下就完全不一样了！

这一切齐备，王玄策就带队，继续向西，出使西域和中亚的各部落，以及印度。

咱们简断截说，中亚这一行，挺顺利，各部落一看，哟！唐朝使者！嘿哟！这铠甲真漂亮！来的这些人也是精明强干，看来大唐了不得啊！怪不得突厥人不是对手呢！所以所过之处，各部落的酋长都亲自召见王玄策一行，王玄策呢，当然也是礼尚往来，递上国书，送上礼品，以示友好。各部落也都挺高兴，等王玄策他们一走，马上派使臣就前往大唐，去联络感情。就这样，王玄策走了一处又一处，把预定的行程完成得差不多，最后，只剩了最重要的目的地——印度。

这一路千辛万苦，王玄策一行总算成功地翻越了葱岭，到达了印度河平原，到这也就算印度境内了。按照日程，王玄策他们还得赶三十里路，到下面的镇店，那里有印度官方开的金亭馆驿，上次来的时候，王玄策他们就是由印度的使者带着，走的这条线。上次的使者也说了："以后你们来，就走这里，镇里有专门招待使者的金亭馆驿。你们到了之后，马上找金亭馆驿的负责人，出示你们的通关文牒和国书。负责人查验之后，马上就会用快马，通知沿途各地的金亭馆驿，最后也就报到了我们戒日王那里。之后，你们休息一两天，沿着官道走就行，到了我们的首都曲女城，就能见到我们戒日王啦！"

因为有了这话，所以王玄策心中有数，看看时间，现在大概是下午两点左右，烈日当空，大家伙儿刚在葱岭受完了冻，这回直接进了火炉，热得通身是汗，铠甲里头的衬衣都已经湿透了，特别难受。可王玄策算算时间，要在天黑前赶到前面的镇店，时间可有点紧。要说他们三十来个骑兵，那没问题，可现在还押着两大车礼物呢！跑不快。咱们书中代言，王玄策他们从长安出发的时候，一共带了三大车礼物，在西域和中亚各部落随走随送，已经耗去了一车。而对于戒日王呢，唐太宗这回是格外优待，贵重的礼物预备了两大车。有人问了，李世民怎么对戒日王这么敬重呢？这也没办法，三件事里，两件都得求戒日王帮忙，俗话说，吃人家的嘴短，拿人家的手软，既然求着人家，自然得尽点"人事"吧！但这点"人事"可把王玄策他们拖得够呛，根本走不快啊！所以大家伙儿都是筋疲力尽。王玄策也知道，大家伙儿快到极限了，所以赶紧给鼓鼓

蒋师仁从军想象图。赵幼华绘

第四回　经变故蒋师仁投军　遭意外王玄策遇险

劲:"大伙听好了啊!还有三十里,到了前面的镇店,咱们就能好好休息一下了,再加把劲啊!"

蒋师仁一听,也说:"伙计们加把劲啊!谁也不许掉队!谁敢掉队,我们今天晚上吃大餐,他就只能啃干粮!"

"是!"

"明白!"

"哗——"

这一开玩笑,大家伙儿轻松了不少,这一行队伍继续向前。正走着呢,蒋师仁一捅王玄策:"王大人,你看!"

王玄策随着蒋师仁的手指一看,前面是尘土蔽天啊!显然是来了一队人马。王玄策看了就纳闷,这是谁呢?难道是印度方面的接待人员?不应该啊!我们得到前一站的金亭馆驿,再下通知,印度方面才能知道我们来。难道说就那么巧,印度方面也要往我们大唐派使臣,我们两家碰上了?也不应该啊!要是使臣,谁会跑得那么急啊?王玄策想到这儿,吩咐一声:"挂旗!"

有人问了,挂什么旗啊?这告诉您,王玄策此来,带了两面旗,一面就是大唐使臣的专用旗帜,表明身份的。另一面就是上次来的时候,戒日王赐给李义表和王玄策的,当时戒日王就说了:"以后你们大唐的使臣来访,也挂上这面旗。我尸罗逸多以我的名誉保证,只要你们进了我印度境内,有这面旗,没人敢找你们麻烦!"

当然咱们说了,戒日王尸罗逸多不懂汉语,这些话是通过翻译说的。这回王玄策为了以防万一,又把这面旗挂上了。蒋师仁一看,也为了谨慎起见,把浑铁槊一举:"戒备!都给我留点神!"

"是!"

"明白!"

于是,三十个骑兵抄好盾牌和马槊,摆开方阵,把大车和车夫都护在当中。就在这时候,远处的队伍逐渐接近,看得比较清晰了,对方也是一支部队，人数大概一百人左右，手中抄着武器，就是身上没穿铠甲。这一队人马来到离王玄策他们大概一百五十步的时候，停住了。对面有两人出马，王玄策离着不太远，看得挺清楚：为首一人，个挺高，大概八尺左右，身高体壮，浑身肌肉，面如锅底，深眼窝子高鼻梁，连鬓络腮的胡子，头上缠着包头巾，光着膀子，腰间挎着一把细刃反曲刀，看着还挺威武；另一个呢，身着便装，也裹着头巾，身穿布衣，骑着马，没带兵器。只见这俩人到了队列前面，大胡子冲着那个便装的人扬了扬脑袋，便装的人就开始跟王玄策这边喊："对面是摩诃震旦的使者吗？"

咱们书中代言，印度古称中国为"摩诃震旦"。咱们且说王玄策，这一听，好，对面喊的还是汉语，这就放心了，还跟蒋师仁说呢："蒋大人，别太担心了，对面汉语翻译得那么好，肯定是官方的人。你看，那个大胡子应该是指挥官，这个便装的是翻译，我跟你说，能把汉语说得那么好的翻译，全印度也没多少。——喂！我们正是大唐的使者！请问你们是谁？"

话音刚落，对方那个喊话的翻译也不喊了，跟大胡子直接拨马回归本队。王玄策还奇怪呢：哎？怎么不说了呢？我既然报名了，你也得报名啊！

正琢磨着呢，就听旁边有人喊："王大人小心！"

王玄策抬头一看，好，印度那边是万箭齐发，密密麻麻的箭对着王玄策他们就射来了！王玄策一看，哎哟我的娘哎！赶紧用手一护脸。

"噗噗噗！"

王玄策当时是身中数箭！

第五回　王玄策护宝拼命　蒋师仁初战告捷

书接前文，王玄策使团进入印度之后，碰上了一队人马。王玄策一看，人家是印度的人，而且带着翻译。王玄策不疑有他，还跟人家喊话呢："喂！我们是大唐的使者，你们是哪儿的人呐？"

没承想喊完之后，人家不理这茬。为首的俩人，一个黑脸大个，这是指挥官，还一个翻译，俩人听完之后，没回话，拨马回归本队。王玄策还纳闷呢：怎么回事？我喊了，你得搭话，你这不说话，算怎么回事呢？

王玄策正琢磨着呢，就听后头有人喊："王大人小心！"

王玄策一听，小心？小心什么啊？哎呀！

这王玄策抬头一看，印度那边万箭齐发，对着王玄策他们这边就射过来了。王玄策一看，哎哟我的娘哎！赶紧用手一护脸。

"噗噗噗！"

王玄策当时是身中数箭。

等王玄策反应过来：哎呀！我中箭了！哎？他这一感觉，哎，别看箭在身上插着，不疼！王玄策心说：嘿！亏得我多了个心眼，穿的明光铠，这铠甲防护能力强，一般弓箭什么的，都不怕，而且战马的正面也有防护的铠甲，问题不大。要不然今天，嘿嘿！非得乱箭穿身不可！再往旁边看看，车夫全都躲到车后面去了，没事。剩下的将士们，左手是盾、右手是槊，上护其身、下护其马，来回拨打飞箭，基本没事，有的身上也插了一根箭，但山字纹铠的防护能力也很好，所以根本没受伤。

这王玄策还琢磨呢：这他妈是谁啊？印度人里还有吃生米的，敢对我们大唐的使臣动武，不要命了你们？慢说是你们，就是你们戒日王，都得对我们礼让三分，这他妈都是些什么人啊？

等王玄策再定睛一看，好嘛，那个大胡子一挥手，他们那边大概有一半的人，纵马出列，把刀枪全亮出来了，看样子是要开打！咱们再说蒋师仁，因为他和王玄策一样，属于军官，所以这次来没有带盾牌，结果这一顿弓箭射过来，蒋师仁也是身中三箭，挺狼狈，但好在明光铠的防御能力出众，没受伤。蒋师仁是气急败坏，从军多年，没吃过这么爆的亏啊："我说王大人，这他妈还是印度官方的人呐？咱们谁都知

唐代明光铠重骑兵想象图。赵幼华绘

道,两国相争,不斩来使,对大唐的使臣动手,他们有几颗脑袋够砍的啊?"

这时候,大胡子一扬脑袋,对面那个翻译又说了:"摩诃震旦的使者,你们把礼物留下,下马归降,就饶你们一条命!否则,片甲不留!"

蒋师仁一听就火了:"妈的嘞的!王大人,你看见没?要抢咱的礼物!戒日王不至于穷成这样啊!这他妈肯定不是印度官方的人,顶多算劫道的,咱打不打?"

王玄策一听,也是紧咬钢牙:"他娘的!真是失策啊!没想到先碰上劫道的了。打!蒋大人,放开手脚,揍死他们!敢劫大唐的使臣,这官司咱打到戒日王那也不怕!"

"行了!您瞧好吧!王大人,您带着一半人看守车辆,顺便掩护我们,剩下的人,整队!"

蒋师仁把大槊一举,三十名精锐分成两队,一队由王玄策率领,摆了一个半月阵,把两辆大车护住。蒋师仁自带一队,分成两排,两个士兵之间的间隔挺大,而且前后排插空列阵。这种阵势有个名字,叫作"车悬阵",是骑兵突击时候的专用阵型,传说是大汉将军霍去病创制。咱们说,骑兵突击的时候,你要是一窝蜂地往上冲,效率不高,而且自己由于阵型混乱,战马之间还容易碰撞,抡兵器的时候,有队友在你旁边,一不留神还得被误伤。所以霍去病创制了这种"车悬阵"。

怎么叫"车悬阵"呢?就是把骑兵分为好几排,而每一排之中,士兵之间的间隔挺大,别管长短家伙,都能耍得开。而且前后排插空列阵,头一排冲过去,直刺横扫都行,随你打,跟割草一样,打完就过去,不多纠缠。然后第二排由于是插空列阵,所以他们正好把头排的空隙补上。敌人就算从空隙中,躲过了第一排割草式的进攻,那正好就顶到了第二排的马前头,肯定也得倒霉,不被戳死,也得被马踩死!如此这般,如果有好几排,那就跟绞肉机一样,就算再厉害的兵将,也得把你在车悬阵之中绞成肉馅!

咱们再说印度人那边，他们不懂什么叫"车悬阵"，就一看，哟呵！唐朝人不投降，那我们就杀吧！于是这五十多人嗷嗷直叫，撒开战马，各舞刀枪，"哗——"就冲过来了！

咱们且说蒋师仁呢，他列在头排，看得挺清楚。蒋师仁经验丰富啊，一看，这帮印度人根本没什么阵型，就是一窝蜂地往上冲，他就乐了，这是帮外行啊！灭他们还不简单？所以他把大号的马槊一举，当成军令："放箭！"

"咻！咻！咻咻！"

摆车悬阵这些个唐军都是精锐，知道应该采取什么战术，所以早就把弓箭备好了，所以这一拨乱箭放出去，印度人就有五六个栽下了马。蒋师仁再一挥槊："放箭！"

"咻！咻！咻咻！"

又是一顿乱箭，印度人又栽下来四五个。您想想，五十多人一窝蜂一样地往上冲，突然有十个跌下了马，成了障碍物，这队伍焉能不乱？所以瞬时间人喊马嘶，大家伙儿都想着躲脚下的死人，阵型就更乱了，冲锋的势头也稍稍减缓。蒋师仁一看，时机已到，把大槊一抡："兄弟们！给我上！"

紧接着，蒋师仁就身先士卒，冲入敌阵，其余的人一看，纷纷把弓扔了，抄起自己的马槊，也一起冲上前去！

咱们说蒋师仁，掌中这杆马槊是特大号的，上秤称一称，六十斤，浑铁凝钢打造，再加上战马的冲击力，那还了得？蒋师仁看着距离差不多了，抡起大槊，"呜"！是当头就拍！当头那个印度兵一看，心里就发虚，赶紧把长枪一横，打算架住蒋师仁的大槊，可他就没想想，兵器这东西，论起来一两贯一斤，六十斤的浑铁槊，那得是多大力量！所以这一拍不要紧：

"咔嚓！噗！"

这回兵器折断不说，这印度兵脑袋都给拍没了！您说那还能活得了吗？所以"扑通"，死尸栽倒。蒋师仁拍完之后没停手，把大槊杆一顺，"呜"！横着一抢，这回可好，印度兵一窝蜂地冲上来，全扎堆，而且这些人身上也没铠甲，有的还光着膀子，蒋师仁的浑铁槊也有个枪尖，那都开了刃了，那划到身上还有好啊？边上三个印度兵当时是皮开肉绽！

"哎哟！哎哟！扑通！扑通！"

全都栽到了马下。紧接着，蒋师仁把浑铁槊一顺，"噗"！枪尖直接顺到了后面那个印度兵的肚子上，当时又是一个透膛！您说这蒋师仁多厉害，从第一招开始，一分钟不到，印度兵二死三重伤。其余的唐军士兵虽然比不上蒋师仁，但也都是训练有素的百战精锐，掌中马槊是粗木杆、精铁头，重也得十来斤，这抢起来也不得了啊！而且这个车悬阵摆得也好，各个士兵都站住位置，各司其职，这一冲过去！

"啪！啪！哎哟！哎呀！噗！哎哟我的妈呀！"

这下好，一个冲锋，五十多个印度兵给扫了一个稀里哗啦。但咱们说，全打死了也不现实，因为唐军毕竟人少，大概干掉了近四十个。剩下那十几个，王玄策他们还有一半人呢，能干看着吗？王玄策拔出唐刀往前一指："放箭！"

"嗖嗖嗖嗖！噗噗！啊！噗！哎哟！"

这回好，一个没糟践，全趴下了。唐军这边，连一个受伤的都没有。蒋师仁再抬头一看，好，这回把剩下那一半印度兵全镇住了，连屁都不敢吱了。尤其是那个大胡子，刚才还耀武扬威呢，现在可好，直在马上哆嗦。蒋师仁一看，乐了，赶紧回头："王大人！赶紧放箭！咱们这回争取把这帮劫道的全歼，显显咱大唐的威名！"

王玄策一听，赶紧点头，把唐刀一举："兄弟们！放箭！射死这帮不长眼的！"

旁边这些唐军士兵早都恨坏了，一个个咬着牙：他娘的，我们的好心情全让你们给破坏了，得让你们包赔损失！所以一个个快速放箭，当时是箭如飞蝗！当然咱们说了，双方距离超过了一百步，瞄不太准了，干脆就射抛物线，这样射不太准也没关系，反正大家一起放箭，射到敌群里就会有效果。而且王玄策也清楚，这就是掩护而已，想要歼敌，还得看蒋师仁他们的！

这时候蒋师仁一看，大概射了三四轮，知道差不多了，于是抖丹田大喊一声："呔！杀不尽的山贼草寇，敢劫我们大唐使臣，先吃你蒋爷爷一槊！冲啊！"

说罢，一马当先，又组成车悬阵，向剩下这帮印度兵冲了过去！

咱们再说剩下这帮印度兵，那是狼狈不堪啊！本来大胡子自信满满，毕竟人数上占优，肯定能全歼王玄策一行，把礼物车拿下。可没想到，唐军太厉害了，不到三分钟的工夫，自己反而被干掉一半。尤其有个拿大榔头的，简直是个怪物！紧接着，唐军不等他们反应，就是一阵箭雨，这帮印度兵给吓坏了，赶紧用手中的兵刃和盾牌左右拦挡。好不容易给挡完了，自己这边又有好几个受了伤，再定睛一看，好！拿大榔头的怪物又带人开始冲锋，我的娘哎！再不跑，死得就连渣都没有了！

所以剩下这帮印度兵根本没敢多待，大胡子带头，赶紧拨转马头，撒丫子跑了！咱们再说蒋师仁呢，一看对方跑了，也没再追。有人问了，为什么啊？咱们说，蒋师仁挺有经验，他一看就知道，自己这边，马虽然不错，但每个人身上都是全副武装的明光铠，这玩意防护性能出色，重量也着实不轻。而且，马的正面也带有一些护甲，这也有点分量。而对方呢，完全轻装，有的穿衣服，有的还光膀子，没铠甲什么事。就凭这个，人家的马就得比我们快，而且这不是我们大唐，是印度，人生地不熟，多追无益。所以蒋师仁看看，对方跑得差不多了，把大槊一举，代替军令："兄弟们，撤！重新整队！"

其余的唐军士兵不敢怠慢，赶紧重新集结，这一看，战斗持续了不到十五分钟，己方无一伤亡，大家伙儿全乐坏了！

"嘿嘿！印度人不过如此啊！"

第六回　明宴席突变暗虎穴
　　　　　　戒日王暴毙引众乱

　　蒋师仁初战告捷，不费吹灰之力，就把那帮劫道的给打跑了，一百多人死伤过半。而唐朝使团这边呢，再一整队，自己这边一个受伤的也没有！您想啊，整个战斗也就是十五分钟，打得敌人落荒而逃，这胜仗，能不提气吗？所以这一整队，有人就跟底下嘀咕：

　　"嘿嘿，我看印度人也不过如此啊！"

　　"是啊是啊，真不禁揍，就这帮人还敢劫咱们，真是不知死活！"

　　"没错，印度的戒日王我看也不过如此，有人能上官道上抢劫，他的军队干吗吃的？"

　　大家是说什么的都有。王玄策一看，这回是有惊无险，还得赶路啊！无论如何，今天得赶紧到前面的镇店，通知金亭馆驿。这回挺顺利，天黑之前，王玄策一行人也到了镇店之中的金亭馆驿，跟负责人接上了头。负责人一听，哦！唐朝的使者来啦！赶紧招待，把众人引到下榻之处，安排食宿，战士们摘盔卸甲，总算能休息会儿，有人把马接走，刷洗饮遛，大车也停到了院子里，这都不提。

咱们且说王玄策，等到了房间里，换了一身绿衫，喝了口水坐定，脑子里开始胡思乱想：这次陛下派我们来，主要有两项任务：第一，找会梵语的高手；第二，得把石蜜的制作方法带回去。这我怎么跟戒日王开口呢？嗯，我得好好琢磨琢磨……

正琢磨着呢，金亭馆驿的伙计来了，感情这位还会汉语："尊敬的摩诃震旦使者，我们这儿的领主，已经在金亭馆驿设下了宴席，邀请您这个使团的负责人赴宴。"

王玄策一听，哦，当地的领主要宴请我们，不错啊！印度人还挺好客。所以王玄策就问："那贵方的领主现在何处？"

"就在屋外等候！"

"哦！那我可不能怠慢！"

所以王玄策马上出了屋，领主就在外面等着呢，见了王玄策，马上双手合十，鞠了一躬："尊敬的摩诃震旦使者，我是地方领主拉朱，闻听您们到了我这里，我们十分高兴。所以我们特别在金亭馆驿设下宴席，宴请使团的负责人，请您们赏脸。"

当然咱们说，这个地方领主拉朱不会汉语，这些话全是伙计翻译的。

王玄策呢，马上一抱拳，算是还礼："拉朱领主，我是大唐使团的正使王玄策，贵方盛情，我们十分感谢！"

这时候呢，蒋师仁从另一间屋也出来了："王大人，我听说地方的领主要宴请咱们。"

王玄策一乐："可不是嘛！这就是地方领主拉朱，赶紧来见过！"

蒋师仁也赶紧一抱拳："你好你好，我是大唐使团的副使蒋师仁，你好……哎？"

有人问了，怎么回事呢？原来，蒋师仁给这个领主拉朱一相面，只见此人，身高大概八尺左右，身高体壮，小麦色皮肤，深眼窝子高鼻梁，连鬓络腮的胡子，身着白布衣服，一直过膝，脖子上有装饰的璎珞，头上缠着包头巾，怎么看怎么像刚才劫道的那个光膀子大个儿！就是肤色和穿着有点不太一样。蒋师仁就有点犯嘀咕：哎，怎么会那么像呢？难道这就是那个劫道的？不应该啊！地方领主应该挺富裕，不应该干这么下作的事啊！

但蒋师仁还是有点不托底，就拽王玄策的衣服，小声就说："哎我说王大人，我怎么感觉这个领主，就是刚才劫道的那个光膀子大个儿啊？"

这王玄策一听，当时就乐了："哈哈哈哈，我说蒋大人啊，你可别多心！人家是堂堂的领主，怎么能干那种事呢！蒋大人，你有这感觉也不奇怪，因为你老在咱们大唐，所以对咱们这些人的长相挺敏感。但你这一出来就乱了，人家的长相跟咱们都不一样，你肯定要乱。你在西域军中效力，也应该知道啊！好些胡人长得也差不多。其实别说你了，我也一样。在见戒日王的时候，除了戒日王之外，剩下的大臣，我都感觉长得差不多。这你就别多心啦！"

"这个……王大人啊，我还是有点不托底。"

"哎！有什么不托底的？你就乖乖地跟我一起赴宴，别给咱们大唐丢人！"

"哎好！"

蒋师仁也没辙，就跟着要一起走。没想到刚走了两步，蒋师仁一捂肚子："哎哟！我肚子疼！哎哟哟！我说王大人，我这一紧张就要拉屎！您先跟拉朱领主走一步，我去去就来！伙计！给我准备厕筹！"

咱们书中代言，这个厕筹就等于是现在的手纸，上完厕所用的，只不过当年纸比较宝贵，所以用的都是竹木制品。

印度雕像头部。传说就是戒日王的形象

咱们再说王玄策，是又气又乐：嘿嘿，这才叫懒驴上磨屎尿多呢！这个蒋大人，还真有两下子，万马军中走如平地，这一说宴席，还得拉屎，这真是……

王玄策边琢磨边走，这还没走到地方呢，后面蒋师仁"噔噔噔"又跑过来了："哎我说王大人，等等我！"

王玄策听了就想乐："我说蒋大人，你不肚子疼吗？怎么这么快就解决完了？"

"嘿嘿！别提了，咱不是没见过世面嘛！刚才放了俩屁，好了！走走走！"

两个人跟着领主拉朱，直奔院子中央，这里已经支上了一个大帐篷。等进了帐篷一看，嘿！还真不错，里面有三张小桌，桌上罗列杯盘，有不少好吃的，拉朱坐了主位，王玄策和蒋师仁也就坐到了客位。坐定之后，这个领主拉朱就借着翻译的嘴说："二位摩诃震旦的使者，你们来到我们印度，我们十分荣幸！来，这有美酒一杯，干！"

拉朱说着，就把酒杯端起来了。王玄策和蒋师仁呢，也赶紧端起杯子，就要喝。哎，这时候蒋师仁就多了个心眼，他发现这个酒有点混，他还琢磨呢：嗯？难道印度的酒就是这样？再仔细看看，这个酒微微有点打旋儿。这回蒋师仁可注意了：不对！我可听说过啊，酒里打旋，这十之八九有问题！不行！不能喝！

想到这，蒋师仁也不喝了，赶紧把酒杯，"唰"，直扔向王玄策！咱们再说王玄策呢，他心眼比较大，没注意，这回蒋师仁一扔酒杯，吓了他一跳！

"哎！"

"啪！"

蒋师仁扔过来的酒杯正好击中王玄策的右手，王玄策也拿不住酒杯了，"啪！"，俩杯子全摔到地下，摔了个粉碎！这王玄策一看，心中不快：蒋师仁，你这是要干什么？外交场合，岂容你造次！

他刚要发火，没想到这目光扫到刚才摔碎的酒杯上，嗯？王玄策当场傻眼，只见杯中酒洒在地上，"呼呼"直冒火苗子！

王玄策当时就懵了，这玩意有毒！这什么意思？他们要毒死我，怎么跟戒日王交代啊？

可等王玄策再看看，那个领主拉朱也变了脸，站起来一挥手，"哗——"，那是伏兵四起！一百多个印度兵一拥而上，各拿刀枪，当时就把王玄策和蒋师仁给包围了！这时候，那个领主拉朱得意至极啊！"哇啦哇啦"又是几句，旁边翻译就照着说："震旦人，你们把所有的金银财宝全留下，乖乖束手就擒，我就大发慈悲，给你们留下全尸，否则就让你们脑袋搬家！听见没！快放下武器！"

有人问了，怎么印度一个小小的地方领主，敢这么光明正大的劫杀唐朝使者呢？这两国相争还不斩来使呢，何况王玄策并非为了交战而来。这到底怎么回事呢？

这告诉您，就在王玄策他们一行来印度的途中，印度的戒日帝国内部发生了巨变！怎么回事呢，原来，就在王玄策他们此次出使印度的途中，戒日王暴毙！据传说是在恒河中溺水而亡。要说呢，戒日王也算是印度历史上出了名的圣君之一，但说句实话，他在印度的统治基础并不稳固。咱们说中国的历史，经常说的是：天下之事，分久必合，合久必分。印度呢，看似也差不多，一个王朝接一个王朝。但具体看看，还是跟咱们中国不太一样，印度各邦的地方势力太厉害，所谓的统一，其实就是某个王凭借自己的军事实力，压服其他各邦，成为事实上的盟主。这种统一看着似乎也挺辉煌，但其实名义大于实质。你根本消灭不了这些地方势力，什么时候你衰弱了，地方各邦马上就开始不听指挥，最终结果就是分裂。戒日帝国呢，也是如此，戒日王刚开始凭借着自己的实力，东打西杀，统一了印度的北部，而且威震南印度，基本上算是个统一。但地方各邦也都在蠢蠢欲动。而戒日王这一死呢，太突然，而且他也没有后嗣，所以这下就乱套了！戒日王没了，谁能服谁啊？这回没有规则，就看谁拳头硬，谁手段狠了！

　　结果呢，这争来争去，还真有一个强一点的出来了。谁呢？帝伏那帝国的国王阿罗那顺！咱们说，这个阿罗那顺是戒日王的宰相，自己呢，也有块地盘，就是他的帝伏那帝国，这地方位于现在印度的比哈尔邦。要说阿罗那顺呢，他的实力在戒日王下面的诸侯中，并不算最强的，但这家伙心眼挺多。戒日王暴毙的时候，他正好在场，这家伙鬼啊！借助自己的宰相身份，秘不发丧！然后以戒日王的名义，召开了诸侯大会。那个时候，信息不畅通，其他的诸侯，大部分不知道戒日王已死，还老老实实地来皇宫开会。这一来，惨喽！阿罗那顺早就布置好了，他在皇宫周边布置了重兵，一说开会，"呼啦"，伏兵四起，把各个诸侯团团包围！这时候，阿罗那顺才宣布了戒日王的死讯，而且强迫大家推选他为盟主，也就是新国王。

　　您说这帮诸侯怎么办？要不选，命都没了！所以就捏着鼻子，选了阿罗那顺当新王。但是呢，别看阿罗那顺成功上位，他仍然是头疼不已！

第七回　坏拉朱存心害使团　蒋师仁大闹宴席厅

戒日王暴毙，印度的局势当时是乱成一团啊！而他的宰相阿罗那顺呢，那是秘不发丧。这阿罗那顺呢，有私心，他用戒日王的名义，召开诸侯大会。当时信息不畅通，诸侯都不知道戒日王已死，所以就老老实实来开会。

等人来齐了，阿罗那顺马上变脸，"哗——"，伏兵四起，把所有的诸侯全都包围了。然后阿罗那顺表明意思，让各个诸侯选他当印度的盟主，也就是新王。

咱们说别的诸侯呢，这时候真是一点脾气也没有，咱们说全印度这帮诸侯，大大小小足有几十个，其中以东天竺王尸鸠摩和南天竺王遮娄其为最强，可现在你再强也没用，阿罗那顺手里有重兵，你是老哥儿一个，敢夯刺，脑袋当时就得搬家！所以没辙，带着大伙，捏着鼻子推选了阿罗那顺为新国王。

有人问了，东天竺王和南天竺王不是最强吗？阿罗那顺这么干，不怕报复吗？这告诉您。阿罗那顺这家伙鬼点子多，伪造了戒日王的御旨，接管了戒日王的不少部队。而且他这一称王，也有那么些墙头草，原本也不太得志，这回一看，哦！阿罗那顺成了新王，跟着他混，肯定有前途！所以也就一头扎进了阿罗那顺的怀里。再加上阿罗那顺在自己的地盘里，还有一支精兵，这几头加起来，就比东天竺王还有南天竺王任何一家，都要强！

　　但是呢，东天竺王尸鸠摩，还有南天竺王遮娄其，这俩也不是等闲之辈，他们本身就憋着一口气：凭什么你阿罗那顺让我们称臣啊？就算是当初的戒日王，也得礼让我们三分，好吃好喝好招待，什么事都好好谈，你他妈算哪根葱啊？

　　但现在呢，他们俩也不得不承认，阿罗那顺今非昔比，实力要比他们任何一个都强。有人问了，一个不行，俩人联手呢？这告诉您，也不行，这东天竺王和南天竺王，互相之间还有点矛盾，之前呢，戒日王还能给调和调和，俩人见面，还能勉强龇龇牙。现在戒日王一没，他们俩也开始较劲。这回好，打也打不过，联手也拉不下脸，您说这怎么办呢？最后这俩人还挺有默契，干脆我们啊，撂挑子吧！来个非暴力不合作。我们不挑事，但我们也不进贡、不听命令、不谈判，看你阿罗那顺怎么办！

　　咱们说，这东天竺王和南天竺王，您别看都比不了戒日王，但在自己这块地盘附近，威信还挺高，所以他们一这么干，旁边也有很多的小邦小国，也一起，非暴力不合作，就把阿罗那顺晾起来了！

　　咱们说这个阿罗那顺呢，这家伙挺明白，好好好！尸鸠摩！遮娄其！你们这俩家伙，明着服从我，暗着还带头闹事是不是？好，搁着你的，放着我的，咱们骑驴看唱本，走着瞧！

　　有人问了，阿罗那顺要干什么呢？这告诉您，阿罗那顺很清楚，以

第七回　坏拉朱存心害使团　蒋师仁大闹宴席厅

现在自己的实力，打一个行，但同时打俩就不够了。而且，你打谁呢？打东天竺王，南天竺王就得乘虚而入；打南天竺王，东天竺王也得趁机占便宜。这怎么办呢？所以阿罗那顺也没急着动手，先通令手下：想办法给我凑钱凑粮食，不管你们是抢切糕抓馅饼，打闷棍套白狼，总之都给我想办法！我要的是钱！等我把钱粮攒足了，哼哼，尸鸠摩！遮娄其！我就要你们俩好看！

兵随将令草随风啊！阿罗那顺一声令下，他手下这帮领主们就开始各自想办法。咱们前文说的那个拉朱呢，就是阿罗那顺的嫡系之一，这家伙接令之后，得赶紧想办法啊！可他这块地盘，说实话，不大，而且也不算富饶，怎么能弄着钱呢？哎，这个拉朱脑子一动，我这边可是交通要道啊！想从西边进入我们印度的客商，好多都得从我们这走，干脆我靠着官道，就吃活人吧！

所以拉朱就带着一百多亲兵，一个个黑灰抹脸，穿的跟山贼草寇差不多，满处游荡去劫道。还别说，他们这一弄，还真有不少客商栽到了他们手里，钱和货被抢了不说，人也给杀了。而当时呢，交通本身就不畅通，而且信息闭塞，杀了就杀了，消息传不出去，也就没人追究。这天呢，拉朱正带着人游荡，正好碰上了王玄策的使团。拉朱呢，这家伙也听说过，之前唐朝就派使团来印度，而且带的礼物挺丰厚。这家伙一看王玄策他们的旗子，明白，唐朝人！他就动了心眼，再一看，哎，人数不多，我干脆以多为胜吧！把他们干掉，我这一笔买卖，能顶上三十笔！多值啊！

所以这家伙一声令下，就要抢劫。可没想到唐朝使团的这些人，都是正规军出身，身经百战，尤其带队的蒋师仁，那是出类拔萃的猛将！这一动手不要紧，没十五分钟的工夫，直接被干掉一半，唐朝使团那边无一伤亡。这可把拉朱吓坏了，赶紧掉头就跑！可是呢，拉朱跑了一阵之后，还有点不死心：哎呀，唐朝使团那边，肯定带了价值不菲的礼物。虽说他们也要献给我们的王，之前是戒日王，现在是阿罗那顺王，可这笔功劳记不到我头上啊！我得想个辙，把他们干掉之后，我把礼物一献，那是大大的有功啊！没准阿罗那顺王一高兴，还得多给我点封地。要不然我连根毛也捞不着啊！

这拉朱思前想后，还是决定动手。不过这家伙也长了记性，知道硬碰硬没好，所以来软的，反正这也是他的封地。这个拉朱就在金亭馆驿之中，设下了埋伏。然后呢，自己布置酒宴，想要在宴席之上，毒死王玄策和蒋师仁！拉朱设宴的时候还琢磨呢：擒贼擒王，我把你们这俩管事的干掉，剩下的我不就好收拾了吗？

他这招啊，还真把王玄策给唬住了。其实也不奇怪，王玄策之前来过印度，对印度的印象很不错，而且他也不知道戒日王已死，朝中出现了那么大的变故。王玄策就琢磨着：上次我们来，戒日王热情接待，这次也差不了！我们也不是敌国，何况两国交战还不斩来使呢！所以也就放松了警惕，不疑有诈。结果人家一动手，真把王玄策弄了个措手不及！

到了现在，王玄策一点脾气也没有！人家手里抄着刀枪，"呼啦"一声就要往上闯，自己这边可好，兵刃铠甲都没有，就肉人一个，能跟

戒日帝国版图

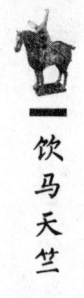

人家拼吗？眼看着就要吃亏，这时候蒋师仁在旁边呢，他一看这情况，大吼一声："王大人退后，看我的！"

王玄策一听，脑仁都疼！他也明白，蒋师仁是员猛将，但那也是马上的将军，要讲究骑马抢刀，冲锋陷阵，那没说的，帐篷里这点伏兵还不够他一人收拾的。可现在你凭什么？一无战马，二无兵刃，三无铠甲，让人家扎一下你不也得受伤吗？

可再仔细一看，王玄策愣了，怎么回事呢？眼看着敌人的长枪都扎过来了，就见蒋师仁从衣服里面抽出一把铁鞭，往外一拨，"开"！

"啪！"

咱们说蒋师仁多大劲啊，他掌中这把铁鞭，纯铁制造，重有八斤，这要抡开了，一般小兵哪儿招架得住？"啪"这一下，枪当时就飞了，蒋师仁上步欺身，反手又是一鞭，"啊啪"！

当时就把头前这个印度兵打得是脑浆迸裂！

打仗讲的就是个气势，人多也不要紧，你要是能把其中一个对手一招秒杀，就这股杀气，就能让剩下的人胆寒半天！

果不其然，蒋师仁一招制敌，其余的印度兵面面相觑，真有点怕了。蒋师仁不等他们反应，照准了帐篷之中的其中一根柱子，"啊啪！"

"咔嚓"！这个帐篷当时就塌了一个角！紧接着，外面喊声四起："冲啊！"

"杀呀！"

"哗——"

"叮当！噗噗！哎哟！"

敌阵的东面是一阵大乱！王玄策吓了一跳啊！再一看，好，来的都是自己这边的唐军士兵，这三十个人左手盾牌，右手唐刀，腰间挂着弓箭，那是如入无人之境，就杀将进来！印度兵猝不及防啊！哪儿想到有这么一手？所以是乱作一团！

　　有人问了，怎么回事呢？咱们说，蒋师仁这家伙火眼金睛啊！他不知道王玄策跟戒日王的关系，所以在外交中，他算局外人。正所谓当局者迷，旁观者清，王玄策呢，光想着跟戒日王多么多么熟了，所以不疑有诈。蒋师仁不一样，他在金亭馆驿的房间外，一看见拉朱，他就感觉不对，怎么这个大个，跟劫我们那帮草寇长得差不多呢？所以蒋师仁就留了心眼，以防万一。

第八回 蒋师仁奋力突围
唐使团血洒印度

　　印度领主拉朱，要劫夺唐朝使团。这家伙因为之前吃了亏，不敢来硬的，所以他就打算设宴席，把王玄策和蒋师仁给毒死，然后再下手。

　　要说他这个主意，还真把王玄策给唬住了。可是蒋师仁呢，他没唬住。咱们说蒋师仁呢，在外交层面，他是个局外人，但咱们俗话也讲了，当局者迷，旁观者清。

　　这蒋师仁自从一见到这拉朱呢，他就留了心眼，怎么感觉这拉朱啊，就是之前劫他们的黑大个。这蒋师仁就不把牢，可是跟王玄策说，王玄策也不信，蒋师仁最后一琢磨：我可不能就这么算了，得做点准备，以防万一。

　　有人问了，他怎么做准备呢？这蒋师仁呢，招挺多，首先一个，闹着上茅房，先回了房间，把铁鞭掖到腰里了。而且蒋师仁心中有数啊，茅房的隔壁，就是使团其他士兵住的地方，所以他就朝着墙面轻轻敲："哒！哒哒！哒！"这个信号在军中常用啊，那意思是：别出声，赶紧跟我来，有要事商议！"

有那精乖的人听见了，悄无声息也就来到茅房，蒋师仁就跟他交代了："今天事情有点不对啊！我看有动武的可能。这样，你们都准备好，要是没事，你们也不用动。要是有事，我就用我这条铁鞭，把什么东西打塌。这样动静肯定不小，你们听见之后，速来支援！听见没？顺便把我和王大人的家伙都带上！"

"明白！"

这个士兵再回去一传话，剩下的唐军士兵就小心了，铠甲再穿起来太复杂，那就不穿了，都暗中把武器放在身边，以备不时之需。结果这回就用上了，大帐一塌，这就是信号啊！所以唐军士兵马上抄起武器，跟旋风一样，就闯入敌阵！

这下完全出乎印度领主拉朱的意料，他手下的印度兵当时就乱作一团。而且咱们前文说的，这三十个唐军士兵，可不是扒拉扒拉脑袋就一个，那都是从唐朝的安西都护府中，挑选出来的精锐力量，打起来一个顶十个！

"噗！啊！咔嚓！哎哟！噗噗！咔嚓咔嚓！"

这顿砍呐！杀得印度兵是哭爹叫娘！所以时间不大，三十个唐军士兵就如同旋风一样，杀出一条人胡同，闯入帐篷。蒋师仁一看，美！

"哈哈！那个叫什么拉朱的，快快给我滚出来送死！"

叫了半天没动静，对面就一帮抖如筛糠的印度兵，蒋师仁仔细一看，因为拉朱的大胡子挺显眼的，可看来看去，没了！咱们说，拉朱这家伙可鬼着呢，他一看自己这边乱了，知道不好，赶紧脚底下抹油，从后门溜了！

蒋师仁一看拉朱跑了，当时是火冒三丈啊！正好自己人来的时候，把他的大号马槊也带来了，蒋师仁就把自己这点儿火，全撒在帐篷里的印度士兵身上了，乒了乓啷一顿揍，这帮印度兵一个个，"啊！哎哟！"

这三下五除二，就给消灭了一个干净。这时候王玄策手里也有了兵

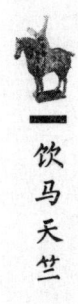

刃，他是气急败坏啊！

"他娘的，真反了天了！还敢谋害咱们。蒋大人，咱们先把拉朱给剁了，出了事我负责！到了戒日王那，我来说！"

"行嘞！王大人，您就瞧好吧！"

蒋师仁抢槊就要往外闯，可再一看，没那么容易了！咱们说，拉朱这家伙，怎么说也算是一个地方领主，有块地盘，手下士兵足有两千！这回他全调来了。刚才他是想当然，觉得万无一失，结果在大帐中失了手，被蒋师仁他们干掉不到一百。可这还一千九百多人呢！这帮人早把帐篷和金亭馆驿给重重包围，人家都是有备而来，远了有弓箭，近了有刀枪，人数也多，还有骑兵，这了得吗？唐军士兵再精锐，加上王玄策和蒋师仁，不过三十二个，而且马匹全交给人家了；铠甲因为时间紧张，也没穿；马槊太长，使着不便，所以也没带。大家伙儿只抄了唐刀、盾牌和弓箭，这属于纯步兵，能对付骑兵的重武器，也只有蒋师仁的一把马槊，步战还不灵光，这跟人家打起来，能有好吗？

这时候呢，趁着印度兵退却，这帮唐军士兵就在帐篷中开了个碰头会。咱们这说一下，唐军的编制呢，是三个人一小队，三个小队就是一个中队，有一个中队长指挥，这也就是十个人，所以来的这三十个士兵，也就是三个中队。这三个中队长呢，那也是一个头磕在地下的把兄弟：张龙、王虎、李彪，这都是经验丰富之辈，仨人一商量，这仗没法打，敌人太多了，人数得一千以上，就算是排着队叫我们砍，我们也得累死！何况人家也不是白痴，都拿着兵刃。这怎么办呢？仨人碰头一商量，王虎就说了："哥哥兄弟，有什么招没？"

哥仨里面，属老大张龙有主意："呃，兄弟们，我看只有一招了，突围！"

"嘿！人家人那么多，咱突的出去吗？"

张龙一扑棱脑袋："硬来是不行的，得有人在帐篷中拖住敌人，人家人多势众，留少了也不管用，我看至少得两个中队，把敌人的注意力牢牢吸在这，剩下一个中队突围，这样概率能高点。"

老三李彪一听不干了："我说大哥，这么干太亏了！是，咱们有一个中队可能突围成功，可另外俩中队就得全让人干掉，这不成啊！"

"老三啊，没什么亏不亏的！这是咱们的职责所在，必须把王大人和蒋大人护送出险境，'上眼皮儿'给咱们再三叮嘱，你忘了吗？"

"这……好吧！大哥，你护送王大人和蒋大人，我和二哥在这顶住！"

"对对对！大哥，咱们哥仨属您足智多谋，您快带着王大人和蒋大人撤！"

张龙一看，事不宜迟，再磨蹭就来不及了，赶紧一拱手："二位兄弟，多谢你们了，待愚兄之后给你们报仇雪恨！王大人、蒋大人，快走！"

张龙赶紧一招呼，就准备带自己的中队走人。王玄策一看，还有点不忍心："兄弟们，是我把你们带到这么远的地方，现在撇下你们怎么行？"

王虎和李彪听了一乐："王大人，您就不必担心了！您快撤！您只要没事，我们就算完成任务，没给咱大唐丢人！"

"可不是！咱们连不周山都过了，还有啥遗憾？过了不周山，死了都不冤！"

"对！过了不周山，死了当神仙！"

"哗——"

这时候蒋师仁在旁边一看："王大人，赶紧走吧！这笔账咱们记下了，之后让拉朱一百倍偿还，快走！"

有人问了，怎么走啊？帐篷前后门全让人家给堵住了。哎，您别说，还真有办法！这个帐篷是熟牛皮的，好几层，挺结实。但是呢，蒋师仁掌中的马槊，势大力沉，而且也开了刃，挺锋利，别说熟牛皮了，就是鸡蛋粗细的铁条，也架不住他一下。所以蒋师仁在侧面，"咔咔

第八回　蒋师仁奋力突围　唐使团血洒印度

043

嚓"，两下开了一个十字切口，这就开了便门啊，张龙带着手下这些个人从这里一拥而上，直奔马厩！其实也不奇怪，这情况下，人家有骑兵，你要没马，就凭双腿，累死你也跑不了！所以还得骑马！与此同时呢，王虎和李彪一组一门，也开始放箭，抵挡这帮印度兵，吸引火力。

咱们说这手，印度人还真没想到！拉朱这家伙脑筋死，他就认为着，唐军士兵肯定得从前后门出来，不然他们走哪儿呢？所以他把重兵就摆在了大帐篷的前后门，结果唐军士兵不走门，人家开便门走！所以正好钻到了拉朱的薄弱环节之中。这回蒋师仁带头，他们行动挺顺利，一个冲锋就打到了马厩。这一看，还好，虽然说为了让战马休息，把护甲都摘了，但马鞍子没摘，这就好啊！所以蒋师仁他们直接牵马出来，翻身上马，蒋师仁一马当先，把大槊抡开了，驱散周边几个印度兵，往外就闯！

咱们再说拉朱这边，拉朱这家伙脑筋比较死，就认为着，我把前后门守住，王玄策他们想跑，势比登天！我这远了有弓箭，近点有长枪，再近了还有刀，你们要么成刺猬，要么成筛子，要么就成肉泥！哈哈哈！唐朝来的这些礼物就归我了！所以别看几个冲锋下来，死伤不少，这拉朱还美呢：哼！你们就这点弓箭，我看你们能耗到什么时候！等你们耗得差不多了，我得进去把那个王玄策，还有那个欺负过我的怪物蒋师仁生擒活拿，以泄我心头之恨！

这时候有人报告："报告领主大人，有一部分人跑了！"

"啊？跑了？哪儿跑的？"

"呃，卑职不知道。"

"娘的废物！带我的马来！顺便把我的骑兵调来！"

时间不大，战马带来，拉朱翻身上马，就要带着骑兵追击。这时候有人一看："领主大人，帐篷里这些唐朝使者怎么办？"

拉朱一扑棱脑袋："奶奶的，大头儿都跑了，留他们有什么用？放火！"

说完之后，头也不回，带着二百骑兵，一溜烟地追下去了！剩下的印度兵，有的开始扔火把，有的开始射火箭，"噗噗噗，呼"！这下整个帐篷就被火焰给吞噬了，王虎和李彪这两个中队就葬身在火海之中。

咱们再说拉朱这边呢，追来追去，哎，还真看见了，前面有人骑着马正在跑，仔细看看，哎，里面有两个戴冠的人。拉朱眼前一亮，对！刚才宴会的时候我就看见了，唐朝这俩官，都带的是冠，剩下的士兵戴的是裹头（幞头），不一样啊！嘿嘿，只要逮住那俩当官的，我是大功一件啊！于是拉朱把刀一挥，代替军令："快！就追那俩戴冠的，那俩是当官的，干掉他们！"

"哗——"

二百骑兵一溜烟地往上就追，唐朝这些骑兵一看，也快马加鞭，继续跑。等跑了一阵，拉朱一看，还费那劲干什么？放箭吧！

"赶紧放箭！"

"嗖嗖嗖！噗！"

"啊！"

"噗噗！"

"哎哟！哎哟！"

这回唐军士兵可倒了血霉了！浑身上下软衣软帽，那能架得住人家的弓箭吗？就算手里有盾牌，也护不了全身和战马，所以全让人家射趴下了！

拉朱一看，高兴！哈哈！唐朝的使者全让我干掉了，他们带来的东西也就全是我的了，这回该着我发大财升大官啊！哈哈！

等拉朱提马跑到了两个"官"的前面，把尸体翻过来一看，当时懵了："嗯？"

唐代常见的头饰之一——幞头

第八回 蒋师仁奋力突围 唐使团血洒印度

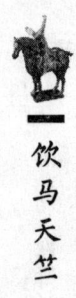

怎么了？原来，死的这两个"官"根本不是王玄策和蒋师仁！

有人问了，这到底是怎么一回事呢？死的这当官的不是王玄策和蒋师仁，是谁呢？咱们书中代言，刚才跑的时候，中队长张龙就知道情况不好，所以边跑边问："王大人，咱们下面去哪儿呢？"

王玄策一晃脑袋："唉！哪想到戒日王翻脸比翻书还快啊！现在我看整个印度咱们也没法待了，想回咱们大唐，万水千山，也挺困难。不如咱们先奔泥婆罗，然后去吐蕃。吐蕃的赞普松赞干布是咱们大唐的女婿，到了他那，咱们就安全了。"

"哦！去泥婆罗和吐蕃，那有多远呢？"

"哎呀，我估计就算咱们全速前进，也得至少跑个五六天。"

正说着呢，就见后面是火光冲天！张龙一看，人家准是用火攻了，自己的俩兄弟凶多吉少，他心里也一横："王大人！蒋大人！看来后面的战况不利。我出个主意，您且听听！"

第九回　王玄策巧计脱困
　　　　　　坏拉朱颠倒黑白

　　王玄策奋力突围，等突出重围之后，再往后一看，那是火光冲天！王玄策他们一看就明白，留守的两个中队是凶多吉少。这时候，随行的中队长张龙一看："王大人，蒋大人，看样子后头战况不利，现在咱们去吐蕃，时间太长。我这出个主意，您看看！"

　　"张龙啊，你什么主意？"

　　"王大人，这样，您和蒋大人戴的都是冠，太明显，也太危险，这样，您俩就把冠给我，我们给您吸引火力，您俩赶紧走！"

　　蒋师仁一听不干了："张龙！你说什么呢？我和王大人把冠给你，让你吸引敌人啊？姥姥！我蒋师仁怕过谁？那个可恶的拉朱不追便罢，追了我正好找他一并了账！"

　　张龙一听，直扑棱脑袋："哎呀蒋大人！不是说您怕他们！现在就是以防万一。您别忘了，我们的任务就是保护您俩。您俩安然无恙，我们就算死了，也算完成任务，您俩回去一报告，我们兄弟就算埋骨他乡，也就算尽忠职守了，朝廷亏待不了我们的家人。您俩要是有事，我们也就算白死了，家里人也抬不起头！您快给我吧！"

这时候王玄策一看，明白了，张龙他们是抱定了必死的决心，怎么劝都不行了。现在时间紧迫，多说无益，所以赶紧把冠摘下来："张龙，你可要多加小心！"

"王大人您就放心吧！能活着的话，我们绝不白送命！蒋大人，还有您的！"

蒋师仁呢，万般不情愿，可没辙啊！张龙说的是金玉良言。所以捏着鼻子把冠摘了，交给张龙。然后两个人紧催战马，快速撤离。张龙呢，把王玄策的冠自己戴了，然后把蒋师仁的冠，交给手下的小队长，一行人放慢速度，往另一个方向走。

这时候呢，拉朱带人赶到，不由分说，一顿乱箭，就把王龙他们射死！但是呢，也就因为有张龙他们的掩护，王玄策和蒋师仁才能突出重围！

等拉朱一看，死的不是王玄策和蒋师仁，他心里有点打鼓：哎呀！这两个唐朝的正副使跑哪儿去了？我得赶紧找！

可是呢，二百骑兵撒下去，找了整整一夜，也没找着。这拉朱一琢磨：得！就这么着吧！这俩估计也不认识路，跑也跑不出我们印度，这结果嘛，要么是给饿死，要么是被我们其余的领主抓了砍头！跑不了的！

拉朱想到这，干脆收兵，点计收获和损失，这一看，好！收获挺大，损失也挺大！就为了干掉这三十来个人的唐朝使团，从最开始的抢劫算起，拉朱手下的士兵一共两千，死了一百多，伤了一百多，一下折损了十分之一。但好在收获方面呢，活捉了几个车老板和两车的礼物，这些礼物可不得了啊！大量的金银，还有什么珍珠翡翠、玛瑙玉石，这都不用说，到哪儿都是宝贝！另外还有不少丝绸和精美的瓷器。咱们书中代言，所谓"丝绸之路"，这就是以丝绸命名的，丝绸在这条路上，那也能当硬通货用，值钱！中国的瓷器，那也不用说，当时世界都知名，一般的民窑运到外国，都是奢侈品。何况王玄策带来的，那都是李世民特批的官窑瓷器，精美华贵，那是奢侈品中的奢侈品！

拉朱看完，乐得俩手都拍不到一块了，别看手下的士兵死伤这么多，他一点不伤心，有钱就能招兵啊！所以拉朱赶紧把俘获的礼物登记造册，然后点出一半，连同活捉的车老板，也就是俘虏，然后派人给自己的主子阿罗那顺送去。随东西送过去的呢，还有一封信，信上写了：

远方的摩诃震旦国派出使者出使咱们印度，可这些使者名为朝见戒日王，实际是要对大王兴师问罪。我和他们交涉多时，隐忍克制，但唐朝使者无礼至极，竟然煽动首陀罗作乱，宣称大王是逆臣贼子。我忍无可忍，率兵讨伐，以损失三十人为代价，干掉作乱的唐朝使者三百余人，缴获好马二十匹、盔甲三十副，还有黄金一千两、白银五千两，还有珍珠翡翠、玛瑙玉石、丝绸瓷器等等。获此大胜，都是托大王的福，所以我愿意将所有的战利品全献给大王！

您看看，这完全是胡说八道，颠倒黑白！

咱们再说印度的新王阿罗那顺呢，这家伙接到礼物之后，大喜过望！他太缺钱了，一看这些东西，要么是硬通货，要么是奢侈品，乐坏了！然后再看看拉朱来的信，当时眉头就拧了一个疙瘩！

有人问了，怎么回事呢？咱们说，阿罗那顺这家伙不傻，一看就知道，拉朱这封信里，那是破绽百出！首先一个，唐朝离印度太远了，阿罗那顺做戒日王的宰相的时候，曾经一起接待过李义表和蒋师仁，当时就聊到过，从大唐到印度，单程就得三四个月，可现在，戒日王去世不过才四个月，大唐怎么可能就派人来兴师问罪呢？再有，大唐的使者几次出使，对我们都是以礼相待，怎么这次存心闹事呢？就算是要存心闹事，还带着那么多礼物，这不是累赘吗？

饮马天竺

这种种的疑问,阿罗那顺就知道其中肯定有问题。但是呢,阿罗那顺看着这一大堆真金白银,也眼热!毕竟这可是钱呐!真金白银在这摆着。阿罗那顺还琢磨呢:有了这笔钱,我的实力就能提升一大块,东天竺王尸鸠摩和南天竺王遮娄其就不是我的对手!唉!算了!大唐的使者就算他们倒霉吧!反正他们离我们挺远,一时半会儿也找不过来。就算找来,哼哼,那又能怎么样?估计唐朝老跟我们套这近乎,说明什么呢?说明他们心虚!大唐再厉害,那能有吐蕃厉害吗?何况吐蕃我都不怕。没准这个所谓的"大唐",就是个比较富裕的小国,还没我的帝伏那帝国大呢,可能就是守着丝绸之路,比较富裕,估计他们看我们印度很强,想讨好我们。就凭拉朱的地方部队,就能杀敌十倍,估计要是我亲率部队打过去,他们大唐得俯首称臣!哈哈!那我连下面的目标都确定了,先收拾了尸鸠摩和遮娄其,然后北攻泥婆罗,打败吐蕃,之后下一步嘛,嘿嘿,就是兵弱钱多的大唐了!

这个阿罗那顺越想越美,马上一挥手:"来啊!"

下面有办事的大臣:"大王!"

"马上传我命令,拉朱立下大功,所以赐他良田两千亩、五百户吠舍、一千户首陀罗,让他当大领主!"

"明白!"

咱们书中代言,印度当时实行种姓制度,最厉害的神叫作梵天。人分为四等,最高的是祭司阶层,叫婆罗门,传说是从梵天口中出生的;第二等是国王和各个大臣,地位很高,叫作刹帝利,被称为社会的臂膀,传说是从梵天手中出生的;第三等是平民,叫吠舍,传说是从梵天肚子里出生的;这个头三等是高级种姓,最后一等是奴隶,叫首陀

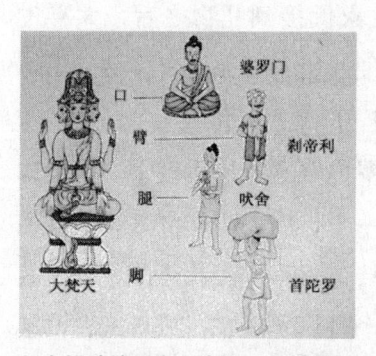

印度的种姓制度示意图,主神是梵天(大梵天),从口中生出来的是婆罗门,手臂生出来的是刹帝利,肚子生出的是吠舍,脚生出的是首陀罗

罗，传说是从梵天脚下出生的，直接就被前三等鄙视。而首陀罗以下，还有一等贱民，更惨！起码首陀罗还能跟梵天挂上钩，贱民连钩都挂不上！这个种姓制度最迟从公元前600年就已经形成，到了今天，对印度仍然有很深的影响。

咱们再说那个拉朱呢，这回真是升官发财美美美啊！得了大量的钱财不说，封地还扩大了，官也升了，这回他可成了印度新王阿罗那顺驾前炙手可热的红人！拉朱也高兴，天天排摆酒宴庆祝，美！而有关于唐朝使团的那两条漏网之鱼，王玄策和蒋师仁，他早就抛到脑后了。

可咱们俗话说得好，不是不报，时候未到；时候一到，一切都报！

第十回　王玄策求援雪域　泥婆罗慷慨施援

惹事精拉朱，劫夺了唐朝的使团，使团的三十多个人，除了王玄策和蒋师仁，几乎是全军覆没。这拉朱美啊，他把使团的礼物点出一半，掖到自己腰包里了，把另一半给阿罗那顺上贡，就说是唐朝使团阴谋作乱，我把他们镇压了，夺得这些战利品。所以我献出来，这是托您的福啊！

大概就这么写了封信。咱们说这封信里，根本是颠倒黑白！那阿罗那顺呢，其实一点也不糊涂，知道这信里肯定有问题，但是真金白银往眼前一摆，阿罗那顺也眼热，太缺钱了啊！所以稍加考虑，阿罗那顺也顺水推舟：就说是唐朝使者不对，那能怎样呢？万水千山，他们就算有人逃了，也找不过来！就这样吧！

所以这阿罗那顺马上下旨，拉朱大大有功，把他升成大领主，而且分地分人，奖赏给他。这回拉朱一看，可是高兴坏了！这才叫升官发财美美美呢！但咱们也得说啊，俗话说，不是不报，时候未到；时候要到，一切都报！

这拉朱光在这儿美呢！他就忘了，使团之中还有两个人跑了呢！王玄策和蒋师仁！这拉朱没把他们当回事，可咱们得说。这王玄策和蒋师仁，哪儿去了？死了吗？这告诉您，没有，王玄策和蒋师仁，两个人往东北方向一路狂奔，那真是狼狈至极啊！到了现在，他们也不知道发生什么事，但他们很明白，赶紧脱离险境是最重要的！王玄策和蒋师仁也怕追兵，所以不走大路走小路，渴了就找个河沟喝几口水，饿了就摘点野果充饥。反正蒋师仁还拿着他那口加重的马槊，这玩意厉害，所以也不怕野兽。野兽不来还好，来了正好给我们改善伙食！

就这样，一连向东跑了五六天，渡过恒河，终于跑到了泥婆罗王国的境内。咱们说，这个泥婆罗王国，就是今天的尼泊尔。等到了泥婆罗，王玄策算放心了。为什么呢？上次出使印度，王玄策也顺道来过泥婆罗，也见过泥婆罗的国王——纳伦德拉·德瓦，咱们有的古书中，管这个国王叫作"那陵提婆"。

咱们简断截说，因为王玄策身上还带着通关文牒，这是重要的文件，王玄策一直随身带着。您别看跑得那么狼狈，衣衫破烂，马也瘦得不成样子了，但这玩意没丢，这就是万幸啊！所以王玄策赶紧跑到泥婆罗的首都，递上了通关文牒，要求见泥婆罗的国王纳伦德拉·德瓦。咱们再说这个纳伦德拉·德瓦，他一听，啊？唐朝使者？不应该啊！要是正常来访，应该有通报啊！怎么这回没了？他们突然到访，难不成有什么事？纳伦德拉王当时心里堵了个疙瘩，但这时候也不敢怠慢，马上宣布召见。

王玄策早等不及了，所以一听说召见，赶紧带着蒋师仁迈步上殿，对着纳伦德拉王抱拳一鞠躬："大唐使者王玄策！"

"大唐使者蒋师仁，拜见泥婆罗尊王！"

纳伦德拉王赶紧挥手："免礼！"

等王玄策一抬头，纳伦德拉王一看，呀！认识！

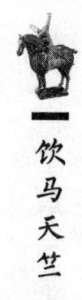

"大唐的使者，你上次来过！我记得你！怎么现在变得如此狼狈？"

"回泥婆罗尊王，我们使团在出使印度的时候，遭遇地方领主拉朱的袭击，使团近乎全军覆没，幸存者唯有我和副使蒋师仁两人。"

纳伦德拉王听了，脑袋当时"嗡"一下："哼哼！果然！阿罗那顺这个家伙的狐狸尾巴终于露出来了！谁不知道大唐的使者，那是和平交往的象征，他竟然命人袭击使团，看来心里有鬼啊！看来外面的传言是真的，戒日王的去世跟这家伙肯定有关！"

王玄策一听也傻了："啊？尊敬的泥婆罗王，印度的戒日王已经去世了？"

"嗯，我们也是两个月前得到的报告，戒日王暴毙，阿罗那顺篡位自立，成了印度的新王。之前也有传闻，戒日王之死，就是阿罗那顺害的，我还有所怀疑。看来这事是真的！嗯！大唐的使者啊，你们放心吧，只要到了我泥婆罗，你们就安全了，阿罗那顺不敢打过来，你们可以先在这休息几日。来啊！"

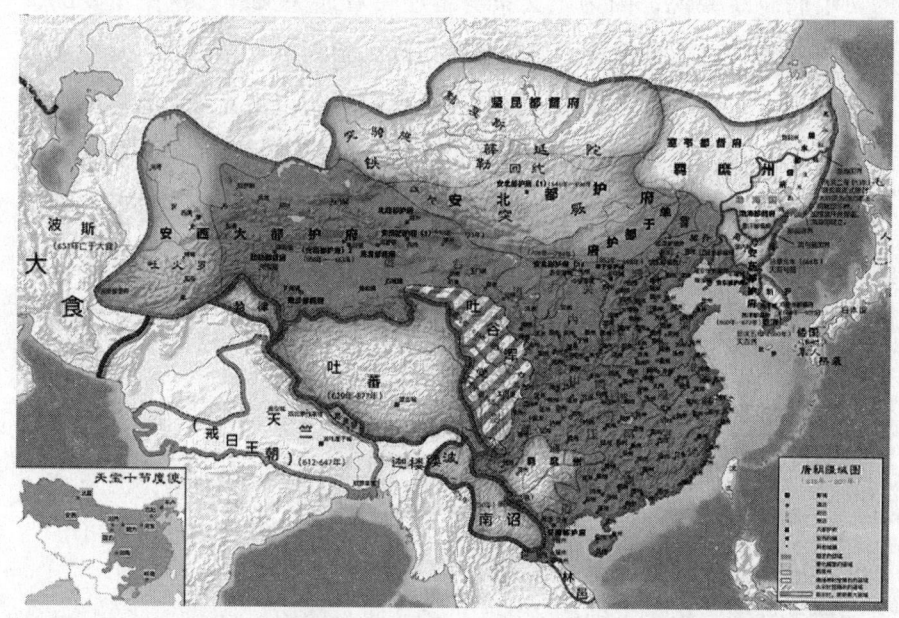

唐朝疆域图。当时王玄策是走西域、中亚一线，往南到了印度，之后逃到了吐蕃

下面有大臣出列："在！"

"你们带着大唐的使者去休息，晚上我亲设御宴，给他们压压惊！"

"谢泥婆罗尊王！"

就这样，有人带着王玄策和蒋师仁去金亭馆驿休息。晚上，纳伦德拉王还真的设下盛宴，宴请王玄策和蒋师仁。可王玄策和蒋师仁，俩人怎么吃得下啊？现在这情况，下边该怎么办？全没主意啊！就是山珍海味、琼浆玉液，也咽不下。

等勉勉强强吃完喝完，王玄策和蒋师仁回到金亭馆驿，俩人就睡不着，什么时候吃过这么爆的亏啊！王玄策越想越不对劲："师仁啊，现在你说怎么办好？"

"他娘的！我算是咽不下这口气！我长这么大，没丢过这人！我说王大人，咱得想办法出这口恶气啊！"

王玄策点点头："可不是！师仁啊，不瞒你说，如果咱们就这么忍了，我丢官罢职是小，从此咱们大唐的脸就丢尽了！"

"好！王大人，既然这么说，那妥了！咱们明天就起程，回安西都护府，点起大军，回来报仇！我绝对要阿罗那顺好看！"

不过王玄策听了，脑袋摇得跟拨浪鼓似的："哎！师仁呐，你这句话说的可有点不现实。"

"嗯？此话怎讲？"

"师仁呐，是这样，之前我在长安，多有耳闻。据说陛下近期要往辽东用兵，估计这时候大军早就开拔了。主力部队既已出动，哪还有多余的兵力呢？就算咱们能安全回到安西都护府，都护府不过两万四千的兵力，管理西域已经捉襟见肘，哪儿可能给咱们调兵呢？"

蒋师仁一听，这回彻底泄气了："唉！王大人，你说的倒也有道理，但咱们这口恶气就能忍了吗？你刚才也说了，咱们的前途是小，丢了大唐的脸面，咱们回去无颜见人啊！唉！想不到我蒋师仁一世的英名，就毁到这帮印度蛮夷之手！既然如此，王大人，你回大唐吧！别管

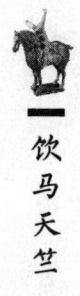

我了,现在就算剩我一个人,我也要用这掌中大槊好好地收拾他阿罗那顺!杀他一个够本,杀他俩我还赚一个!哇呀呀呀!"

蒋师仁说着就要去找他那条大槊,王玄策一看,赶紧拦住:"哎!我说蒋大人,你等等!我话还没说完呢!我现在还有一条路可以走,如果走上这条路,咱们应该能借到兵。但借来多少兵?什么兵?我可没把握,你要是能指挥得了,咱们就能去找阿罗那顺出气!"

"嘿!王大人,你还有这主意!你怎么不早说啊?你快说吧!别卖关子了。军事指挥方面,我绝对内行,只要有兵,剩下的你就看我的!"

"嗯,是这样,明天咱们就跟泥婆罗王提出,要去吐蕃。你忘了吗?吐蕃的赞普松赞干布是咱们皇上的女婿,到时候就凭我这三寸不烂之舌,找他借兵,他十有八九得借给咱们。只不过吐蕃的兵,跟咱们中原的将士,从习惯还有作战方法上,大有不同。师仁呐,你有信心指挥他们吗?"

蒋师仁一听乐了:"哈哈哈哈!哎哟,我当什么呢,王大人。这一点问题也没有啊!吐蕃的兵我可听说过,向来以骁勇闻名,我们安西都护府没有不知道的!你就放心吧!如果能借来兵,我不但能负责指挥,还得包打前敌,好好地让阿罗那顺这小子知道知道咱的厉害!咱也别耽搁,明天就走!"

两个人商议已毕,第二天又参见泥婆罗王纳伦德拉,王玄策就说了:"泥婆罗尊王,感谢您对我们的帮助。我之前听闻,您和吐蕃赞普松赞干布大人是莫逆之交,现在我们已决定去吐蕃,面见松赞干布大人,还请您给我们派个向导。"

"这个……"

纳伦德拉王一听,当时面露难色!

有人问了,这是怎么回事呢?这告诉您,就在唐朝前期,泥婆罗的地位非常尴尬。要说呢,泥婆罗这个国家虽多为山地,但南边接壤印度平原,交通也还算便利,总体条件不错。但非常尴尬的是,泥婆罗的南北两边都有一个强大的王朝：南边是印度的戒日王朝，北边是松赞干布的吐蕃王朝。这俩王朝都对泥婆罗虎视眈眈，但是呢，却一半时都不打算吞并泥婆罗。咱们书中代言，其实这不奇怪，当时无论是吐蕃还是戒日帝国，都是刚刚安定下来，急需休养生息。而且呢，双方都知道，对方不是好惹的，如果在边境有摩擦，这仗你打还是不打？打吧，国力都差点意思，而且就怕打的同时，后方起了火，这不是得不偿失嘛！所以这叫麻秆打狼，两头害怕。

要说在这种情况下，怎么办好呢？当然，双方设立一个缓冲区，不是最坏的选择。所以在当时，戒日帝国和吐蕃王朝，就把泥婆罗当成了缓冲区，双方尽量避免直接冲突。但是呢，双方还都心有不甘，总想着把对方打败，所以戒日帝国和吐蕃，就在泥婆罗采取一系列的手段，暗中斗法。

您说在这种情况下，泥婆罗的地位有多尴尬？所以平衡这两个强大的势力，是当时君主的最大课题。要说呢，泥婆罗，也就是现在尼泊尔的历史上，还真有能人！当时正是尼泊尔历史上著名的李查维王朝，国王叫作希瓦·德瓦，他手下有一个很牛的首相兼女婿——阿姆苏·瓦尔马。这个人脑袋灵活，也有能耐，能比较好地平衡吐蕃和戒日帝国，所以在那个时期，泥婆罗的日子就相对好过一些。后来，可能是因为肯定女婿的功绩，也有可能是宫廷内部的阴谋，总之，老国王希瓦·德瓦没传位给自己的儿子，就让位给了女婿阿姆苏·瓦尔马，没想到这就引出一场塌天大祸！

第十一回　纳伦德拉愿复荣光
　　　　　　松赞干布临场吝啬

　　王玄策像泥婆罗国王纳伦德拉提出，他们要去吐蕃求援。这下正触动着纳伦德拉王的心事。有人问了，这怎么回事呢？咱们说啊，泥婆罗和吐蕃还有印度的关系，非常微妙。咱们按说呢，泥婆罗当时不算小国，但他的南北两边都有那更大的势力生存。北边就是松赞干布的吐蕃，南边就是戒日帝国。所以这泥婆罗真可谓是在夹缝中生存。所以对于历代国王来说，怎么平衡这两大势力的关系，都是个重要的课题。

　　可咱们说呢，各国历史都有牛人。泥婆罗也不例外，当时有一个首相，同时也是国王的女婿，叫阿姆苏·瓦尔玛，这个人脑袋灵活，也有能耐，他就能基本做到。所以这老国王，可能是因为女婿的功劳着实大，也有可能是宫廷的阴谋，总之呢，他就传位给了女婿，阿姆苏·瓦尔玛，而没传给儿子。

　　这阿姆苏·瓦尔玛，你别管他怎么登位的，总之呢，他就能平衡吐蕃和印度两大国的关系,所以这个时期,说是尼泊尔历史上的黄金时期也不奇怪!而且据说阿姆苏·瓦尔马还跟吐蕃联姻,把自己的女儿嫁给了松赞干布,这就是历史上有时会提到的尺尊公主,她和文成公主齐名,据说后来成了藏传佛教中的绿度母和白度母。

唐卡中的绿度母和白度母。传说分别是文成公主和泥婆罗尺尊公主的化身

可是呢,阿姆苏·瓦尔马一死,坏了!国家乱套了!据说他没有留下后嗣,而老国王希瓦·德瓦的两个儿子还在世,这俩王子为了争夺王位,那是不惜一切手段!这时候松赞干布和戒日王尸罗逸多一看,正好,我们还愁没法控制泥婆罗呢,这给我们机会了!所以双方各拥立一个王子,吐蕃和戒日帝国的斗法进入了白热化状态!最终呢,几经争斗,吐蕃方面拥立的乌达亚·德瓦胜利称王,稳定了政权,后来又传位给儿子,也就是王玄策面见的纳伦德拉·德瓦。

要说这个纳伦德拉王呢,还挺有志气,虽然他爹是被吐蕃拥立的,但是他不太买账,还是想在吐蕃和印度之间找平衡,复制阿姆苏·瓦尔马时期的辉煌。其实这也不奇怪,作为小国,要在两个大国之间左右逢源,总好过左右受气。可现在呢,泥婆罗几乎成了吐蕃的附庸国,怎么办呢?纳伦德拉王做了不少的努力。其中,善待大唐使者王玄策,是他很看重的一点。纳伦德拉王得到情报,知道大唐皇帝李世民成了松赞干布的老丈人，那大唐肯定对吐蕃有一定的制约能力。所以纳伦德拉王赶紧讨好大唐，又是遣使纳贡，又在之前，善待了来访问的唐朝使团，当时王玄策就是副使。在纳伦德拉王看来，如果能把大唐的注意力也引过来，那么三家博弈总好过两家斗法。但今天一看，王玄策他们一出事，先想到帮忙的，还就是吐蕃的松赞干布，纳伦德拉王心里就有点不痛快：嗨！闹了半天大唐和吐蕃穿的是一条连裆裤啊！

但这话只能在心里想，嘴上不能说，所以纳伦德拉王脑袋转悠了半天，终于点点头："好吧！你们回去休息吧，做一做准备。明天，我会派我们最好的向导，带你们去吐蕃。"

"多谢泥婆罗尊王！"

就这样，王玄策和蒋师仁又休息了一天，等到第二天早饭已毕，泥婆罗方面派的向导也到了，而且还准备了好马。一行人立刻往吐蕃的首都逻些，也就是现在的拉萨。咱们简断截说，一行人饥餐渴饮，晓行夜住，几天的工夫就赶到了拉萨。当时呢，从泥婆罗到拉萨的道路还算比较畅通，所以一行人走得挺顺利。等到了拉萨的布达拉宫，终于见到了吐蕃的大论，也就是吐蕃的丞相噶尔·东赞。这个人的名字也许您不是很熟，但他的另一个称呼，您应该不陌生，此人也被叫作禄东赞。说松赞干布和文成公主，肯定绕不开他，这是吐蕃王朝有名的谋士。

等见到了禄东赞之后，王玄策不敢怠慢，赶紧把使团被袭击、礼物被抢之事，跟禄东赞说了一遍。禄东赞听后大惊，马上让人跟赞普松赞干布汇报。

咱们书中代言，所谓松赞干布，其实本名叫作弃宗弄赞，只不过咱们习惯性地称之为松赞干布，那是吐蕃王朝的一代明君！咱们且说松赞干布，等听到这消息，也吓了一大跳！松赞干布心说：印度那边什么意思啊？两国相争都不斩来使，你们可好，吃生米的是不是？尤其是阿罗那顺，还抢劫袭击使团，这不是找揍吗？

说实话，松赞干布现在也是憋了一肚子火，正没处撒呢！咱们前文也说了，吐蕃和印度现在是处处斗法，除了直接开兵见仗之外，能用的手段全都用了！可说句实话，吐蕃方面除了在泥婆罗取得了一点优势之外，并没什么决定性的胜利，这对于在吐蕃所当无前的松赞干布来说，很窝火！而就在之前呢，戒日王去世的消息早就传到了吐蕃，松赞干布一听，高兴！南线多年的老对手终于没了！所以设宴三天，以示庆祝。但是呢，要说动兵征伐，还挺有难度。最关键的是，找不着借口啊！打仗就是这样，你要有合理的借口，不然的话，连自己的人都说不服，这仗怎么打？所以松赞干布还在等。现在可好，借口送上门了！所以松赞干布高兴！马上回复王玄策："大唐的使者，你们放心！我是大唐的女婿，大唐的事，就是我的事！印度人如此无礼，袭击你们大唐的使团，这等于也是打我的脸！我一定帮你们出这口恶气！来人！准备集结五万……"

松赞干布刚准备说"集结五万大军，进军印度"，这时候，大论禄东赞赶紧一拽松赞干布衣角，凑到耳边嘀咕了几句，松赞干布一听："嗯？"

随即就连连点头。王玄策和蒋师仁一看不好，这心都凉了！心说：禄东赞这家伙到底说什么了？看来我们这次借兵要悬啊！如果借兵不成，我们岂不是要夹着尾巴回大唐？那可就惨了，把大唐的脸就丢尽了！

王玄策和蒋师仁就这么提心吊胆，等松赞干布的头点完了，松赞干布又说了："大唐的使者啊，作为大唐的女婿，大唐有了事，我义不容辞！只不过我现在也有些困难。你们知道，文成公主进藏的时候，走的就是唐蕃道，这条道路从长安到我们拉萨，虽然畅通，但崎岖难行，不利于咱们两家的交流和通商。所以我的主要兵力都在修整唐蕃道，想要快速抽调出来，难度很大。这样，我现在身边的亲兵卫队有两千人，我抽调一千二百人给你们，你们先行出发，进军印度，占领桥头堡。我尽快抽调至少五万大军为后援，进军印度，给你们出气！"

"嗯？"

王玄策和蒋师仁一听都傻了！虽说这比借不着兵强，可印度兵数量可不少，上次袭击我们的，可就不下两千，而且那只是一点点地方部队，印度中央的军队不定有多少！这一千二百人能顶什么用啊？

有人问了，禄东赞到底跟松赞干布说什么了？松赞干布突然就从大方变成了小气？到底什么话这么有威力？

咱们书中代言，禄东赞这个家伙，确实是聪明绝顶。而且说句实话，他对大唐的印象并不好。咱们说呢，吐蕃当时跟大唐的关系，并不像后世传颂的那么和谐，这一切的一切，还是国力比拼的结果。当时，吐蕃统一之后，扩张的方向主要有两个，一个就是北线的大唐西域，一个就是南线的印度。而当时呢，吐蕃扩张的首选，还就是北线，因为这里扼守丝绸之路，把这拿下，无尽的财源就滚滚而来！

刚开始，松赞干布刚刚平定吐蕃，士卒疲劳，国力消耗挺大，而且找不着借口，干脆就采取软的一手，先通使纳贡，然后向唐朝请婚，请求唐朝下嫁公主。当时的唐太宗，刚刚击破西突厥，风头正盛，根本没把吐蕃的松赞干布放在眼里，所以断然拒绝了赐婚。

这下松赞干布可找着借口了，马上用倾国之兵二十万，开始了军事行动。不过呢，松赞干布还挺有技巧，没直接跟大唐动手，而是借口说："我此次请婚失败，全都是吐谷浑搞的鬼！要不是他们进谗言，我不至于失败！"

所以他全军出动，攻打吐谷浑！

这个吐谷浑呢，是鲜卑族慕容氏的后裔所建。咱们说中国历史上，在西晋灭亡之后，有一阵叫"五胡乱华"，匈奴、鲜卑、羯、氐、羌，这五胡进入中国的北部，乱打一锅粥。这其中呢，鲜卑人里有一支贵族，就叫慕容氏，他们也建立了几个政权。五胡十六国，有人家一号。等到后来呢，鲜卑族逐渐消亡，其中一支就跑到了西域的附近，建立了吐谷浑国。不过这个国家，到了唐朝初年，已经是国力疲敝，根本不行了，所以他们主动归顺唐朝，成了附属国。松赞干布这招可好，敲山震虎，打的是吐谷浑，实际就是跟唐朝示威！吐谷浑呢，根本不是吐蕃的对手，几仗下来，一路溃散。吐谷浑国王一看，这可不行，赶紧就向李世民求援。这时候松赞干布一看，美！嘿嘿！吐谷浑不成啊，我看唐朝也就那么回事！这回李世民呐，我不当你女婿了，我当你爹！

第十二回　唐太宗力降吐蕃　蒋师仁挑选精兵

　　王玄策吐蕃求救，想跟松赞干布借兵，向印度的阿罗那顺报一箭之仇。可松赞干布态度却十分暧昧，说大话使小钱。刚开始，要说借给王玄策五万人。可话音没落，旁边的大臣禄东赞稍微嘀咕几句，他就改主意了。借兵是借，但只借一千二百人。

　　王玄策和蒋师仁一听就傻了，一千二百人？那能顶什么用啊？这松赞干布想什么呢？怎么能这么干呢？

　　书中代言，松赞干布之所以是这个态度，跟当时的形势很有关系。咱们说松赞干布这个人，那是宁折不弯，他能说借兵，已经是不得了的了。这个还得归功于大唐的实力强大。

　　咱们这说一句，唐朝和吐蕃的关系，其实很微妙。有好的时候，咱们历史书上都看过，文成公主，还有后来的金城公主，都嫁给了吐蕃的赞普，也就是首领，双方亲密无间，这是好的时候。但也有那不对付的时候。比如说，松赞干布刚刚统一吐蕃之后，他首选的扩张方向，就是大唐的西域。他想控制丝绸之路，赚钱啊！

刚开始呢，松赞干布想玩一手软的，先向唐朝请婚。可当时的唐太宗李世民呢，没把松赞干布放到眼里，严词拒绝。这松赞干布一看，软的不行，来硬的！发动倾国之兵二十万，进攻吐谷浑。这叫敲山震虎啊！吐谷浑是唐朝的附属国，打这等于跟唐朝示威。

这吐谷浑国力弱小，它不禁揍，没几下就让松赞干布打得大败！松赞干布一看，信心百倍：哦！唐朝的附属国就这点能耐啊！估计唐朝也不禁揍。行！李世民呐，你不是不让我做你女婿吗？好，这回我当你爹！

所以松赞干布亲率吐蕃大军，乘胜进攻唐朝的西部重镇——松州，也就是现在的四川松潘一带。在当地驻守的少量唐军地方部队，没能扛住吐蕃的大军，战败撤退，赶紧就向中央告急。

这时候唐太宗李世民得到了报告，他也没想到吐蕃那么强，地方那点部队根本不顶用。这回唐太宗也认真了，马上调集主力部队，派遣侯君集、执失思力、牛进达、刘兰四员大将，率五万生力军，挥师西进。

咱们且说牛进达，这家伙据说是《隋唐演义》中尤俊达的原型，有能耐！他率先赶到松州，趁着吐蕃不备，一场夜袭，彻底地遏止了吐蕃的进攻势头。这回松赞干布可就头疼了，他的大军除了人数优势和特别骁勇之外，训练程度和兵种配合远没有唐朝厉害，而且这次松赞干布用劲有点猛了，二十万大军，人吃马喂得多少啊！而吐蕃军队呢，由于来自于青藏高原，所以后勤一直是短板。要是在外线开兵见仗，速战速决、就地征收，还好点；一打持久战，准吃亏！这时候，吐蕃大军内部的厌战情绪也很大，松赞干布一看不好，赶紧就撤了，继续派遣使臣，跟唐朝通好，再次要求唐朝赐婚。

您看见没？如果国家富庶，实力也强，人家会争着当你的女婿。但如果国家富庶，实力不强，人家可不会当你女婿了，肯定得大兵压境，不灭国也得当你爹！

而经过这回的交战，唐太宗李世民也明白了，吐蕃不是随随便便就可以击败的对手，得予以重视。好在人家愿意求和请婚，多个盟友，总好过多个敌人吧！所以唐太宗李世民就选定文成公主入藏，跟松赞干布成亲，唐朝和吐蕃的关系就进入了蜜月期。

现在的松赞干布，彻底见识到了唐朝的强大，所以马上着手了一系列的行动：

首先，扩建唐蕃古道。咱们说，唐蕃古道就是丝绸之路的一个分支，是从丝绸之路的主干道往青藏高原走的交通线，这条路虽然早已有之，但沿途崎岖难行，小规模的商旅勉强能过，不利于大规模的交流。松赞干布把军队派出去，扩建这条大道，让它接上丝绸之路，把自己的势力，也纳入了丝绸之路的体系。这样，吐蕃不仅随时能跟丝绸之路联系，而且把住了从大唐通往泥婆罗和印度的近道，这对于吐蕃来讲，也就意味着财源会滚滚而来。

另外呢，松赞干布也见识到了唐军的后勤保障和各种工艺，这都是

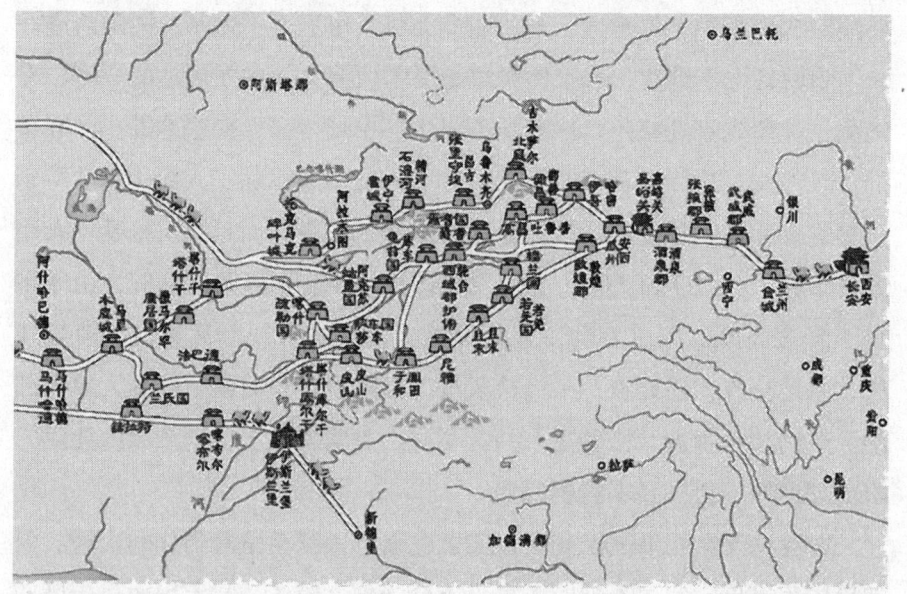

丝绸之路示意图。当时这是连接亚洲和欧洲的一条重要贸易路线，也是重要的财源，所以这条路沿线的各个政权，包括大唐、吐蕃、大食等等，都得想办法尽可能地控制这条贸易路线，让利润最大化

吐蕃缺少的。青藏高原，土地虽然广阔，但比较贫瘠，想养着二十多万的常备军，还挺困难。好在文成公主入藏，带来了好些书籍和工匠，甚至是农作物，松赞干布就在这里汲取了不少的营养，吐蕃的国力开始迅速的恢复。

可咱们说呢，人和人还是不一样的，松赞干布主张向唐朝学习，但有些人不太满意。比如身为丞相的禄东赞，他就跟本土派别的联系比较近。而且咱们说呢，松赞干布在第二次请求赐婚的时候，派出的使臣，就是禄东赞。禄东赞呢，精明强干，成功地完成了使命，唐太宗李世民甚至赐了他右卫大将军的虚衔，以示赏赐。可是呢，据说在和亲的事情上，唐太宗李世民为了看看吐蕃人是不是还没开化的夷狄，特别给禄东赞设置了一系列难题，有的说是三个，有的说是六个。禄东赞对此呢，也不免有所看法，而且他本身就是吐蕃的地方实力派，所以事事处处，都要保守一些。这回松赞干布要派兵给王玄策出气，禄东赞赶紧拦住，他跟松赞干布怎么嘀咕的呢？大概意思是说：

"赞普大人且慢！您要为大唐出这口恶气，心情我们能理解，但您请暂息雷霆之怒、休发虎狼之威。这个事情，咱们得从长计议。戒日王已死，咱们最大的敌人没了，这不假，但印度到底现在是个什么状况？咱们的探子还没回来，如果这样贸然出兵，祸福难料。印度的象兵，威力您是知道的。要我看呢，既然大唐的使者要出这口恶气，不如咱们就象征性地支援一点兵力，让他们先去试探印度的虚实。如果没了戒日王的印度不堪一击，咱们就趁势进攻。如果印度现在还是兵强马壮，咱们就适时收手，不至于有什么太大的损失。您觉得如何？"

松赞干布一听，这主意不错，现在自己攒这点家底不容易，要是一时冲动损失过大，还真不好恢复。所以马上改口，五万人不给了，只说作为后援。然后把自己的亲兵卫队拨了一千二百人给王玄策和蒋师仁。

咱们再说蒋师仁，气得那是直扑棱脑袋啊，他低声跟下面嘀咕："我说王大人，那个什么禄东赞，跟赞普说什么了？怎么突然变得那么小气？这一千二百人，我怕是杯水车薪啊！唉！这不是欺负人吗？小心我要骂人了！"

咱们说蒋师仁，军旅出身，脾气特别爆，忍不住就得发火。王玄策一看，赶紧给蒋师仁使眼色："哎！哎！！"

王玄策也没辙啊，就怕蒋师仁一发火，把事情搞砸，怎么说现在，即便是说大话使小钱，起码在大话上，松赞干布还算是支持我们，这比爱答不理要强啊！而且现在千万别发火，这可不是大唐，一旦闹将起来，小心我们都没法活着出去！所以王玄策整理整理思绪，强忍怒火往上回复："赞普大人，多谢您对我们大唐的心意。只不过我们已经见识了印度的兵力，虽说他们的实力不济，但人数众多。咱们只有一千二百人，即便是精兵中的精兵，从数量上讲，我怕也是杯水车薪！"

松赞干布一听，又乐了："哈哈，大唐的使者，你们尽管放心，我可不是叫你们只带一千二百人回去。这样，我一会儿修书一封，你们带回去给泥婆罗国王，然后他就会以我的名义，召集我辖下各属国的军队，祝你们一臂之力。他们人数不会太少，大概没有一万人也差不多。而且后面有我呢！等我集结好了兵力，就会亲自率军去增援你们。放心吧！你们大唐的忙，我帮定了！来人呐！先带大唐的使臣去点兵！"

王玄策和蒋师仁一听，还有点纳闷，心说：这行吗？就松赞干布这一封信，能召集多少人呢？就这么半信半疑，有人带着王玄策和蒋师仁，就来到教军场。这时候呢，松赞干布的两千亲兵已经到了，再看这两千人，好！一眼望去，身高起码七尺半，比蒋师仁高至少半头，十分威风！而且一个个身高体壮、盔明甲亮，身上的披风，不是绣着老虎，就是绣着猎豹，一人身上都好几样兵器，什么长枪短刀抛石器、硬弓盾牌透甲箭，全都有！而且人人都牵着两匹战马。这一看就是绝对的精锐！

而且这支军队，从整体看来，跟唐军骑兵挺相似，又有吐蕃的特色。咱们书中代言，就这支亲兵卫队，是松赞干布见识到了唐军主力之后，特别仿照唐军的装备，再糅之以吐蕃骑兵的特性，挑选训练出来的精锐。就这两千人，一个能顶十个！

王玄策和蒋师仁一看，就有点发晕，好！吐蕃还有这么厉害的兵呢！真没想到！

这时候禄东赞过来了："大唐的使者，这就是我们赞普的亲兵卫队，请你们随便挑！"

第十三回　松赞干布软硬兼施
　　　　　　纳伦德拉俯首听命

　　王玄策点兵挑将，这回呢，可以敞开选了。人数不多，一千二百人，但得挑最精锐的。但等王玄策和蒋师仁到了教军场一看，嚯！傻眼了！怎么回事呢？咱们说松赞干布这两千卫队，那可都不是等闲之辈！这一看，好，人人两匹战马！手上都好几样兵器。什么长枪短刀抛石器、硬弓盾牌透甲箭，全都有！这回也别说王玄策了，连身经百战的蒋师仁都看傻了！嚯！这吐蕃怎么还有那么厉害的兵呢？

　　咱们书中代言，就松赞干布这卫队，厉害也不奇怪。本身人家就是精选出来的兵，而且松赞干布也知道，唐朝的练兵技术非常好。所以他就仿照唐朝的训练，再糅以吐蕃齐兵的特性，就这么训练这卫队。所以就这两千人，适应能力特别强，而且能耐也大，人人都会好几样兵器！这也放句大话，这也别说唐朝普通的骑兵了，就是玄甲军，也就是李世民的精锐，等数量级，两千对两千，玄甲军未必能在松赞干布的卫队手中，占多大便宜！就这么厉害！

这时候禄东赞也过来了:"大唐的使者,这就是我们赞普的亲兵卫队,你们随便挑吧!"

王玄策一看,那就挑吧!这事我不是专长,就让蒋师仁来吧!所以他直朝蒋师仁努嘴:"嗯!"那意思,你赶紧挑吧!

咱们说蒋师仁呢,这家伙是绝对的行家,一看这情形,还挑什么啊?人家这都是精锐,挑谁都差不多。但是蒋师仁脑筋一转个,就跟禄东赞说了:"哎我说禄东赞大人,这些兵都是精锐,我看得出来,所以您就让别人代劳吧,在他们之中,随便给我带一千二百人出来就差不多了。但是我还得要一些别的东西,也很重要,您务必给我备齐!"

禄东赞就问:"哦!大唐的使者,你们想要什么呢?只要我们能弄到的,我们一定准备。"

"那就太好了!另外我要借随文成公主一起进藏的能工巧匠,得有二十人!"

"行,这也不是问题。"

接下来呢,蒋师仁就开始列清单。等禄东赞拿到了清单,还真有点晕。怎么回事呢?要说这里面有一部分东西,不奇怪,比如什么狼牙箭十万支、拒马枪五千支、加长的长枪两千把、布匹三千匹等等,这都属于战争的消耗品,数量虽然不少,但都在禄东赞预料之内,打仗嘛,肯定就是打钱呢!这些东西的消耗少不了。可剩余的东西,禄东赞就不明白了,这些有什么呢?好铁一万斤,长两丈、粗一人抱的木料一千根、长一丈、对掐粗的木料五千根,牛皮一万张,牛筋三万根等等,这些禄东赞完全不明白,要这些干什么呢?

咱们书中代言,蒋师仁之所以要这些东西,那是有他的想法,因为有些东西大家都会,那无所谓。但当时唐朝有不少管制型的兵器,威力巨大,拿出来往往就有毁灭性的效果!这里面,单兵兵器比如克制骑兵的陌刀、硬弩,重兵器有大号的绞盘弩、投石机等等。这些管制型兵器,平常都不配发,要用的时候,就由中央统一调配。这也没辙啊!这

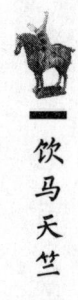

就是唐朝军队当年纵横南北的镇国利器，属于核心机密，看见的敌人，往往没法活着回去！就这么厉害！可要让别人学去呢，自己也得倒霉！所以必须要管制。

咱们说蒋师仁呢，他在西域军中多年，老用这些东西了，虽然没做过，但耳濡目染，对这套东西的制作方法略知一二，而且保密制度他也明白，所以干脆就跟禄东赞要了原材料，准备自己做！蒋师仁为什么跟松赞干布借了文成公主的能工巧匠呢？就是干这个用的！

咱们说这一大批东西，要得挺刁钻，短时间内，吐蕃也调集不齐，所以禄东赞请示了松赞干布。松赞干布就修书一封，这是给泥婆罗国王的，后面还附上了急需物品的清单。就这样，几天之后，王玄策和蒋师仁带着一千二百人，还有一系列应用之物，再度会师泥婆罗，面见纳伦德拉王。

咱们再说纳伦德拉王，等他一打开松赞干布来的信，看完第一封，就是召集联军的檄文。还点点头：嗯，这是松赞干布的风格。

第二封信看完了，也没什么。可等看第三封信，纳伦德拉王当时就变了脸色，脑袋上是青筋直蹦，那汗珠子"滴答滴答"往下直流啊！有人问了，怎么回事呢？第一封信就是松赞干布以自己的名义，召集周边国家集结军队的檄文，大概是说：

印度新王阿罗那顺倒行逆施，作恶多端，竟然劫夺大唐使者，杀人越货！我松赞干布，向来敬仰大唐，大唐如今遭此横祸，我岂能善罢甘休！现召集诸国，集结军队，与我同报此仇！奋勇向前者，我自不会亏待你们。但如有犹豫不前者，休怪我翻脸不认人！

后面还扣着松赞干布的大印。咱们说，这封檄文是软中带硬，谁不听话就得倒霉！

这是第一部分；第二部分呢，就是剩余的物品清单；第三部分，就是给纳伦德拉王的私人信件。这信大概是这么写的：

大唐使者是我们吐蕃的贵客，所以你们要好生招待，有任何的要求都要答应。而且此次出兵，你们泥婆罗要出大头，起码要出动七千兵力。如果你做得漂亮，那自不必说，下面几年的贡物我也会有所减免。如果你敢违抗，小心我的拳头！而且不要跟唐朝使臣诉苦，你没那么多兵，你暗中鼓捣的那点事，我是一清二楚！

　　有人问了，泥婆罗的纳伦德拉王暗中鼓捣什么了？怎么松赞干布全知道呢？咱们书中代言，纳伦德拉王跟

法王洞里的松赞干布像，松赞干布是吐蕃王朝的一代明君，但在王玄策事件中，他表现得着实有点抠

他爹不一样，他爹是松赞干布扶起来的，可纳伦德拉王呢，不太买账。他还想重现当年在吐蕃和印度之间左右逢源的辉煌盛世，所以他在暗中积蓄力量，扩充军队，至少实力要能跟吐蕃抗一抗吧，这样说话才能响亮一点。要是不堪一击，人家才不嘞你这根胡子呢！到现在为止，泥婆罗全国的兵力已经接近一万，这在小国之中就算不得了的！

　　可咱们说呢，纳伦德拉王虽然有两下子，可无奈他的对手是松赞干布！松赞干布更有能耐，对付纳伦德拉王，那就跟老叟戏婴儿差不多！松赞干布早就派了人，把控了泥婆罗不少要害的位置，所以纳伦德拉王这点行动，松赞干布全都知道。这回呢，松赞干布的如意算盘打得不错，逼着泥婆罗大出血！这样呢，泥婆罗和印度两败俱伤，得利的就是他松赞干布！

　　纳伦德拉王虽然是个明白人，知道松赞干布这一手叫作"鹬蚌相争，渔翁得利"，可也没别的办法，人在屋檐下，怎敢不低头？所以只能捏着鼻子，照要求开始点兵，准备物资。不过纳伦德拉王心里也在盘算：我听说大唐曾经击败过松赞干布，看来大唐的人打仗，肯定有其过人之处，我不如趁这个机会学习一下，将来也好有用！

　　您看见没？这正是"各揣心腹事，尽在不言中"！

第十三回　松赞干布软硬兼施　纳伦德拉俯首听命

咱们简断截说，纳伦德拉王先把首都的三千人马拨给王玄策，然后一边发表檄文、召集联军，一边继续调兵。而就在这个当口呢，王玄策和蒋师仁也在忙活。干什么呢？制作武器！您看，虽说来的都是士兵，随身都有武器，但那些唐朝的国之重器，尤其是攻城武器，都比较缺，蒋师仁当时跟禄东赞要的东西，大部分都是干这个用的。

有人问了，如果在泥婆罗制作这些东西，不怕人家学走吗？咱就这么说，蒋师仁挺有主意，先跟纳伦德拉王借大批的工匠。纳伦德拉王一听，挺高兴，这是来学习啊！所以挺帮忙，抽调了全国最好的工匠来帮忙。但蒋师仁呢，一般的技术都教他们，但有关于核心技术呢，蒋师仁是一点不露！

第十四回　联军打造利器
　　　　　师仁大练军兵

　　王玄策再返泥婆罗，这次情况可大不一样了。吐蕃方面，松赞干布虽然说大话使小钱，但也派了点兵。而且拿了自己的信，给纳伦德拉王。这泥婆罗的纳伦德拉王，是一点脾气也没有，他就怕这松赞干布，所以赶紧按照信中要求，从各地抽调兵力，而且召集援军，让其他国家也来人，赶紧调动。而这个时候呢，王玄策和蒋师仁也不闲着，他们赶紧得打造军器。

　　有人问了，打造什么军器？一般这兵器，人家士兵没有吗？这告诉您，一般的兵器，什么刀枪剑戟、斧钺钩叉，这都不愁，人家泥婆罗士兵，还有吐蕃骑兵都有。但是呢，其一，缺乏攻城武器，你打野战打肉搏战，都问题不大，稍加训练就行。但是，你碰上人家城池，你没有攻城武器，生往上填人，这个太困难。

　　这是一方面。再有呢，唐军纵横天下，凭的就是一些绝密兵器。这东西属于镇国利器，拿出来，往往对方就没命回去！蒋师仁呢，因为他

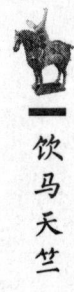

是军官出身，对这些绝密兵器特别喜爱。没有他们，心里没底！所以趁着人家调动兵力，往自己这集结。自己别闲着，赶紧造！

有人问了，既然是绝密兵器，要是让人家学走，不是留祸根吗？那怎么办呢？咱们说蒋师仁，人家真有招！要说呢，自己这儿的工匠，数量真是不够，除了蒋师仁自己懂一些。就还有二十个工匠，这是文成公主带着进入吐蕃这些人，他们懂。这二十一个人，你让他们大批量打造兵器，不可能。但守住机密，没问题！

其余那些大批量工作呢，蒋师仁就跟纳伦德拉王借人。这泥婆罗国王纳伦德拉，他对这点非常支持。他就认为，唐朝这些东西，我们学几分是几分，学点就能有用！所以这工匠，有多少我借多少！他是大力支持！

这样呢，蒋师仁就让这些泥婆罗工匠，打个大样，造个零件，但具体怎么拼装怎么调试，就靠着核心的二十一个人。这也叫知识产权吧，保密！蒋师仁也特别给这二十个工匠都训了话："我告诉你们！从今天开始，你们要做的，都是咱们大唐的绝密武器！你们都把绝活拿出来！干完之后，不用说！奖励大大的，但谁也不许外传！谁要是泄露机密，我先挖了他的眼睛，割了他的舌头，剁了他的手！让他这辈子就成了废人！"

这属于连拍带吓唬，这帮工匠一看，得！我们惹不起，乖乖干活吧！这帮人也巧，人数不是少吗？没关系，分组负责，流水线作业，这样效率就提高不少。就这样，制作兵器的工作，就在慢慢进行。当然咱们说，就这么制作，可能没有唐朝中央政府那边制作的精良，但泥婆罗的工匠也不次，再加上有唐朝的工匠把控核心技术，所以完全能用。

制作武器只是一方面，蒋师仁等交代完了，赶紧找到了王玄策："我说王大人！武器怎么做，我都交代了，这是图纸，交给你保管，剩下的可就辛苦你了！我还得抓紧时间练兵！"

"行了，兵器就交给我吧！师仁，你可抓紧练兵！"

要说怎么练兵呢？蒋师仁先分头找吐蕃和泥婆罗的将军。咱们说吐蕃这边呢，带队的主要是三个人：最大的，千户长将军扎西多吉，身高九尺，那真是高人一头、矣人一臂，身披重甲，一身虎皮披风，那真是与众不同。这个扎西多吉还有两个副手，斯郎泽仁、斯郎降措，官职稍微低一点，部落长副将，这是哥俩，身高呢，比扎西多吉稍微矮一点，大概八尺八寸，也是身披重甲，一身豹皮披风，也是特别威风！这仨给蒋师仁演练了一番他们的战法，蒋师仁那是行家啊！一看，行！这支吐蕃的士兵训练得还真好，长枪短刀弓箭投石器，全都能用，手段多种多样，而且战士彪悍，不用多调教，蒋师仁就让他们操练一下各种阵法。

再看看泥婆罗的这些士兵，蒋师仁乐了，这帮人比吐蕃差多了！虽说也算是职业军人，但因为这支军队是属于秘密组建的，纳伦德拉王为了避开松赞干布的耳目，不能公开地训练，所以这些人训练得不是特系统，这一拉弓，一列阵，蒋师仁看出来了，得！主要得训练他们，不然的话，吐蕃骑兵再勇猛，数量也太少，不够用的。于是蒋师仁把他们集合起来："我说各位！咱们下面要去讨伐印度人，不过呢，在此之前，我得教教你们怎么打仗！"

"哗——"

大伙一听，当时就乐了，几个泥婆罗的军官就站出来了："喂！唐朝的！别太小看人！你要说什么高级阵法、特殊兵器我们没见过，还可能，怎么可能连打仗都不会呢！"

蒋师仁一听，嘿！这帮家伙还有点傲气，那我得杀杀他们的威风，不然之后不好办呐！所以想到这，蒋师仁乐了："哈哈！那既然这么说，各位都是会打仗的高手。那谁告诉我，这样兵器怎么用？"

蒋师仁说着，从背后拿出了一把弩。这帮泥婆罗兵一看，"哗——"，又乐了，这回军官带头，有个军官叫沙阿，他就说了："唐朝人！你当我们什么都不懂啊，你那是弩！我们怎么可能不会使呢？"

蒋师仁一乐："好啊！泥婆罗勇士，你叫什么？"

"我叫沙阿！"

"行！沙阿，既然你挺有经验，那你就给你的将士们演示一下，怎么用这张弩射击！"

"嘿！没问题！"

这个沙阿就过来了，把弩抄在手中。这时候其余的泥婆罗将士，包括这次的行军元帅苏尔雅在内，都等着看蒋师仁的笑话。他们心说：哼哼！唐朝人，你也太小看人了，一把弩我们还不会使啊？看我们用完了你说什么！

咱们再说沙阿，这家伙有把子力气，挺自信，这接过弩来一掂，哎，还真有点分量。这家伙没当回事，就认为着只要使点劲，拉开弦，往后面弩机的勾牙上一挂，就算完了。再看沙阿，一手抓住弓背，一手拉住弦："开！开！开！！！"

好，连开三次，累得满脸通红，怎么也没把弩张开。沙阿还不信邪，又拽了三次："走！起！开！"

累得通身是汗，还是没拽开。最后沙阿一赌气，把弩扔到一边："你这弩是坏的，根本开不开！"

蒋师仁看了没说话，把弩捡起来："哎！别这么说，我这个弩特别好使，来来来！我教你！"

说这话，蒋师仁把弩直着戳到地上："来来来！沙阿，你用脚踩住弓背啊，弯腰，俩手拉弦，腰使劲！走！"

沙阿不明白啊，干脆随着蒋师仁的动作，弯腰用脚踩住弓背，这腰一使劲，"哎"，"嘎吱吱吱"，没下死劲，还真就把弩给张开了！

有人问了，这是怎么回事呢？咱们书中代言，蒋师仁拿来的这种弩，特别的厉害，叫"蹶张弩"，与此相对的呢，叫"擎张弩"，这种"擎张弩"流传较广，但力量比较轻，俩胳膊一较劲就能拉开，射速也快，步兵骑兵都常用。但蹶张弩就不一样了，除非你是天生神力，不然靠俩胳膊根本没戏。所以要开这种弩，标准动作就是撅着屁股，用脚踩着弓背，然后双手拉弓弦，这才能拉开，这东西射击的力量特别足，能穿透重甲，就是射速慢一点。

咱们再说沙阿，这么一开弦，旁边的泥婆罗士兵，"哗——"，又乱套了："嘿！我说唐朝这把弩的劲还真大啊！"

东汉壁画中的蹶张弩。注意，开蹶张弩的时候，需要手脚并用，可见其射击劲头之大，这也是古代中国对付游牧骑兵的神兵利器

"可不是，看来射击的威力比咱们的也强得多，咱们可得好好学！"

"没错没错！"

这下大家伙儿都服了，蒋师仁呢，就在这些士兵里挑选了八百人，专门学习这种蹶张弩，就让沙阿带队，然后蒋师仁又把阵法大概交代了一下，让他们下去训练。

紧接着，蒋师仁又来到泥婆罗兵的前面："我说你们见识过这种兵器吗？抬上来！"

下面有几个人抬上来两杆兵器，大伙一看，嚯！全傻了！怎么回事呢？这东西长一丈不到，跟大刀类似，刀头长能有五尺，中间厚、两边薄，杆能有四尺左右，纯铁打制，重量得在三十斤左右。可这东西挺奇怪，要说像把大刀吧，他前面的刀头是平直带角的，而且双面开刃，跟宽剑有点像。但说是宽剑吧，剑身也太厚、太大、太长了！泥婆罗士兵里就有人嘀咕："哎我说哥们，这东西怎么用啊？是跟剑类似，还是跟刀类似？"

"我看跟剑差不多，你看呐，形状就一样，所以只能刺和削，不能砍。"

"谁说的！我看跟大刀差不多！"

"哗——"

大家伙儿是众说纷纭。咱们且不说这帮士兵，这回来的泥婆罗军队里，最高的指挥官，是元帅苏尔雅，其次是泥婆罗第一猛将巴哈杜尔，另外有夏尔马、卡特利，还有刚才玩蹶张弩的沙阿，这帮人都有点经验，这几个人一合计，元帅苏尔雅就说了："唐朝人考咱呢嘿！哥几个，咱可不能丢人！谁认识，出来说说！"

这时候还真有一个人挺身出列："哎我说唐朝将军啊，你这样兵器，必是陌刀！"

第十五回　利兵刃惊煞众人
　　　　　　蒋师仁艺服猛将

　　蒋师仁练兵备战，要说呢，吐蕃的兵还比较好练，这都是精兵，说什么一点就透。但泥婆罗的士兵则差很多，他们的训练水平本身就不行。而且没见过什么好东西，认为自己还不含糊。对付这种人怎么办呢？蒋师仁就得先让他们见见那真家伙！

　　蒋师仁拿出第一样——蹶张弩，这是重型弩，特别有劲，能穿透重甲。泥婆罗将军沙阿，他仗着有劲，结果一试，还真不是那么回事。这有一部分人就被蒋师仁给降服了。

　　之后呢，蒋师仁又回到阵前，让人抬来两样东西，也是兵器。他就问大家伙儿："各位，这两样兵器你们认不认得啊？"

　　咱们说泥婆罗方面呢，最高指挥官是元帅，号称"太阳神"的苏尔雅，他经验比较丰富，但看这兵器，还真不太认得。为什么呢？这兵器挺特殊。长了能有不到一丈，跟大刀差不多，只不过刀头格外长，能占一半多，五尺往上，而且中间厚、两边薄、两边开刃。后头的把相对短

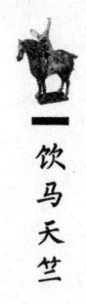

一些,四尺左右。整样兵器纯铁打造,重量能在三十斤左右。但你要细看看,还真是特殊。你说它像刀吧,那刀头特长,两边开刃,前头平直带角,好像那阔剑差不多。但你要说它是那阔剑、宽剑,也不一样,前头的剑身太宽太厚太大。

所以这些泥婆罗士兵看完了,全跟底下嘀咕:"哎我说哥们,这东西怎么用啊?是跟剑类似,还是跟刀类似?"

"我看跟剑差不多,你看呐,形状就一样,所以只能刺和削,砍要差一些。"

"谁说的!我看跟大刀差不多!"

"哗——"

底下吵成一片。咱们说那苏尔雅呢,他是元帅,也不认得。但要是明说不认识,他还感觉丢脸,这怎么办呢?他一琢磨,跟旁边的将军先说了:"唐朝人考咱呢嘿!哥几个,咱可不能丢人!谁认识,出来讲讲!"

咱们说,底下的泥婆罗将军还有好几个,除了刚才玩蹶张弩那个沙阿之外,还有什么夏尔马、卡特利等等,他们这几号面面相觑,全都不认识。最后终于有一个人挺身出列:"元帅啊,我试试!"

苏尔雅转头一看,放心了。出阵的人是谁呢?就是泥婆罗的第一猛将——巴哈杜尔,这名字的意思就是英雄,可见这人并非等闲之辈。

咱们说这巴哈杜尔,了不得!在泥婆罗军中号称武器专家。武器要是到了他的手里,比画两下,就知道怎么使,而且武艺高强!苏尔雅看他出列,放心了:"巴哈杜尔啊,那你就上阵,跟唐朝将军交流交流,说说这样兵器!"

"是!"

这巴哈杜尔晃着膀子就来到阵前:"我说唐朝将军啊,我来跟你说说这种兵器吧!"

蒋师仁抬头一看,好!只见这位,身高过丈,长的是膀大腰圆,岁数大概在三十多岁，正是巅峰的年龄。蒋师仁知道，这位肯定是个猛将级别的，所以就问他："那这位壮士，你说说吧！"

"关于这种兵器，我仅仅是听说，没见过实物，所以我要是说得不准，还请大唐的将军指教啊！我有所耳闻，大唐盛产好刀，仪刀、障刀、横刀、陌刀，而这四种之中，仪刀、障刀、横刀都是短兵器，而唯独一种陌刀，那是长兵器，而且是骑兵的克星。如果没看错，这两把就是陌刀无疑！大唐的将军，我说得对不对呢？"

哎哟！蒋师仁没想到，泥婆罗军队里还真有行家！所以是心花怒放："我说将军，你说的一点错都没有！你叫什么？"

旁边的元帅苏尔雅就说了："大唐的将军，这是我们泥婆罗的第一猛将，巴哈杜尔！"

"哦！巴哈杜尔将军，不得了啊！一看您就是行家。那您能不能试试看，使一使这把陌刀！"

巴哈杜尔呢，早也听得手痒了："行啊！那我就试试！来啊！给我抬两根竹竿来，上面包两层毛皮。"

有的泥婆罗士兵赶紧跑过去，抬了两根竹竿，又包了两层毛皮。再看巴哈杜尔，他把陌刀抄在手中，掂量掂量，适应一下重量，然后双手握住刀柄，把刀立在身体的右侧。

"哎！你们俩把竹竿并在一起，向我这跑，不许停！"

俩泥婆罗士兵一听，那咱就冲吧！所以把俩竹竿一并，扛在肩膀上，一溜烟地就向巴哈杜尔跑来。巴哈杜尔迎面也跑了两步，算准距离，把陌刀一抡："哈！"

这回乐子可大了！两根竹竿四层毛皮齐刷刷地被砍断，两个扛着的泥婆罗兵是站立不稳，"扑通！扑通！"，全趴下了。巴哈杜尔把刀一收："唐朝将军，我只当冲过来的竹竿就是敌人的骑兵，对不对！"

嘿！蒋师仁乐坏了："哈哈！巴哈杜尔！好！真不错，以后你也别叫我唐朝将军了，那多见外啊，咱们论哥俩！咱俩谁年岁大啊？"

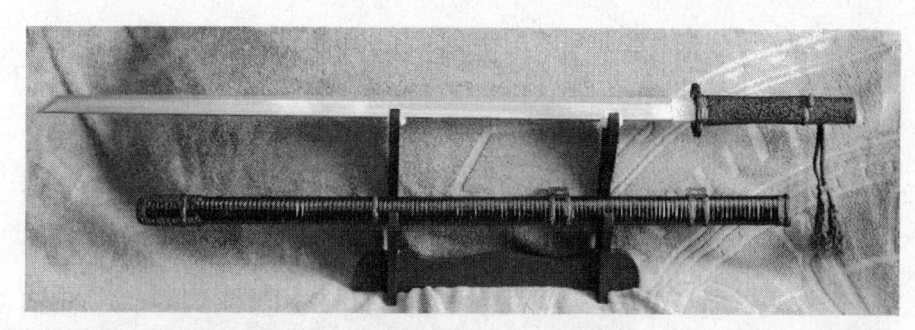

现代人仿制的唐刀。按照古书分类，唐刀分仪刀、障刀、横刀、陌刀，其中前三种都是比较短的单手刀，这也是日本刀的鼻祖，中国古代冷兵器的骄傲

这一论年岁，好，蒋师仁还小几岁，但那也挺高兴："行！以后我就叫你巴兄啦！巴兄啊，你挺有用陌刀的天赋，咱们这支部队，最要紧的就是陌刀队，以后就交给你带了。只不过，陌刀这种东西，虽然厉害，但也有问题。"

"哦？蒋老弟，问题在哪儿呢？"

"陌刀这种兵器，凶悍归凶悍，但属于长兵器，一寸长一寸强，而且排出阵势作战，战斗力自然可以。但如果单打独斗的时候，碰上短兵器高手近身格斗，或者人家的兵器比你还长，一般的用法可就有问题了。当然了，我们尽量不让陌刀队碰上这种情况，但战场的状况瞬息万变，你们还要能灵活运用。"

"对！蒋老弟你说的没错，但怎么个灵活运用呢？"

"嗯，咱们光说没用，我给你比划比划。你擅长用什么长兵器，咱们试试！"

巴哈杜尔一听这个，也上瘾了，这就跟老虎闻着肉味一样，忍不住啊！所以一转身，把自己的大枪拿来了。再看这把大枪，长一丈二，纯铁打制，枪杆能有鸭蛋粗细，重量六十斤左右，跟蒋师仁的马槊差不多。再看巴哈杜尔，把大枪一立："老弟，这是我的大枪，你看行不行？"

"行啊！巴兄，您进招吧！咱都是痛快人，别用假的，尽管用真招！"

"好嘞！着枪！"

"呜！"

巴哈杜尔这一枪，直奔蒋师仁的咽喉。蒋师仁一看，知道人家兵刃沉，所以不硬碰，赶紧一撤身："嘿！"

拿陌刀一拨长枪，紧接着陌刀顺着枪杆，拨草寻蛇，奔巴哈杜尔双手就去了。巴哈杜尔一看，嘿！这招的确是巧！但他也有招，赶紧把枪杆一横："哎！"

"当啷！"

陌刀正砍到大枪的枪杆上，那是火星四溅！蒋师仁一看，马上进步欺身，搬刀头献刀攥，"呜"，刀攥是三棱一个尖，从底下奔巴哈杜尔的哽嗓咽喉就点！巴哈杜尔一看，哎哟！还有这招呐！这回近了点身，陌刀比较短，用着舒服，巴哈杜尔的大枪太长，就不那么灵活了。可巴哈杜尔一看，也不能就这么被点上啊，这刀攥虽说没开刃，但也挺尖，这要被点上，吃什么也不香了。所以巴哈杜尔接着横大枪往下一格："哎！"

"当啷！"

真不容易，算给架开了。可没想到蒋师仁还有后手，就借着巴哈杜尔招架的这个反弹力，搬刀攥献刀头，"呜"，陌刀的刀头从贴着枪杆上沿，横着又抹回来了！巴哈杜尔一看，完！这算完呐！现在自己的枪还是顺不过来，只能横着架，这一刀要是架得不及时，我脑袋就没了！可就算我架得及时又能怎样？我这俩手攥着枪呢，人家贴着枪杆抹过来，我俩手也得掉！完喽！这还没怎么着呢，先弄个残废！所以巴哈杜尔干脆一闭眼，等死了！

可咱们说呢，蒋师仁也没打算下死手，虽说这种比武也得尽全力，那是当场不让步、举手不留情，但你总不能跟对付敌人一样吧！所以蒋师仁看着刀来得挺快，实际上让了一步，看着刀快抹着人手了，赶紧把刀一掉个儿，"啪"，直接把刀身拍到巴哈杜尔的手上了，这一下还挺疼，巴哈杜尔当时就攥不住枪了，"当啷"！大枪落地。

咱们说巴哈杜尔呢，他本来就闭眼等死了，可没想到这一下，手还挺疼。他心里也挺高兴，知道疼就说明没死啊！赶紧睁眼一看，蒋师仁把刀也收了："巴兄，承让了！"

"哎不不不！蒋老弟啊！我输得心服口服，陌刀这东西，真了不得！你可得好好教给我！"

第十六回　王玄策先礼后兵
　　　　　　鬼拉朱搬弄是非

　　蒋师仁艺服猛将，咱们说这泥婆罗猛将巴哈杜尔，他论武艺可以说是泥婆罗第一。蒋师仁呢，跟他也挺投脾气，是又称兄道弟、又比武，算把巴哈杜尔彻底降服了。巴哈杜尔佩服得五体投地："蒋老弟，你这陌刀使得太好了，以后你得好好教给我！好不好呢？"

　　"行啊老巴，咱哥们没说的！以后咱们多接触，我把绝招全教给你！"

　　"谢谢蒋老弟啊！"

　　就这样，蒋师仁就让巴哈杜尔挑了又挑、拔了又拔，选那身强力壮、动作灵敏，而且还勇敢的干将，能有一千一百人，蒋师仁亲自指导，教他们陌刀的阵型和用法。咱们说，巴哈杜尔武艺高强，人家有底子，而且泥婆罗的兵不白给，所以大家伙儿都学得挺快。

　　就这样，弩兵和陌刀兵解决了，这个军团的核心就解决了一大半。接下来的日子里，从泥婆罗各地调来的兵逐步到齐，王玄策和蒋师仁把他们分派了一下，选那动作敏捷、心理素质过硬的，让他们主练弓箭；

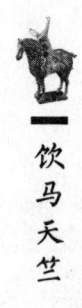

身高体壮的，主练近战，短刀盾牌都得精；骑术好的，就还练骑兵，但是长短家伙都得会使；要是什么都不太行的，没关系，编入辎重兵，有的心灵手巧，就让他们操作攻城武器；实在不行的，就负责押运粮草，等等，就把这些泥婆罗兵全给整编了一遍。

又过了些日子，周边的小国，什么章求拔国等等，也响应松赞干布的檄文，派了一千来人相助。王玄策和蒋师仁一看，现在时间也来不及了，咱们是要去找阿罗那顺报仇啊，老在这练兵算怎么回事，所以得抓紧时间。章求拔国这些混编的士兵也来不及练了，干脆就让他们骑术好的，充当斥候，也就是侦察兵；腿快的，就负责传递情报；其余的就编入辎重兵，都分派好了。

就这样，连练兵带集结，就小一个月了，蒋师仁看看，这支联合军的战斗力初具规模了，他挺高兴："哎我说王大人，咱们这支军队现在练得不错，用不了几天，咱们就得找那混账阿罗那顺去了！这个混账！要让我逮住他，非给他打出屎来不可！"

王玄策一听，乐了："我说师仁呐，你这个想法挺好，但不符合礼仪啊！人家怎么说也是一国之君，咱们大唐之人，行事得符合礼制。这

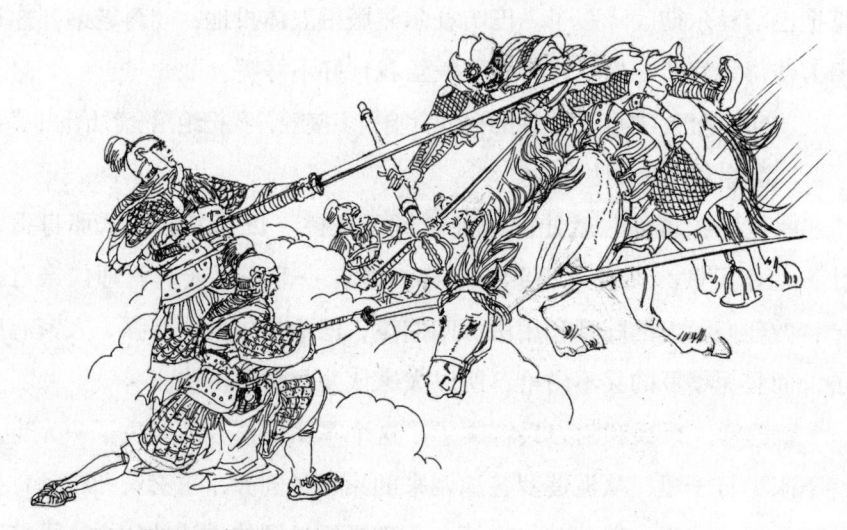

唐朝陌刀兵作战想象图。赵幼华绘

样,咱们练兵也快成了,别太着急动手,咱们先礼后兵,我就以大唐使臣的身份,写一封国书,质问阿罗那顺!看看他怎么解释劫杀咱们这件事。"

"嗨!我的王大人啊!那个阿罗那顺要能解释,这不就不会对咱们动手了嘛!咱们多那一道手续作甚!要我说,他不跟咱们好好谈,咱们也别跟他废话!咱就一路杀到印度的首都曲女城,把阿罗那顺拿小麻绳一勒,再让他解释!"

王玄策一摆手:"哎!师仁啊,你这么说就不对了!咱们得讲究有理有力有节,要不然咱们还算什么礼仪之国呢?你说的也没错,我写国书,阿罗那顺也不会好好搭理咱的,咱这时候再动兵,性质就不一样了。咱不是挑衅,咱是要维护国威啊!咱从道义上就胜了!你看啊……"

蒋师仁一听,脑袋都蒙了:"得得得,我说王大人,您不愧是文官出身。您说这些我也听不太懂,但看来是没错就对了!这样,您就先发国书,我还练兵,等阿罗那顺这小子的坏消息,咱们随时出兵!"

"行!就这么办了!"

就这样,王玄策以唐朝使臣的名义,修国书一封,派快马送往印度的首都——曲女城。当然了,王玄策也加了小心,得保证这封信完整送到,怎么办呢?这就得靠泥婆罗国王纳伦德拉,咱们前文也说了,泥婆罗夹在吐蕃和印度之间,双方在其中有诸多博弈,所以自然也有渠道可以直通印度首都。就这样,王玄策的国书就完整无缺地送到了阿罗那顺手里。

咱们再说阿罗那顺呢,他早就接到了报告,说泥婆罗的大军在边境集结,但阿罗那顺心说:就泥婆罗那点儿兵,能干什么?下了高原来打我呀?行啊!有种你就来,我都不用战象,直接就能把你们踏扁!

所以阿罗那顺就没重视,这回好,人家的书信都来了!阿罗那顺打开一看,上面写得还算客气,没提戒日王的事,这文书是这么写的:

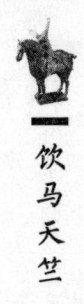

致阿罗那顺王：

我们乃是大唐使臣王玄策、副使蒋师仁。我等大唐使团，欲访贵国，交通友好，但路遇地方领主拉朱劫杀，财物被劫，使团近乎全军覆没，唯我二人得脱。此等逆臣，要在我们大唐，肯定要千刀万剐！现在请求您详查此事，返还财物、给个说法，咱们两国仍然友好。

下面盖着大唐使臣的印章，这算是正式的文书。

咱们说，阿罗那顺可不是傻子，之前拉朱跟他那胡说八道，他心里就明白了五六分，大唐使者我也见过，人家来过几次，都是友好出使，怎么这回能挑衅呢？这里分明有诈啊！

可咱们也说呢，阿罗那顺现在是心里明白，腿有点发飘。他现在缺钱缺得厉害，大唐使团这些真金白银，那是真能救他的急！有钱就能招兵，招兵就能平定印度，然后跟吐蕃争霸，再继续扩张。这要是把钱吐出来，一切的愿望不就全泡汤了吗？按说呢，唐朝的使者按照惯例，拿回被劫持的礼品，也不会拿走，还能给我，这就不要紧了，咱们和气生财。可要是他们坚决不给，我这不就亏大了？

这阿罗那顺思索再三，做不了决定，干脆把手下的重臣们全叫来，大家一起商议。您还别说，挺巧，就这一阵，阿罗那顺的几位重臣还真都在首都曲女城，本来大家是准备聚在一起，商议出兵的事宜，准备讨伐东天竺王尸鸠摩和南天竺王遮娄其。这回可好，先讨论这个吧！咱们简断截说，一共八位重臣，分别都是：宰相巴拉特、元帅甘尼许、猛将辛格，剩下的还有五个大领主：哥文达、萨钦、苏雷什、桑杰、拉朱，他们纷纷来到了王宫，参见阿罗那顺。

阿罗那顺也不隐瞒："各位啊！现在有这么个事。大唐使者给我来了一封文书，说他们在咱们的境内，遭到大领主拉朱的袭击，几乎全军覆没，礼物也被劫走了。"

"啊？有这事？"

"真的？拉朱疯了吧？"

拉朱就在底下呢，一听这话，脸涨得通红，不知道阿罗那顺什么意思啊！所以在下面没敢说话。

阿罗那顺接着说："不过就这件事，我可以告诉大家，我这里有完全不同的消息，就是拉朱的报告。拉朱啊，你自己说吧！"

这惹事精拉朱一看，行，你们都不知道，我好说话，干脆我胡说八道吧，让你们跟我同仇敌忾，我的罪过就小点了。不然的话，我就倒血霉了！所以拉朱就说了："哎我说各位啊，是这么回事！大唐的使者这回，明着是出访咱们印度，可实际上呢，是要阴谋作乱，名号也挺好听，说要给戒日王报仇！说这罪魁祸首就是咱们阿罗那顺大王，和咱们在座的各位啊！这事咱们都知道，那是意外。可唐朝人揪住这个不放，不是跟咱过不去吗？我再三隐忍，他们还煽动首陀罗，一起对付我。我是忍无可忍，才进行还击！"

第十七回　丞相持正入监牢
　　　　　　阿罗那顺派兵将

　　拉朱搬弄是非！咱们说，拉朱这小子是罪魁祸首，王玄策使团被劫，全是他搞的鬼。但是呢，这拉朱是真能白话啊！他当着阿罗那顺，以及各个大领主的面，把这事给胡说八道一遍！他怎么说的呢？

　　"大唐使者说了，他们要给戒日王报仇！跟咱们过不去！我是再三隐忍啊，可他们竟然煽动首陀罗作乱！我也是没有办法，这才发兵！这唐朝使者也不禁揍，我这一打，就把他们打得全军覆没啊！可我没想到，大唐使者特别不要脸！犯了错不往身上算，反而串通泥婆罗和吐蕃，跟咱过不去！你说啊，这是可忍，孰不可忍啊！！"

　　这拉朱还挺厉害，他越说越显得慷慨激昂！可他这都是表面功夫，夸夸其谈，底下还得偷着看阿罗那顺的表情：我们这大王，他信不信我说的呀？

　　只见阿罗那顺没表态，就是说了一句："嗯，就是这么回事，大家看看，该怎么答复唐朝使者呢？"

这时候，宰相巴拉特在旁边说话了："启奏陛下！臣认为，咱们还是跟大唐使者和好为上。"

"哦？为什么？"

"您想啊！大唐使者之前来过两次，并无恶意，而且赠咱们以厚礼。而且我看其中，肯定有误会，咱们解除误会，两国通好，化干戈为玉帛，这不是最好的结果吗？咱们现在的确比较缺钱，但也不在乎这一点。"

这时候元帅甘尼许也出班站立："陛下，宰相说的没有错，微臣也以为，跟大唐使者和好为佳。此事必有误会，咱们没必要为了这点误会大动干戈。而且就微臣来看，大唐使者向来慷慨，即便是要回礼物，只要咱们好生招待，解除误会，他们仍然会把礼物给咱们。那样的话，咱们缺钱的问题也就解决了，名正言顺。陛下以为如何？"

古印度刹帝利阶层想象图。阿罗那顺最高也就是这个等级。赵幼华绘

这俩，一个宰相，一个元帅，那是一唱一和，其余几个大领主一看，也连连点头："对！我看也是！"

"嗯，这么干的确不错！"

按说要是这样，这问题也好解决了。但有人不干呐！拉朱这家伙急得是直撂蹶：嘿哟！要是和平解决，我就真死定了！解释好解释，往风俗习惯上扯扯，再找个替罪羊就行了。可唐朝使者的礼物，一大半扣在我的手里，我们大王跟人家一对，肯定对不上啊！那我还能好得了？不行！我说什么也不能让他们和解了！

您看见没，这就叫不怕没好事，就怕没好人！什么事，不怕难解决，就怕别有用心之人，给你瞎解决！

第十七回　丞相持正入监牢　阿罗那顺派兵将

这时候拉朱就变调了:"哎我说各位,咱们话可不能那么说!咱们说什么也不能把咱们的战利品还给唐朝使者!"

"哦?为什么?"

"你们想啊!咱们如果就这么还了,好说不好听,明白事的人没事,知道咱们印度有大国风范,有容人之量。可不明白的肯定就说啊,唐朝一封文书,咱们就乖乖听话,这有损咱们的国格啊!而且我早有耳闻,唐朝的名声很坏,他们明着说是礼仪之邦,可暗中向来是飞扬跋扈,无理搅三分!我觉得使团这事就是阴谋,先暗中挑起事端,逼我先动手,然后就说是咱们的问题!"

这个拉朱一边搬弄是非,一边还偷眼翻看阿罗那顺的表情。一看,阿罗那顺是面沉似水,什么态也没表,知道自己这话至少是没说错,要不然的话,阿罗那顺王肯定得说话。得!那我褛糊褛糊自己吧!所以接着说了:

"我无所谓,阿罗那顺大王就算把我交出去,让唐朝人千刀万剐都行!可咱们一旦还了他们礼物,就等于告诉人家,咱们理亏啊!唐朝人肯定还饶不了咱们。与其这样,咱们为什么要示弱呢?"

这拉朱一通搬弄是非,几位重臣一听,直跟底下嘀咕:"哎!我看拉朱说的还真有几分道理,与其示弱,不如咱们也有点骨气!怎么说咱们也是梵天手里生出来的刹帝利种姓,有梵天护佑,咱们怕什么!"

"对!说得对!我听说唐朝挺富裕啊!而且人也多,美女也多,咱们这回就跟他干一场怕什么的!如果能打胜,那咱们下一步就打唐朝,开疆拓土,美女财宝大大的有!就算打败了,这是咱们的地盘,不给他粮食,不给他支援,耗也能把他们耗死!"

拉朱一听,哎!好!这几位上我的道了,他也还添油加醋:"对对对!苏雷什领主说得对啊!不过要我说啊,您说咱们可能打败,还是多虑了!唐朝根本不是咱的对手!咱不说别的,就拿吐蕃说事!吐蕃的松赞干布跟咱们耗了那么多年,也不敢直接对咱们动用一兵一卒。唐朝怎么着？他就敢打！就冲这一条，唐朝就不如咱们！我看咱们也可以趁这个机会，就跟唐朝对着干了！为了金钱美女和土地，打败大唐！"

"好！为了金钱美女和土地，打败大唐！"

他们还喊上口号了！可咱们说呢，这些个大领主越吵吵越起劲，阿罗那顺还是面沉似水，丝毫没说话。有人问了，怎么回事呢？原来，阿罗那顺比他们要多想了一步，要说呢，王玄策这支部队，他不怕。但是呢，手边现在还有闹事的东天竺王尸鸠摩和南天竺王遮娄其。如果我在北边和王玄策打着，东边、南边再一起发难，这个……还真不好办！万一他们再联合起来，我可就危险了！所以急得有点冒汗。

咱们说呢，这时候，别人都不明白阿罗那顺的想法，有个人明白，谁呢？大领主哥文达，这家伙鬼主意挺多，堪称阿罗那顺的智囊，他一看，话都说到这了，阿罗那顺还不吐口，肯定是有问题啊！问题在哪儿呢？嘿嘿，肯定是那个！所以他说话了："陛下！臣有话说！"

"说吧！"

"大王啊！我觉得您不必有所顾虑，我明白，您肯定是怕尸鸠摩和遮娄其趁这时候再闹事。我有一招，既可以缓解您的担心，又可以增加咱们的兵力，您说好不好？"

"哦！有这好招？那你快说说，怎么办？"

"大王，我这招叫借刀杀人，借唐朝的刀，干掉尸鸠摩和遮娄其！您现在马上起草一篇檄文，就说唐朝和吐蕃图谋不轨，要入侵咱们印度，咱们同为印度人，应该团结一致，把唐朝和吐蕃打跑！而且咱们还可以写一封私信，告诉尸鸠摩和遮娄其，咱们为了表示诚意，也愿意把边境的军队撤走。当然了，咱们这只是明面上的，暗地之中，军队撤走之后，再返回去，还在尸鸠摩和遮娄其的耳朵边。等他们跟唐朝的军队消耗的差不多，咱们一鼓作气，把他们全都干掉，这样，唐朝这点人，尸鸠摩、遮娄其全灭，大王不就高枕无忧了嘛？这就叫鹬蚌相争，渔翁得利！"

哥文达一说这话，阿罗那顺当时蹦起来了："好！太好了！那哥文达，你赶紧帮我起草檄文，咱们……"

阿罗那顺正说得起劲，旁边一个人"嗷"一嗓子："大王不可！"

这下把阿罗那顺吓得一哆嗦，转头一看，谁呢？宰相巴拉特！宰相巴拉特赶紧出列："大王！千万不可啊！咱们一直说的是要继承戒日王的精神，戒日王向来光明正大，咱们怎么能干如此下作之事呢？唐朝这个事，咱们就以误会来解释，没有问题。切不可轻启边衅啊！要是为这点小事就打仗，咱们的国力消耗太大，恢复戒日王的荣光就真没希望了！请大王三思！"

阿罗那顺听着这话就刺耳："我说巴拉特，你说我比不上戒日王？好！那我就证明给你看！来人！先把巴拉特关起来！省得你跟我这胡说八道。"

阿罗那顺，那也是国王啊，所以一下令，武士往上一闯，就把巴拉特捆上，送到监牢里去了。这回反对意见没了，阿罗那顺接着分派任务："哥文达！"

"在！"

"你马上起草檄文和密信，务必写得好一些，让各地的领主，特别是让尸鸠摩和遮娄其援助咱们，咱们要依计行事！"

第十八回　拉朱作茧自缚
　　　　　　玄策兵发恒河

　　阿罗那顺对王玄策来的公文置之不理，他呢，还要采取强硬态度！根本不想谈判。丞相巴拉特就说了几句软话，打算和平解决，就让阿罗那顺直接关进监牢，他就要开打！之后他就开始分派任务！
　　"哥文达！"
　　"在！"
　　"你马上起草檄文和密信，务必写得好一些，让各地的领主，尤其是让尸鸠摩和遮娄其援助咱们，必须让他们派兵！"
　　"是！"
　　"另外，给我宣站殿将军达尔尚、迪利普！"
　　咱们书中代言，阿罗那顺现在的人手不少，除了丞相巴拉特、元帅甘尼许、五个大领主以外，还有十二个站殿将军，这都是能征惯战之辈。十二大站殿将军之首，就是大将狮子辛格。达尔尚、迪利普也是其中的两位。咱们再说达尔尚和迪利普，这俩人在外面候着呢，一听叫他

们,赶紧上殿:

"大王!"

"大王!"

"达尔尚、迪利普,你们俩马上去布置撤兵事宜,等跟尸鸠摩和遮娄其接洽完,就一起往曲女城返回!"

这俩不知道他们刚才密谈的内容,所以吓了一跳:"大王!尸鸠摩、遮娄其咱们不打啦?"

阿罗那顺一瞪眼:"这是机密!你们就别管了。总之,你们接洽完先撤退,然后秘密再返回原驻地,等我的消息!到时候我有密使通知你们,然后你们按照命令行动就行!去吧!"

"是!"

"明白!"

紧接着,阿罗那顺又把王都曲女城的兵力进行了一定的布置,然后派出信使,去各地催促调兵。等布置得差不多了,阿罗那顺又问:"各位大领主,咱们剩下的部署以及尸鸠摩和遮娄其援兵到位,还需要时间。来报复的唐朝人从泥婆罗出发,第一步必然要打到咱们的恒河防线,我且问你们,你们谁敢率本部人马,到恒河一线阻击唐朝军队?"

"这个……"

"呃……"

这话一出,大家伙儿又不吱声了。有人问了,怎么回事呢?咱们说这几位大领主,您别看都是阿罗那顺的得力部下,但关键时刻这些人还是靠不住,人家想的是自己的利益。你看刚才嗷嗷叫得挺欢,这一说谁跟唐军碰一碰,马上就尿了。这也没辙啊!他们谁都对这支唐军心里没谱,从来没碰过啊!赢了好办,战利品大大的。要是输了呢,自己的家底白损失不说,没准自己的实力一弱,剩下的大领主不但不帮忙,还得趁火打劫!您说这没底的买卖,谁敢轻易做呢?

这阿罗那顺一看,鼻子差点没气歪了,好啊!刚才一说占便宜,你们全都吵吵挺欢，现在一说真格的，全往后退，这怎么弄呢？

这时候呢，还得说智囊哥文达，这家伙脑子快啊："大王！臣有话说！"

"讲！"

"要说我这边呢，为大王分忧，那是分内之事，只不过这次我是星夜进京，身边人马只有不到一千人，兵力不足。当然了，我已经命人回去搬兵了，不久之后就会到。我看各位领主，大部分也是这个情况，所以出阵应战一事，多有些勉强。不过臣保举一人，肯定能为大王解忧！"

"哦？你说的是谁呢？"

"拉朱领主啊！他是咱们之中唯一跟唐军交过手，而且大获全胜的。所以现在要是拉朱领主出马，肯定万无一失！而且拉朱领主的领地离着恒河防线比较近，调兵也方便，所以这活儿，非他莫属！"

拉朱在旁边一听，完！这回自己坐蜡上了。咱们前文说过，拉朱跟王玄策的使团交过手不假，但损失结果不是1：10，而是10：1，惨败中的惨败。自己就是为了吹牛，显示功劳，所以胡说八道，写了一篇报告。现在人家还真当真，自己怎么办？拉朱有点蒙了："陛下，我恐怕难当此任！"

阿罗那顺一听，有点不高兴了："嗯？拉朱啊，在座的这些人，只有你跟唐军交过手，难道你想退缩不成？"

"哎，我……"

拉朱一看，得！自己要是退缩，没准现在脑袋就得搬家！而且说什么也不能让阿罗那顺有和解的心，不然自己形迹败露，更惨！所以这家伙横下一条心："我……陛下，我愿意！"

"好！太好了！你立刻带着本部人马，去恒河防线，阻截唐军！"

就这样，会议算是达成一致，阿罗那顺把泥婆罗的使者叫上来，一顿臭骂，然后把王玄策的公文也给撕了，最后告诉泥婆罗使者："回去

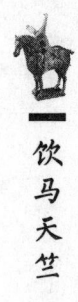

告诉你们那个什么唐朝使者王玄策,你们在我这阴谋作乱,别以为我不知道!现在你们还恶人先告状,说我们劫夺你们的财物,我告诉你们,就你们这点东西,还不够赔偿我们损失的。识相的,赶紧哪儿来的给我滚回去,我宽宏大量,不跟你们计较,否则休怪我无情!滚!"

就这样,把使者赶出去了!等使者灰头土脸地回到泥婆罗,报告王玄策和蒋师仁,王玄策和蒋师仁一听,可气坏了:"他娘的!我说王大人,我就没听说过这么混账的人!明明是他们作恶在先,还不准咱们问了,是不是皮痒了想熟熟皮子了?"

王玄策也气得够呛:"可不是说呢!之前我跟戒日王怎么都能好说好商量,这回还碰上吃生米的了!师仁呐,你不揍他,我也得教训教训他!咱们大唐虽然以和为贵,但碰上这种人,咱们也没法和得起来!"

"可不是!咱们越要和,他越当咱们好欺负!王大人,咱们即可出兵!教训教训这个不知天高地厚的阿罗那顺!我手可都痒痒了!"

"没错!出兵!"

就这样,经大家商讨,这支远征军的行军大总管就是王玄策,副总管是吐蕃大将扎西多吉以及泥婆罗元帅苏尔雅,蒋师仁为先锋官,这一万来人的部队就兵发恒河!

咱们简断截说,就到恒河之前,这支远征军几乎就没碰上对手,也搭上阿罗那顺在恒河以东没布置什么主力,所以蒋师仁带着两千先头部队横扫八方,跟旋风一样,就打到了阿罗那顺的恒河防线,恒河防线之后,就是印度孔雀帝国时期的首都——华氏城,当然,现在这座城已经不是首都了,但经历了几百年的发展,还很兴盛,各种设施齐全。印度的大领主,也就是那个惹事精拉朱,就坐镇在华氏城,布置恒河防线,阻击王玄策他们的远征军。

咱们说蒋师仁呢,等打到了恒河边上,他也不敢前进了,为什么呢?只见对面早都准备好了,河岸上有好几层城墙,对面的印度兵都手拉弓箭,准备好了。蒋师仁一看,对方有防备,自己这边兵力有限,硬攻肯定吃亏，所以没着急攻打，赶紧扎下营寨，然后等着王玄策的大部队到来。大概等了一天，王玄策带着大部队就到了，有专人把部队带到营地休息，还有人把王玄策和两个行军副总管带入搭好的营帐。

等王玄策等人落座，王玄策就问："蒋将军何在？"

"报告大总管，蒋将军去巡视了！"

"好！等他回来，速叫他来见我！"

"是！"

时间不大，蒋师仁查哨归来，赶紧进了大帐，冲着王玄策一抱拳："报大总管，末将交令！"

"哎！师仁呐，咱们兄弟就别玩这个了。前线情况如何？"

"大总管，敌人已经在恒河对岸严阵以待，有点防守的城墙。以我的经验，并不是很难对付，但无奈我手头的兵力有限，担心贸然出击损失过大，所以等您来了一同计议。"

王玄策听了直点头："对！这就对了！咱们这次兵力本身不多，得尽量减少损失。而且务必注意，咱们只为了教训阿罗那顺，尽量速战速决，避免缠斗，少伤人少伤己。师仁呐，破恒河防线，你有什么主意？"

"大总管，这道防线倒不难破，咱们直接用投石机就行，一顿石头就足以把这道墙打烂。但问题是敌人肯定有二线预备队，咱们把墙打烂之后，肯定得渡河，人家趁着这时候，来个半渡而击，咱们后面即便是强攻硬弩和投石机全都预备好，就怕到时候投鼠忌器，打到咱们自己人，不敢玩命，那咱们的损失也不会小。如果强行开火出现误伤，恐怕也会伤到咱们的士气。我就是头疼这个。"

"嗯，这的确是个问题。我说师仁呐，我倒是有个主意。咱们现在所在的位置是恒河的渡口，敌人防备必然严。敌人这道墙有多长？"

"哦，这个我出哨的时候看过，这里是渡口，这道墙的全长大概七里。"

"那就在大概十里的位置，咱们派一支骑兵摸过去，到时候一起行动，咱们的主力从正面进攻，骑兵抄敌人的侧翼。你看怎么样？"

蒋师仁一听，点点头："大总管，这个主意我也想到了，只不过也挺麻烦。这里是渡口，河水的条件要好一些，其余的地方水比较深。而且咱们要派骑兵过河，不能穿铠甲。这里的河我让人摸过，不深，但一丈肯定是不止，穿着铠甲就得沉底！如果上岸穿，就会引起人家注意，咱们也是白搭！可是如果无盔无甲，行动速度倒是快了，可万一人家有所反应，用弓箭什么的招呼，咱们这支骑兵也危险！"

王玄策一听，可也是这么回事！这可怎么办呢？

正琢磨着呢，旁边的行军副总管，吐蕃大将扎西多吉说了："大总管！你们不是担心没法穿着铠甲过河吗？我们有主意，你们不如就把这任务交给我，我们吐蕃骑兵干这个，没有问题！您就相信我们！"

印度恒河，也算是印度文明的母亲河。现在的印度，无论是在恒河中沐浴还是水葬，都是神圣的，所以又出现了与浮尸一起沐浴的奇景

第十九回　扎西请令巧突袭
　　　　　　拉吉中招陷苦战

　　王玄策要突破恒河，可现在遇上了一个问题。敌人早有准备，要是硬来，损失不会小。王玄策就此提出，要派出一支骑兵，从侧翼一起动手，夹击敌人。但蒋师仁提出："大总管，如果要走侧翼，咱们这支骑兵就得过河。过河的话，骑兵的铠甲就是问题：穿着，太重；不穿，过河就成活靶子；如果过河再穿，还容易暴露目标。这不好办啊！"
　　王玄策一听，还真是，蒋师仁分析得在理。可这该怎么办呢？
　　正琢磨着，旁边的行军副总管，吐蕃大将扎西多吉说了："大总管！你们不是担心没法穿着铠甲过河吗？我们有主意，你们不如就把这任务交给我，我们穿着铠甲就能过河！正好我们还是骑兵，打印度人的侧翼，那是一点问题也没有！"
　　王玄策和蒋师仁一听就愣了："嗯？副总管，你能有这本事？"
　　"对啊！扎西，你这家伙别藏着掖着，有什么主意就说，我们也听听！"

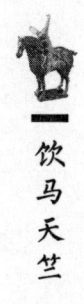

"哎呀，我们吐蕃兵一般随身带着这些东西，这么这么干，不就行了吗？我们穿着铠甲也能过河。马匹好办，我们全让它们不出声就行了。你们说什么时候行动，我们就直接在河里等着，一有信号，咱们同时行动，这不就全有了吗？"

蒋师仁一听，乐得直蹦："嘿！扎西，你小子行啊！真有你的！你们要是能成，咱们破印度这道破墙，那是不费吹灰之力！"

王玄策一听呢，心里还有所疑虑："副总管，你这招我可觉得不把准啊！这要有个万一，你们的水性如何呢？"

"您放心吧！没有万一！我们吐蕃男儿都是个顶个的好汉，谁也不会坏事！再说了，我们的水性好着呢！我在这保证，如有问题，我甘当军令！"

王玄策一看，人家直打包票，知道应该问题不大。紧接着他就跟泥婆罗元帅苏尔雅说了："苏尔雅副总管，咱们时间紧迫，事不宜迟，所以今夜三更，咱们要一起进攻！到时候你的部队从正面，吐蕃骑兵从侧面，分头出击！你要如此这般，这般如此，这么这么布置！咱们船不多，那就要多砍竹子，扎成竹排，没问题吧？"

"大总管放心！吐蕃骑兵骁勇，我们泥婆罗健儿也不是吃素的，您就瞧好吧！"

"好！太好了！明天拂晓，悄悄发起进攻。具体时机的把握，由蒋师仁先锋官负责！"

蒋师仁一听，一扑棱脑袋："明白！我说大总管，我还有点别的主意，能不能见机行事？"

"没问题！战场形势，瞬息万变，你是军事主官，准你便宜行事。"

"好嘞！"

布置已定，联合军马上就开始筹备，等到半夜，吐蕃骑兵开始行动了。泥婆罗士兵则在摸黑准备投石机、绞盘弩等等重武器，这不能让敌人看见啊！咱们再说蒋师仁呢，看看时间到了三更，知道时机到了，他把大槊一抡:"喊!快给我喊!杀呀!!!"

这一喊可好,把泥婆罗的士兵也吓了一跳,有人就问:"先锋官大人,咱们不是得悄悄进攻吗?怎么还喊上了?"

"少废话!我自有用意。快喊!不喊老子拍死你!杀呀!!!"

泥婆罗士兵一看,那就喊吧!这都是棒小伙,嗓门也大,扯开嗓子喊呗:"杀!!!"

"杀呀!!!"

这一喊不要紧,对面的印度兵可吓坏了,一听对面喊声震天,以为联合军要进攻呢,赶紧各抄弓箭,可是黑天看不见怎么办呢?只能是掌起灯球火把,往下观看。

蒋师仁一看这情况,把大槊一抡,以作军令:"快!投石车、绞盘弩在哪儿?给我可劲往亮的地儿砸!"

这回泥婆罗士兵可听明白了,心里头暗笑:"嘿!我们这个先锋官还真有鬼主意啊!"

"可不是,真够坏的!印度人要不掌灯,咱还砸不准呢!这回够他们喝一壶的!"

"嗖!嗖!轰!轰!嗖!嗖!轰!"

联合军拿投石机和绞盘弩这顿轰啊!城墙上这帮印度兵可倒了血霉了!紧紧张张上了城墙,什么都没等看见呢,当头就挨了一顿大石头和大号的弩箭,那是死伤惨重啊!而且蒋师仁用的投石机呢,本身就是当时唐朝的保密武器,威力不小,再加上在工艺方面有特长的泥婆罗人改造,威力更大!而且印度这道墙,是原来孔雀帝国时期防守首都的一道重要的屏障,当年修得挺结实,可到了现在,几百年的风吹雨淋不说,几次整修的时候,负责工程的负责人还都贪污,所以这城墙看着不错,实际上早都糠了!蒋师仁这一顿投石机和绞盘弩,几轮齐射下来,竟然把这道墙彻底砸塌了!

蒋师仁在后头一看,心里美啊!嘿嘿!没想到印度人比我想的还不禁揍，这时候还不进攻，等什么呢？所以蒋师仁把大槊一举："渡河进攻！"

"冲啊！"

"杀呀！"

泥婆罗士兵当时跟小老虎一样，有的坐着船，没船的坐着扎好的竹排，嗷嗷叫着开始渡河！

咱们再说印度兵这边，大领主拉朱来了之后，也进行了布置。咱们说拉朱，他虽然是个惹事精，但不代表一点能耐都没有，要不然能当上领主吗？这回拉朱的布置还算有章法，他手头的兵力加上华氏城附近的守军，大概能有一万五千人。拉朱率领主力一万人，坐镇华氏城。然后让自己的弟弟拉吉，带着五千人驻守在渡口，严防联合军的进攻。拉朱还特别嘱咐弟弟："你布置兵力的时候一定注意，渡口的城墙上最多布置两千人，跟唐朝使臣的部队去消耗。凭城墙的坚固程度，你再加点小心，随时警戒，这两千人能顶一万人用！而且你得特别留意，唐朝使臣他们主意挺多，务必小心夜袭！只要把夜袭防住了，你就赢了九成。如果唐朝使臣的军队进攻，你就先用城墙上这两千人跟他们耗！咱们城墙坚固，不怕他们！等这两千人把唐朝使臣的军队消耗得差不多了，你再带三千主力出击，就能一举击溃他们！等打赢了，我给你记头功！"

"谢谢大哥！"

所以拉吉就带了五千军队奔赴恒河渡口，就按照这种布置，日夜都有人值班。可谁也

吐蕃骑兵想象图。吐蕃骑兵向来以骁勇著称，即便是唐朝，也不能以等闲视之。赵幼华绘

没想到，蒋师仁夜袭归夜袭，根本没直接动用士兵，而先是一顿投石机和大号的弩箭，这顿胖揍！被贪污克扣修理经费多少年的老墙终于顶不住了，直接被砸毁，上面的两千人死伤惨重。

不过拉吉接报之后，倒是没慌，他手头还有三千人呢，所以这家伙马上披甲上马，把掌中枪一晃：“士兵们！杀呀！把上岸的敌人赶下水！然后再用弓箭对付他们！快！”

"冲啊！"

"杀呀！"

这三千印度兵也嗷嗷直叫，直向城墙那边冲去！

可没想到这时候，从侧翼射过来一堆箭。

"嗖嗖！嗖嗖嗖！嗖嗖！"

"噗！"

"哎哟！"

"噗！"

"啊！"

当时就有不少人中箭。拉吉一看，当时就慌了，赶紧招呼："哎呀！敌人在这呢！弓箭兵呢？赶紧给我反射！射死他们！"

有弓箭兵赶紧过来，朝着弓箭来的地方进行反射。可似乎对面的人根本不怕弓箭，射完了也没什么用，迎面又过来一顿弓箭加石头！

"嗖嗖！"

"噗！"

"啊！"

"啪！"

"哎哟！"

印度弓箭兵又倒下一片，拉吉一看就慌了，哎哟！怎么这边还有敌人呢？所以他赶紧招呼："快！敌人在这边呢！赶紧反射！快！"

一帮印度弓箭兵过来，赶紧进行反射，"嗖嗖嗖嗖"！可这一顿弓箭下去，似乎没多大作用，对面又是一顿弓箭加飞石！

"嗖嗖嗖！嗖嗖！"

"噗！"

"啊！"

"啪！"

"哎哟！"

印度兵又倒了不少。这可把拉吉给吓坏了，这是什么情况？怎么侧翼的敌人不怕弓箭呢？

咱们书中代言，侧翼突袭拉吉的，就是吐蕃骑兵，他们一方面用的是骑射技术，骑在马上移动射击，而且用抛石器往印度兵的人堆里扔石头。另一方面，他们是身披铠甲，所以一般的弓箭，他们都不怕。可他们是怎么穿着铠甲过河的呢？原来，副总管吐蕃大将扎西多吉领命之后，马上就让两个副将斯郎泽仁和斯郎降措出击，咱们说呢，吐蕃兵有狩猎习俗，所以他们随着行军随着打猎，打到的猎物呢，一方面解决了部队的补给，另一方面可以剥皮拿回去，这也是项副业。而且呢，吐蕃骑兵一般都是两匹马，一匹自己骑乘，另一批休息，兼带驮着给养，给养中就有最近剥下来的兽皮。这回可派上用场了，吐蕃兵把兽皮拿出来，口都扎紧，弄成气囊，每人都弄两三个，这到了水里浮力就增大了，吐蕃兵穿着一般的铠甲就能下水了。而且为了让马不出声，给马的嘴里也衔上东西，蹄子包住行进。就这样，吐蕃骑兵就在夜色中，迂回到了印度兵的侧翼。而且为了行动的隐蔽性和突然性，再发动进攻之前，吐蕃骑兵连人带马都泡在水里，一声不吭。这一听到总攻的信号，他们就神不知鬼不觉地杀到了拉吉的侧翼，扇子面散开，一顿弓箭加石头，彻底把拉吉打蒙！

拉吉一看，完！我要倒霉！

第二十回　王玄策痛骂拉朱
　　　　　　蒋师仁阵前显威

　　王玄策突袭恒河，这回可是准备充足，泥婆罗士兵从正面进攻，吐蕃骑兵趁着印度兵不备，直接抄到了侧翼，连弓箭带石头，把印度兵彻底打蒙！

　　再说拉吉这边呢，被打得蒙灯转向，扑向渡口的士兵就没多少了。而这时候，联合军开始渡河了！再看联合军这边，蒋师仁早就布置好了，头前是负责冲锋的小船和竹排，数量足有一百条，船上都布置得很细，两个刀牌手立在船头，负责遮挡飞箭；刀牌手后面是长枪手，负责掩护刀牌手，有近身的敌人就交给他们；长枪手后面是船夫，他们不管别的，只管往前划船或者撑船；船夫后面是弓箭手，他们就负责往前抛物线式的射箭，以作还击。

　　一百条冲锋船过后，就是主力了，黑压压的一片啊！咱们说联合军这边呢，船只有限，负责冲锋的勇士能够保证，主力就不行了，有的能乘船，有的干脆就开始往对岸游，反正恒河的水流也不太急，所以问题

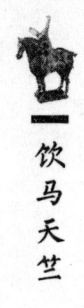

不大。而且主力冲锋，岸上也不闲着，蒋师仁调集投石机和绞盘弩，一个劲地往对岸砸，掩护主力登岸。

"呜！呜！咚！啪！"

这回拉吉的主力可惨了，头上有巨石和大号的弩箭，前面还有弓箭，侧翼还有弓箭加石头，几方面一打，他是顾头顾不了腚，被打得是稀里哗啦！眼看着联合军马上就要登岸了，拉吉一看，知道大势已去，赶紧招呼："撤！快撤！"

他这一下令可惨了！不下令的时候还好，队形虽然混乱，但是士卒还多少有点战心。这回一说撤，大伙一听："哥哥兄弟，长官都说撤了，咱还等什么呢？"

"是啊！撤撤撤！再不撤就死了！"

"可不是！被刀砍上，吃什么也不香了！"

所有士兵是撒丫子就往回跑，谁也拦不住了，那是一溃千里！咱们再说吐蕃骑兵这边呢，带队的副将——斯郎泽仁和斯郎降措，这俩都是猛将，打仗比吃蜜还甜，这一看，哦？想跑啊？哪有那么容易？所以哥俩赶紧招呼："伙计们，印度人要跑，干掉他们！"

"对！冲啊！"

"哗——"

吐蕃骑兵这回可开了斋了，把弓箭一收，换上长枪和马刀，那是虎入羊群一般，直往人堆里冲！喊哩喀喳！那是砍瓜切菜一般，印度兵那是血流成河啊！最后逃回华氏城的只有不到一百人，指挥官拉吉也没逃了，死在乱军之中，把脑袋给混丢了。

这下，印度兵大败，王玄策是得势不饶人，马上率令联合军全部渡河，一夜之间就杀到了华氏城下。咱们说华氏城的守将拉朱呢，因为前线有逃回来的士兵，他已经得着信了，所以马上让手下做好防备。王玄策这边呢，等到了城下，一看人家已经做好了准备，再攻无益，所以也就扎下大营。

等到第二天，王玄策刚刚升坐大帐，要派人讨敌骂阵，这时候有传令兵过来了："报！报大总管！印度兵出城布阵！"

"嗯？有意思，没等我们讨敌骂阵，先出来了！来者何人？"

"报大总管，对方主将是阿罗那顺座下的大领主，拉朱！"

"嗯？"

王玄策和蒋师仁俩人就是一愣，他们俩心说：哎？我们可记得，抢劫我们的印度领主可就是拉朱。是不是他啊？我们可得出阵看看，要不是还则罢了，要是，今天就让他一并了账！

所以两个人对视了一眼，马上下令："来人呐！点兵三千，出阵应战！"

王玄策和蒋师仁下完令，也出到帐外，跨马到了阵前。这一看，可不是嘛！只见此人身着铠甲，身高大概八尺左右，身高体壮，小麦色皮肤，深眼窝子高鼻梁，连鬓络腮的胡子，不是拉朱又是何人？

王玄策和蒋师仁一看，果然是拉朱，那是气炸连肝肺、锉碎口中牙啊！不等王玄策说话，他是催马上前，破口大骂："拉朱！你这混账！你竟然敢劫夺大唐使团，你不想活了吗？"

这拉朱一听，那是目瞪口呆！没说话，还直回头。有人问了，怎么回事呢？他听不懂啊！蒋师仁讲的是汉语，拉朱听不明白，所以拉朱赶紧回头找翻译。等翻译把蒋师仁的话翻译过去，拉朱也火了："唐朝使者，无礼的是你们！你们阴谋作乱，颠覆我们的江山，这罪太大了！我们印度人宽大为怀，你们赶紧收兵回去，我们不跟你计较，否则我们就把你踏为肉泥！"

咱们说拉朱这话呢，蒋师仁也不明白，他也得问翻译。等翻译说完之后，蒋师仁是火冒三丈啊！一方面他是生气拉朱信口雌黄。另一方面呢，这么对话太费劲，蒋师仁越听越冒火，所以蒋师仁干脆纵马上前，把大槊背在身后，用手点指："拉朱，我也懒得跟你这混账讲道理了，有道是好良言难劝该死的鬼。来来来！先让我拍你三百槊！"

咱们说这话呢，不用翻译，拉朱也知道的差不多，就是找我单挑

第二十回　王玄策痛骂拉朱　蒋师仁阵前显威

111

饮马天竺

啊！可咱们说呢，之前拉朱跟蒋师仁碰过，知道蒋师仁的厉害，所以他不敢接招。但不敢接招呢，还得嘴上逞逞强，跟部下说了："众位将军，唐朝人无耻至极，嘴上满口道德，一肚子男盗女娼！他们不但要阴谋打倒咱们的阿罗那顺大王，还要把你们都当成首陀罗！你们能忍吗？"

咱们说拉朱手下这帮将军呢，没一个懂汉语的，所以只能听拉朱的。这拉朱挺能煽乎，这些将军按照印度的出身，大部分是第二等级的刹帝利，少部分是第三等级的吠舍。他们都属于高级种姓，他们都挺有心理优势，觉得自己和第四等级的首陀罗有天壤之别，您说这么激他们，能不急吗？所以这帮人嗷嗷直叫："不能忍！"

"对！不能忍！唐朝人太可恶了！"

"好！那谁敢上去，拿下这个唐朝人的脑袋？"

"我去！"

从阵后转出一匹马，拉朱一看，只见此人身高八尺，长得挺壮实，手持一柄长把反曲刀。拉朱一看，认识，这是手下将军丁卡尔。

"好！丁卡尔将军，你要是拿下这个唐朝人的脑袋，我就直接升你

蒋师仁作战想象图。赵幼华绘

为领主！"

"谢大领主赏赐！"

丁卡尔说罢，纵马提刀飞奔出阵，他也不搭话，其实搭话也没用，听不懂！所以丁卡尔直接把刀一抡，"呜"！奔蒋师仁便砍！咱们说蒋师仁呢，他一看拉朱没上阵，就有几分不爽。但现在不爽归不爽，人家刀都砍来了，咱也不能不招架啊！而且蒋师仁经验丰富，一看对方这刀，形状那是与众不同，知道要是硬接的话，恐怕会中招，所以把大槊一摆，往外撩："哎！"

"当啷"

刀槊相撞，那是火星四溅。蒋师仁没觉得怎么样，印度将军丁卡尔被震得是双手发麻，心说：嘿！这个唐朝人个儿不大，力气真不小啊！我得小心点。

可是小心也没用，第二个回合，蒋师仁反守为攻，把大槊抡开，照着丁卡尔脑瓜顶便拍！这招来的是又疾又快！丁卡尔一看，也没别的办法，只能是横刀往上招架。

"当啷！"

两件兵器又是一碰，蒋师仁的大槊崩起二尺多高。蒋师仁一看，哎哟行啊！能接我这一下，这小子有点力气！可咱们再说丁卡尔这边呢，就这一下，他是费尽了九牛二虎之力，崩开大槊之后，丁卡尔的俩手是钻心地疼，偷眼一看，好，俩手的虎口都给震裂了。

可事到现在，你再想躲，门儿也没有！丁卡尔只能是勉强招架。也就是那么三五个回合，蒋师仁又是一槊下来，丁卡尔横刀往外拨，刀槊又一碰，"当啷！嗖！"，丁卡尔这回是彻底握不住刀了，这刀直接给崩出三丈开外！丁卡尔一看，完！全完！赶紧跑吧！

这时候二马一错蹬，丁卡尔就认为着，我赶紧快马加鞭，前头就是我们的人，跑过去我就没事了。可咱们说呢，他想到了，蒋师仁也想到了，蒋师仁一看，想跑，哪儿那么容易？

第二十回 王玄策痛骂拉朱 蒋师仁阵前显威

113

"呜!"

反手他又是一槊,奔丁卡尔的后脑便拍。这丁卡尔净想美事了,哪想到后面还有一槊啊?等听到恶风不善,再想躲,晚啦!

"啊啪!"

这下直接打了个万朵桃花开,后脑盖都给打没了,头盔那盔顶飞出多远去!您说这还能活吗?所以丁卡尔没来得及吭一声,"扑通",死尸栽倒。蒋师仁意犹未尽:"拉朱!你小子趁早给我滚过来送死!让这些替死鬼来有什么意思!"

咱们再说印度大领主拉朱,这家伙一看,当时是倒吸一口冷气啊!丁卡尔可是我手下数得着的将军,就这么三五个回合就报销了?太可怕了!可拉朱呢,他更不敢自己上,他也明白,自己上去,比丁卡尔强不了多少,也得是这么个结果。但是这话他不敢说,仗着自己手下的人都听不懂汉语,他又在那白话:"唐朝人实在可恶,杀咱们印度同胞!还侮辱咱们,谁能去干掉他,我马上分给他封地!立时兑现!"

这时候阵后又转出一个人:"大领主,看我的吧!"

拉朱转头一看,只见此人身高过丈,挺魁梧,满身的铠甲,手持一柄双刃战斧,这战斧不仅双刃,头上还带着一个枪尖,斧杆有鸭蛋粗细,重量没有六十斤也差不多。此人是谁呢?此人乃是拉朱手下的头号猛将埃克纳特。拉朱一看,挺放心,埃克纳特的战斧跟蒋师仁的大槊重量相近,打起来他不吃亏!拉朱还美呢:嘿嘿!看来这回我们有戏!

"好!埃克纳特将军,你要多加小心,快去取了唐朝人的脑袋回来!"

"遵命!"

于是埃克纳特飞马出阵,跟蒋师仁二马对峙。蒋师仁一看,二话不说,正要交战,就听后面有人是大吼一声!

第二十一回　巴哈杜尔力挫顽敌
　　　　　　　斯郎降措出战遇险

　　蒋师仁出手不凡，也就是三五个回合，就把拉朱手下著了名的将军丁卡尔给拍死了。这回把拉朱给急坏了。可要他自己上阵吧，他还不敢，他跟蒋师仁交过一次手，知道自己这两下子白给，所以赶紧再给手下拱火："唐朝人太可恶了！杀咱们同胞，还侮辱咱们！谁上去拿下他的脑袋，我马上给他封地，封他为领主！"

　　这时候，拉朱帐下的头号猛将埃克纳特出来了："大领主，看我的！"

　　紧接着是拍马出阵！

　　咱们再说蒋师仁这边呢，一看来了个大个儿，满身的铠甲，掌中平端一柄大斧，重量得有六十斤左右，他也觉得过瘾，终于来个力量大的啊！他正要拍马抡槊，大战一场。这时候后面有人说话："蒋老弟啊！热热身得了，后面咱还有仗可打呢。你先歇歇，看我的！"

　　蒋师仁回头一看，谁啊？泥婆罗猛将巴哈杜尔！咱们前文说过，巴哈杜尔是泥婆罗的第一号猛将，之前练兵的时候，他多少还有点骄傲。

结果蒋师仁跟他比武，一玩真的，巴哈杜尔彻底服了，人后有人，天外有天，我有啥不服的呢？所以他之后就跟蒋师仁还论了兄弟，关系是特别的好，蒋师仁还特别让他指挥这只联合军的核心部队——陌刀队！

今天呢，巴哈杜尔一看，嘿！印度人还真行，净让这些糟干零碎来送死，有意思吗？巴哈杜尔一方面也是心疼兄弟蒋师仁；另一方面也想给自己这边的泥婆罗军队扬扬威，所以就飞马出阵，替换蒋师仁。

蒋师仁回头一看，是巴哈杜尔，他心里也热乎乎的，行啊！我这哥哥算认着了，真心疼我！反正看样子，拉朱这小子且不出阵呢，我先歇歇，攒攒力气对付他也好。所以一点头，拍马回归本队。

这回巴哈杜尔也攒足了劲，我倒要试试我们泥婆罗健儿的实力如何？如果能把印度人给赢了，我们的腰板可就能硬气好多了！所以巴哈杜尔也不搭话，其实搭话也没用，对面听不懂，这巴哈杜尔就挥枪直取印度将军埃克纳特。

咱们再说那个埃克纳特呢，他一看蒋师仁下去了，心里不爽：嘿！我要打的是那个唐朝人，怎么换人了？再一看，对面又来了个大个儿，身高体壮，比自己矮不了多少，再看那柄大枪，比自己的战斧也差不太多，谁比较重都看不出来！这埃克纳特一琢磨：哎！我好像有点印象。因为我的兵器在全印度，重量也算数一数二的，我也问过，兵器能跟我差不多的，甚至比我重的，非常少。除了我们印度第一猛将狮子辛格以外，泥婆罗还有一个巴哈杜尔，我看就是他了！嘿嘿！闹了半天唐朝人上我们这搞阴谋，泥婆罗人也掺上一腿啊！今天我得让他们知道知道厉害！

所以埃克纳特是抢开战斧，也下了绝情！这俩人碰上可好，都是大力士，所以谁也不比画什么招数了，就跟打铁相似，"叮当！叮当！"，那是真打实凿啊！一伸手就是十几回合，没分胜负。咱们再说巴哈杜尔，他是越打越着急：嘿！还得说我蒋老弟厉害，一伸手，三五个回合就把人家打趴下了，我这可好，费了大半天劲，人家根本没见要失败的劲，这可怎么办呢？哇呀呀呀呀！

正着急呢，巴哈杜尔灵光一闪：哎对了！蒋老弟跟我讲过多少次，我力气有余，需要加强的就是技巧，正好他还教了我几招，哎，我试试！

想到这，正好一个回合过后，两马一错镫，巴哈杜尔偷着把腰间的铁鞭抽出来，左手先握好铁鞭，再攥着枪，因为铁鞭是短兵器，跟大枪一并，看不出来。等准备好了，巴哈杜尔一带马，准备下个回合。这回，巴哈杜尔仍然是一枪刺过去，印度将军埃克纳特呢，对这招不以为意，仍然拿着战斧往外一撩。

"当啷！嗖！"

巴哈杜尔的大枪一奔拉，左手当时就松了。印度将军埃克纳特一看，美！嘿嘿！闹了半天，泥婆罗人还是不行啊！你力气还是没我大，等着吧，我下回合再加加劲，把你兵器震掉之后，直接要你命！

埃克纳特光想着美事了，没想到巴哈杜尔左手有花活啊！巴哈杜尔左手一松，扔掉大枪，把铁鞭攥紧，正赶上这时候二马一错镫，巴哈杜尔瞄着埃克纳特的脑袋："你给我着家伙吧！"

"啊啪！"

当时打了个万朵桃花开，埃克纳特一声没吭，直接死于非命。巴哈杜尔一看，美！嘿！这招真管用！他还特别带回马来，大声嚷嚷："王总管！蒋老弟！你们看我这招使得怎么样？"

王玄策一看，乐了，赶紧挑大拇指："高！巴将军，您这招真高！干净利落，那是得着真传了！"

蒋师仁更高兴，乐得奔儿奔儿直蹦："好！巴兄！漂亮！够个优秀！以后我再教你几招啊！"

咱们说联军这边兴高采烈，拉朱那边呢，连失二将，士气低落，拉朱是气急败坏啊："谁？谁敢上？我重重有赏！"

这回大家伙儿谁敢上啊？第一猛将埃克纳特都赔命了，我们不更白给吗？最后吭哧了半天，总算有人又出来了："大领主，我试试！"

拉朱回头一看，谁啊？部下将军班西！咱们书中代言，班西这个人出身不太好,是四个种姓中的第三等——吠舍,也就是平民出身。别的将军,大部分比他高一级,是刹帝利种姓,所以都看不起他。班西也就憋着一口气,那是苦练武艺,打算一举扬名。今天一看,好!别人都不敢上,我要打胜了,那是人前显圣、鳌里夺尊啊!最起码来说,我能改善我们家的生活。所以赶紧出马自荐,要出阵迎战!

拉朱一看,还真有点看不起他:"哦!班西将军,你要去吗?"

"回大领主,没错,我要出战!"

"你出战?喊!这战场是拼命的地方,需要拿本事出来,你可别丢人现眼!"

班西一听,当时就咬牙了:他娘的,真看不起人!我上阵能怎么着?大不了是个死呗!跟丁卡尔和埃克纳特一样。怎么他们上阵就光明正大,我上阵就丢人了呢?但是呢,印度的种姓制度根深蒂固,班西心有不满,但还真不敢说硬话,只能赔着笑脸:"大领主您放心,上战场,自然是要拿本事出来的。我也看了,既然敌人力气大,咱不跟他拼力气,跟他玩技巧就行了!驾!"

这班西也不敢再说了,因为再说,拉朱的鬼话更多,那样的话,没上阵,自己的气势先叫他消耗一半。所以就不由分说,拍马出阵,亮出一对短柄反曲刀,就要大战泥婆罗猛将巴哈杜尔。

咱们说巴哈杜尔呢,他一看,又上来一位,也没当回事,刚要继续接战,没想到后面有人喊:"巴哈杜尔!你赢一仗就得了,别逮着好吃的不撒嘴!你们大唐和泥婆罗都立了功,没我们吐蕃怎么能行?你下去待会儿,把这个交给我!"

巴哈杜尔一听,这谁啊?说话真不中听!等他回头一看,吐蕃副将斯郎降措,早

古印度武士雕刻。武士手中持有的兵器,就是古印度的典型兵器,反曲刀

就立马横枪，到了他的身后。巴哈杜尔一看就搓火，他心说：你想来替换就替换吧，哪儿有你那么说话的？巴哈杜尔有心理论一下，王玄策在后面一看，他心里跟明镜一样，多少日子以来，他作为行军大总管，看得很明白，吐蕃和泥婆罗，两者军兵都不太合，吐蕃方面呢，总自我感觉比泥婆罗兵高贵；泥婆罗兵将呢，对此也多有不满。王玄策这些日子，也没少调和双方的矛盾，至少咱们现在是联军，你总不能发生内讧吧！所以他赶紧往前提马："巴将军！回来歇歇吧！你刚才已经挺累了，喝口水消消火！"

巴哈杜尔这时候一琢磨：我总得给大总管个面子，现在别闹事，要是闹将起来，我们全都得倒霉！得，我忍忍吧！所以他拨马下去了，这回换成吐蕃的斯郎降措大战印度将军班西！再看斯郎降措，他也没拿印度的这个班西当回事，那是挺枪就刺！

"唰！"

班西一看，这招常见啊！所以不慌不忙，拿双刀往外一推，"哎"！同时，班西因为用的是反曲刀，刀刃这边正好有一个窝，班西利用这个，正好把枪杆扣住，班西左手刀扣着枪杆，右手刀顺着枪杆，往手上就捋！这下可不得了，人家这是刀刃，这要是给捋上，手就得掉！斯郎降措一看，哎呀！吓了一跳，赶紧拨马撤枪，往外就躲。这下算是躲开了，把斯郎降措吓得浑身是汗：哎哟！真没想到，这个印度人还有两下子，我得多加小心！

所以斯郎降措抖擞精神，继续力战。咱们书中代言，要论纯功夫，斯郎降措比班西要高，可是班西今天呢，那是憋着一口气，今天是没人敢上了，我好不容易得来的机会，能上阵一拼，我说什么也得赢！得让那些刹帝利看得起我！所以他跟疯了一样，本来这套刀的路数他就挺熟，今天特别又加了劲，一个回合至少要砍三刀，还真把斯郎降措给吓了一跳，一半时之间，有点狼狈。斯郎降措一看，我可不能输啊，不然太丢人，我得想办法，反败为胜！

第二十二回　斯郎降措反败为胜
　　　　　　拉朱困窘孤注一掷

　　斯郎降措大战印度将军班西，这班西还挺厉害，他的种姓比一般的将领要低，属于第三等的吠舍，也就是平民阶层。但他就为了得到认可，苦练武艺，所以一伸手就施展平生绝艺，一刀紧似一刀，一刀快似一刀，打得斯郎降措还真有点狼狈。

　　不过咱们也得说，俩人要论起战斗经验来，斯郎降措要好得多。班西别看有能耐，但因为种姓制度，他不受待见，上阵机会少。斯郎降措呢，在吐蕃内部的战争中，他是身经百战，经验极为丰富啊！就算狼狈也不要紧，怎么躲？怎么格？都应对自如，所以别看班西这股劲挺猛，真想把斯郎降措砍翻，势比登天！

　　就这样，双方打了二十来个回合，还是没分胜败。斯郎降措急得那是火烧火燎啊！为什么呢？咱们说，吐蕃人，自尊心特别的高。他一看，蒋师仁干掉人家，也就是一伸手，三五个回合，轻松取胜。泥婆罗猛将巴哈杜尔呢，稍微费点劲，十几个回合。我可好，二十多个回合也没把人家干掉,而且照这架势,再打个二十回合也不奇怪。这要传出去,多丢人啊!我得赶紧解决战斗。怎么解决呢?对!这么干!

想到这儿,斯郎降措拉个败式,就败下去了。拉朱在对面一看,哎哟!真不容易,我们印度总算胜了一阵,哈哈!所以他一兴奋,就喊了:"快!擂鼓助威!"

咱们再说班西呢,他一听,哦!鼓声!行!有鼓声就说明我这仗打得不错,我赶紧把这个吐蕃将领干掉,就彻底赢了!所以班西想到这,俩腿一夹马,"驾",那是紧追不舍。斯郎降措等的就是这个,一听,追上来了。好!他把长枪往鸟翅环得胜钩上一挂,一抬腿,把弓箭摘下来,搭上弦扣,一拧朱红,也不用特别瞄准,回身"啪"这就是一箭!咱们说吐蕃将士,向来有狩猎习俗,弓箭准得不能再准了!所以这一箭直直地射向班西的胸口。印度将军班西呢,他光顾着追了,没想到对方回身一箭,没办法,班西勉强一扭身子,想躲,结果他躲得慢点,箭来得快点,"噗"!正中左肩,疼的班西"嗷"一嗓子,"当啷",左手刀落地。班西知道,再打下去,自己肯定不是对手,所以拨马就想跑。再看斯郎降措,他一看这招成了,高兴坏了,翻身拨马便追。看看差不

第二十二回　斯郎降措反败为胜　拉朱困窘孤注一掷

吐蕃骑兵作战想象图。赵幼华绘

121

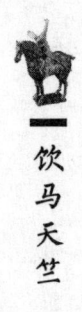

多了,斯郎降措把长枪一顺,奔班西的后心便刺!

这时候,后面的王玄策和蒋师仁一看,有点急了,他们一琢磨:我们这此来,目标只有惩罚阿罗那顺,还有那个惹事精拉朱,别人的话,能不伤就不伤。所以俩人赶紧喊:"斯郎将军!枪下留人!"

"对!抓活的!"

斯郎降措一听,大总管下令,焉敢不听?但枪已经刺出去了,没法收,所以他干脆一偏,"噗",正蹭到班西大腿上。咱们说斯郎降措这杆枪,属于轻灵型,但枪头上也有刃,这蹭到大腿上谁受得了?所以班西"啊呀"一声,翻身落马。斯郎降措提马过来,一枪下去,把他手中的另一把刀打飞,然后往后头喊:"绑!"

有几个士兵过来,抹肩头拢二臂给班西捆上了,押回阵中。

咱们说呢,班西这一被擒,拉朱那边就炸开锅了,"哗——",众位将官是议论纷纷啊!咱们前文也说了,这些个将军,绝大部分是刹帝利种姓,比班西要高,所以班西这一被擒,他们还说风凉话呢:"哼!班西这小子不中用!刚才跟咱们这腆着脸吹了半天,还不是一样倒霉!被逮了吧?活该!摆不正自己的位置就这德行!"

"嘿!要我看,班西这小子肯定跟唐朝那边有什么交易!不然怎么单单活擒他,别人都死了呢!"

"可不是,我看也差不多!"

您说这班西多倒霉,就因为比别人低了一个种姓,那是备受歧视。

这时候,拉朱是万般无奈,再回头看看:"谁?还有谁敢上阵一战?"

"哎……"

"这……"

您看这帮人,说别人的时候,一个个拧眉毛瞪眼的,七个不服八个不忿,一百二十个不含糊。可一轮到自己呢,全不吱声了。其实也难怪,前面三位都不是对手,他们谁能是对手啊?真要把命丢了,吃什么都不香了。

　　这拉朱一看，那是火冒三丈，不过也没辙，换他自己也白给。现在连失三将，士气已经颓了，再想取胜，可真的就难了！这可怎么办呢？拉朱愁得是抓耳挠腮。哎，拉朱这眼睛左瞄右瞄，发现点儿情况。怎么回事呢？拉朱发现，联军现在的情况挺有意思，斯郎降措纵马应战，后面呢，有三千多人马，排成战阵。其中，是行军大总管王玄策，副总管扎西多吉、苏尔雅，先锋蒋师仁等等，一众的将官，都在中间扎堆，观敌瞭阵。战阵后面才是行营。

　　拉朱看到这，脑子一转个儿：哎，这是个好机会啊！敌人的将官全在战阵中间扎堆，我手头有三千骑兵，干脆一口气来个突击，直扑联军的阵中心，擒贼擒王！嘿嘿！这主意不错。蒋师仁，那个拿榔头的怪物，他再强怎么样？干掉我们五十人、一百人，这顶头了。剩下那几位，总不会比蒋师仁强吧？我这三千骑兵，跟风卷残云一般冲过去，就算被他们干掉三五百，剩下的一人一刀，也能把他们宰个干净！嘿嘿，我这叫绝地反击！

　　所以拉朱想到这，把大枪一举，当作军令："所有骑兵听令！目标敌阵中央，击杀敌人大将，冲锋！"

　　这堆骑兵一听，心里这个骂啊！好呀！你们打不过，拿我们填啊？可整个战局已经成了这样，士气低落，谁心里不得掂量掂量？所以大伙都犹豫，有的胆小的，趁着别人不注意，还悄悄后退。拉朱一看这个，当时就火了，"噗！噗！"，当场捅死两个后退的。

　　"谁再敢后退，杀！快给我冲！前进者有赏！"

　　这三千骑兵一看，一点脾气也没有，往前是死，往后也是死，那就硬着头皮冲吧！

　　"冲啊！"

　　"杀啊！"

　　"哗——"

三千骑兵，排成楔形阵，跟颗大钉子一样，直向联军阵中，也就是王玄策他们的所在地楔来！

咱们说，这时候双方相距，也就是三四百米，骑兵要是冲起来，用不了一分钟。要说这情况呢，那真是万分紧急，说话间人家的刀枪就得招呼到眼前！可咱们说王玄策呢，他一看这情况，乐了："嘿嘿！拉朱这家伙打急眼了，单挑不行，还来群殴，攒鸡毛凑掸子是不是？旗号兵！举红旗！"

咱们说呢，联军人数在一万左右。俗话说，人过一万，无边无沿，这时候你就光靠喊来指挥，显然不现实，得用旗号。所以旁边有专业的旗号兵，旗号兵不干别的，一天就背着红绿黄白黑五色旗，手里抄着一枝一丈八尺的大枪，指挥官说举啥旗，他就举啥旗。所以王玄策一说红旗，传令兵马上把红旗套到大枪上，往空中一举。

这就是命令啊！联军马上开始变阵，弩兵立即拥到阵前，排成一排，"啪啪啪啪"，就开始放箭！这弩可是骑兵的天敌啊！所以一阵弩箭过后，印度骑兵随冲随倒，倒了一地！而且因为死伤的印度兵，连人带马都倒在地下，成了障碍，后面冲上来的人马，既得躲闪飞箭，又得避让障碍，那是叫苦不迭啊！冲锋的队形也开始乱了。

这时候蒋师仁一看，更乐了："哎我说王总管，印度兵都是这么些乌合之众，咱们还等什么？赶紧全歼他们，活捉拉朱，然后再找阿罗那顺算账去！别浪费时间了！"

王玄策点点头："嗯！言之有理，旗号兵，换黑旗，让吐蕃骑兵出击！"

旗号兵一听，赶紧把大枪放下，把红旗换成黑旗，又举到空中，摇了两摇，后面一看这旗号，一千二百吐蕃精骑分两路，向拉朱的骑兵队两翼包抄。可是呢，包抄之后，也不近身格斗，直接是远距离，连弓箭带石头一起招呼！

"嗖嗖嗖！啪！啪！"

"啊！哎哟！"

您说这帮印度骑兵能受得了吗？前有密如飞蝗的劲弩，旁边还有雨点般的弓箭和石头，这么铺天盖地地打，神仙也不行啊！而且咱们俗话说，将是兵的胆，兵是将的威，刚才拉朱连丧三将，士兵的胆气已经丧尽，现在就是为形势所逼，憋着一口气往上冲，这下冲也冲不上去，还白白挨揍，彻底没气了。所以三千骑兵被干掉五六百，剩下的乱作一团，四散奔逃！

蒋师仁一看，乐得奔儿奔儿直蹦："好！真棒！大总管，您再给我一支令，我再给他们最后一击！"

王玄策乐了："哈哈！好！蒋先锋，你速带一千泥婆罗精骑，上去收庄稼！"

好！他还把印度骑兵当庄稼了！

再说蒋师仁，他一接令，乐得直蹦高啊！他把大槊一举："骑兵兄弟们，跟我上啊！"

"冲啊！"

"杀啊！"

这回，联军士气爆棚，蒋师仁带着这一千骑兵，杀入敌阵！要打一个地覆天翻！

第二十三回　蒋师仁活捉拉朱　王玄策缺粮遇难

拉朱孤注一掷，最后要来一次骑兵突击，结果王玄策早有预料，马上布置迎敌之策。正面用弩箭伺候，然后吐蕃骑兵从两翼包抄，连弓箭带石头，对着拉朱冲过来的骑兵是一通好打！

"嗖嗖！"

"噗！噗！啪！"

"哎哟！"

这回印度骑兵彻底被打草鸡了，前面有密如飞蝗的劲弩，两侧还有零碎，铺天盖地地打过来！再加上之前损兵折将，士气极低，所以这一顿打下来，三千骑兵当即被干掉五六百，剩下的乱作一团，四散奔逃！

蒋师仁看准了时机，这时候带着一千泥婆罗骑兵，又杀入敌阵！

"噗！噗！"

"啊！哎哟妈呀！"

"噗！当啷！"

"呃！啊呀！"

印度骑兵这回彻底完蛋，大部分被联军歼灭，少量的掉转马头，往后就跑！这一跑不要紧，把自己那边的阵型还给冲乱了！本阵的士兵一看，也乱了：

"兄弟们跑吧！打不过啦！"

"快跑快跑！再不跑就没命啦！"

"快走！跑快了能活命，跑慢了就吃什么都不香啦！"

"哗——"

剩下的士兵直接是一哄而散！

咱们说拉朱呢，他一看，大势已去，本来还想着，如果上阵不利，那就回城坚守，华氏城城墙坚固，且能耗着呢！没想到彻底完蛋，士兵纷纷逃散。这还守个屁啊！拉朱一愁，我也俩鸭子加一鸭子，撒丫子吧！所以拉朱也是拨马就跑！

咱们说联军这边呢，蒋师仁正好把印度骑兵收拾得差不多了，他眼睛也比较尖，再往远处一看，哟！那家伙不是拉朱吗？哦，想跑？哪里跑！

所以蒋师仁也没来得及打招呼，是拨马就追！俩人是一个逃一个追，撅着就跑开了！这拉朱一口气跑出二里地，回头一看，好！蒋师仁紧追不舍。拉朱一看，怎么甩也甩不掉了，没办法，干脆一赌气，抬腿，"咯愣"摘下长枪，准备迎战！蒋师仁一看，乐了："嘿嘿！手下败将，你还敢动武？今天要你好看！"

所以蒋师仁抢槊便冲，拉朱也挺枪迎战，结果没用了五个回合，"当啷！嗖！"，拉朱的枪直接给震飞了！拉朱一看，完！跑吧！

所以是拨马便跑。蒋师仁一看，哪能叫他走啊？举起大槊，就要把拉朱拍个稀巴烂！可是呢，这槊举到一半，蒋师仁脑子一动，对！我还别把他拍死！我们使团被劫杀的事，是阿罗那顺指使的，可拉朱这家伙是具体动手的，他肯定知道内幕啊！我把他活捉，至少能掏点东西出来。要拍死就没用了！

所以蒋师仁把大槊收起来，探出右手，"嗙"一把，就把拉朱的腰带给薅住了。

"你给我下来！"

拉朱一看，吓得是魂不附体啊！我能下来吗？下来命都没了！我不下来！

所以拉朱是紧紧抱住马脖子，死也不撒手。蒋师仁一看，娘的，还摽上劲了是不是？你给我撒手！

"啪！"

这下用力过猛，拉朱的皮带断了！这回乐子大了，这就跟拔河一样，绳子一断，两边的人谁也得不着好！蒋师仁一个没留神，当场从马上摔下去了；拉朱也没好了，顺着马脖子摔下马来！咱们说蒋师仁呢，他反应还挺快，别看摔下马，赶紧一个鲤鱼打挺蹦起来，拿膝盖一顶拉朱的后腰！

"别动！"

这回拉朱想动也动不了了，就被蒋师仁生擒活拿！蒋师仁挺高兴，所以拿绳子把拉朱捆上，拎到马上，翻身回营，这是大收获啊！

咱们再说王玄策这边呢，大家伙儿都急坏了！原来，这仗打得挺漂亮，印度兵被打死两千，还抓了一千多的俘虏，缴获衣甲器械无数。自己这边呢，死了十几个人，伤了不到一百，堪称一场完胜啊！可等战斗结束，打扫战场，唯独不见了蒋师仁！这下把王玄策可急坏了！王玄策心说：完！师仁凶多吉少啊！他现在是我唯一可以信任的将领，冲锋陷阵、摧城拔寨，可都指着他呢！他要是不在了，吐蕃和泥婆罗的兵一不听话，我可是干瞪眼没辙啊！王玄策赶紧让人把死尸集中一下，看了看，没有蒋师仁，王玄策的心才放下点：可蒋师仁到底去哪儿了呢？

正这时候，"哗——"，联军士兵一阵喧哗，蒋师仁回来了，不仅回来了，还活捉了拉朱。王玄策一看，高兴坏了："师仁呐！你真行！

这家伙都叫你给抓住了，收获可不小！"

"哎！大总管，活捉一个拉朱算什么事啊？要是把阿罗那顺活捉了，那才好呢！"

一行人兴奋一番，赶紧就率队进入华氏城。可进了华氏城一看，好，印度的当地百姓全都是关门闭户，根本不跟联军接触。王玄策一看，哦！明白，这肯定是把我们当敌人了！我们得想想辙。不过在此之前，我们得扎营！去哪儿呢？华氏城里自然有领主的府邸，现在这已经跑没人了，所以王玄策暂时在这里扎下大营，让部队也在此驻扎，此外，还特别嘱咐了所有的部队，一定要秋毫无犯。

蒋师仁作战想象图之二。赵幼华绘

等把大营都归置好了，第一件事，王玄策就要提审拉朱！王玄策和蒋师仁现在是恨得牙根都痒痒！拉朱到了现在，知道如果照实了交代，自己非死不可！怎么活呢？就得想办法把别人咬上！所以等到了大堂之上，拉朱就开始胡说八道了："哎呀，劫杀你们唐朝的使团，可不怪我啊！上面有命令，我也是迫不得已啊！"

当然了，拉朱说的是印地语，王玄策他们呢，听不懂也不要紧，有翻译。等翻译把话全都告诉王玄策之后，王玄策赶紧再问："拉朱，你说是上面的命令，到底是谁命令的？说！"

蒋师仁也在旁边帮腔："快说！不说小心割了你的舌头！"

拉朱一看，我说实话还活得了啊？我怎么大怎么说吧！

第二十三回　蒋师仁活捉拉朱　王玄策缺粮遇难

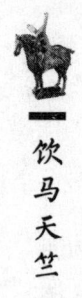

"哎！这个……是阿罗那顺王下的旨意，我们的宰相巴拉特发布的命令，而且是我们大元帅甘尼许亲自布置的！"

这话一出，王玄策和蒋师仁都气得不得了，好啊！这回坐实了，幕后黑手就是阿罗那顺，我们跟他完不了！

不过呢，现在想跟阿罗那顺算总账，为时尚早，联军这边虽然刚打了胜仗，士气高涨，但麻烦也不少，最大的有两个：首先，联军的补给消耗殆尽，再不补充就没饭吃了；再有，得想办法取得当地民众的理解，我们不是侵略者，我们只是来讨个公道，不会打搅你们的！

要说怎么办这两件事呢，王玄策有主意，他马上让联军将士去开仓放粮，华氏城里有粮库，因为拉朱这仗败得太突然，粮食什么也不可能全运走。抄了粮库，既能补充我们的粮食，然后把多余的散发给民众，民众对我们也不会有那么大的敌意了。

所以王玄策打定主意，马上就干，结果一天之内，联军把华氏城的官用粮库给抄了一个底儿掉，一共抄了粮食八万多斤。王玄策一看，直嘬牙花子。怎么回事呢？你看八万多斤吧，真是不少！但联军将士就小一万人，根本够不了几天的。你拿什么分给平民呢？

最后给逼得没辙了，王玄策又把两个副总管，还有蒋师仁找到一块儿："各位，咱刚进华氏城，立足未稳，所以我打算把咱们缴获的一半粮食，分给城里的民众。大家以为如何？"

这话一出，您说谁能干呢？所以吐蕃大将扎西多吉当场跳出来："大总管，我反对！咱们兄弟现在都吃不饱，您还要分给别人，这不是打肿脸充胖子吗？"

泥婆罗元帅苏尔雅也说："对啊！大总管，我也这么觉得。咱们这次抄出来的粮食虽然不少，但我算了一下，能让咱们顶个五六天就不错。您要是分给城里人，咱们可就得饿肚子！而且即便咱们现在刚打了胜仗，没吃的也顶不了几天。万一阿罗那顺趁着咱们没粮食的时候反击，咱们岂不是坐以待毙？"

蒋师仁在旁边也直点头。王玄策看了，长叹一声："唉！大家说的我都知道。咱们现在粮食紧张，这也是事实。可现在最大的问题，就是咱们是否能在华氏城立稳脚跟。苏尔雅副总管也说了，如果阿罗那顺反攻，咱们没粮食，就要失败。可如果咱们没立稳脚跟，更惨，说不定就全军覆没了！所以为了避免出现这种情况，我也是不得已而为之，把粮食发出去，换取华氏城民众的支持。今天我把大家找来，就是让你们想想办法，能不能把咱们的粮食补给，顶到十天左右。我已经派了人，去向吐蕃赞普那边催粮了，估计十天之内，肯定能到！大家想想办法吧！"

话音刚落，扎西多吉拍桌子就站起来了："大总管，我不服！你这事做得就是不对！兄弟们出生入死，才打下华氏城，现在连饭都吃不饱，你就要把咱们的口粮分给印度人，这什么道理啊！"

"对对对！大总管，我苏尔雅一直挺佩服您的，但就这件事，您办得不妥！"

俩人把桌子拍得啪啪山响，撸胳膊挽袖子，似乎就要动手。咱们说，蒋师仁在旁边呢，能让他们动手吗？所以蒋师仁一瞪眼："你们俩要干什么？我告诉你们，今天谁敢动大总管一根汗毛，我蒋师仁就把他的皮扒了，蒙到战鼓上！"

第二十四回 为人心玄策打赌
遇火情拉朱脱逃

　　王玄策攻入华氏城，这下遇着难题了，粮食不足，人心不服，怎么办呢？王玄策就想把抄出来的粮食，分给华氏城的印度平民，即便无法换取他们的支持，也能让他们不捣乱。

　　可王玄策把这个情况跟众将一说，扎西多吉和苏尔雅当时就蹦了："大总管，我不服！你这事做的就是不对！兄弟们出生入死，才打下华氏城，现在连饭都吃不饱，你就要把咱们的口粮分给印度人，这什么道理啊！"

　　"对对对！大总管，我苏尔雅一直挺佩服您的，但就这件事，您办得不妥！"

　　俩人把桌子拍得啪啪山响，撸胳膊挽袖子，似乎就要动手。咱们说，蒋师仁在旁边呢，能让他们动手吗？所以蒋师仁一瞪眼："你们俩要干什么？我告诉你们，今天谁敢动大总管一根汗毛，我蒋师仁就把他的皮扒了，蒙到战鼓上！"

这蒋师仁一急，扎西多吉和苏尔雅还真有点害怕。这些日子相处，也看出来了，蒋师仁平常好说话，但要是一发火，什么都能干得出来。所以俩人火气也降了降，总不能当场冲突吧！王玄策呢，一看这情况，也赶紧赔着小话："蒋先锋！不得无礼！二位副总管，你们先消消火！我不是诚心跟咱们兄弟夺口粮，这也是权宜之计。你们想啊，咱们刚进华氏城，立足未稳。发放粮食，就是让华氏城的平民了解，咱们不是侵略者。这一切的一切，只是为了跟阿罗那顺讨个公道，对他们没有影响。要不然咱们前面打着仗，他们给咱放把火，也够咱们一呛啊！到时候咱们跟阿罗那顺打着仗，后院着火，咱们一不留神可就会全局覆没啊！所以二位副总管，咱们得共同想办法另筹粮食，渡过这个难关。"

泥婆罗元帅苏尔雅一听，点点头："大总管说得也对，我这有主意……"

话刚说到一半，旁边的吐蕃大将扎西多吉一瞪眼："闭嘴！我先说！"

然后他转头向着王玄策："大总管，要我说呢，你所言不是没有道理。不过依我看，你这招执行不了啊！"

"哦？扎西副总管，何以见得？"

"哼哼，我把话放在这，华氏城的平民根本不会接你的好意！咱们不如赌赌看，现在快中午了，咱们吃完午饭开始算，以一天为限。要是这华氏城里，有人能接了你发的粮食，我们就想办法给你筹粮。要说办法嘛，我们不是没有。只不过我们露一手，大总管你也得露一手啊！不然这不平等！你说对不对？"

王玄策一听，有点发愣，因为他感觉扎西多吉说话太肯定了，就刚才还呛呛呢，他要没有把握哪儿能说这话呢？没想到这时候，蒋师仁说了："行！扎西副总管，那咱们就这么定了。我们要是能把粮食发给华氏城的民众，我们就算赢，对不对呢？"

"对！但你们不能强制送，得印度人自己拿才行。"

"嘿！那肯定的！就这么着了！"

"啪啪啪！"

蒋师仁就跟扎西多吉三击掌，这就算赌上了。然后扎西多吉一乐："行嘞！大总管，蒋先锋，那我就等你们的好消息！哈哈哈哈！"

扎西多吉是扬长而去，旁边的泥婆罗元帅苏尔雅一看，是欲言又止。咱们书中代言，筹粮的事，他也有主意，只不过一方面吐蕃人已经把话说绝了，要给王玄策个下马威，如果我们软了，给人的感觉就是我们软弱可欺，回去扎西多吉再跟松赞干布那说两句，我们岂不是彻底没面子了？这回说什么也不能软！所以苏尔雅犹豫了几下，也出去了。

这回大帐里只剩了王玄策和蒋师仁。王玄策就说："师仁呐！你刚才也太冒失了。扎西多吉之所以这么说，肯定是有原因的。你这么答应，咱们输了怎么办？要说输了，其实也算不得什么，只不过一开这头，他们就会想方设法挑战咱们的威信。咱们如今远征在外，之所以能让他们听话，凭的就是咱们的威信。如果什么时候咱们威信尽失，咱们说不定就死无葬身之地！"

蒋师仁一听，这才觉出害怕："哎哟！王大人，我可没想到这个！怪我！怪我！那现在怎么办才好？"

"怎么办？凉拌！现在咱们只能见招拆招了。师仁呐，咱们先吃饭，等吃完饭，马上开仓放粮！看看到底能不能发出去！"

"明白！"

等吃完了饭，王玄策和蒋师仁马上组织人马，把粮食搬到大街

吠舍，印度种姓制度的第三等级，多是平民，但也属于高级种姓。赵幼华绘

上，准备放粮。可没想到，真让吐蕃大将扎西多吉说准了，印度民众都远远地看着，没人敢上前搭话！王玄策一看，直纳闷，到底怎么了？明明这些平民有不少面带菜色，怎么不来要呢？哦！是不敢！

这回王玄策叫来了翻译，俩翻译扯开嗓子在那儿嚷："各位，我们没有恶意，请过来领粮食吧！"

"对啊！各位！你们尽管放心！我们是开仓放粮，不收你们钱！"

这话一喊，好，人家跑得更远了。王玄策一看，哦！明白了！印度实行种姓制度，低种姓的听高种姓的，估计拉朱他们之前，没少说我们的坏话，民众对我们不信任啊！这怎么办呢？王玄策琢磨了半天：对！那我找个高种姓的说服他们！谁种姓高呢？对！我们有两个俘虏，拉朱和班西，拉朱是大领主，肯定他的种姓要高，应该是刹帝利。如果他出马帮忙，这事应该很简单啊！所以王玄策想到这，吩咐一声："来啊！把拉朱带来见我！"

"是！"

几个卫兵下去了，王玄策回到行营大帐，倒了杯水，就在这等。这等了也就是十五分钟，突然有人在外面喊："着火啦！"

"快救火啊！"

王玄策当时吓了一跳啊！赶紧跑出大帐一看，好！粮库那边开始冒烟！王玄策二话不说，赶紧就往火场跑。等跑过去，还好，绝大部分粮食早已经搬出粮库，所以损失不大，明火已经被扑灭了。王玄策就问："怎么回事？怎么着的火？"

"回大总管，有人故意纵火！"

"啊？谁那么大胆？"

"他！"

卫兵当时押来一个人："大总管，就是他！你不是要求要开仓放粮吗？这小子就在粮库旁边转悠，我们以为他想要粮食，所以没加理会，没想到这小子竟然从怀里掏出两个火把，点着之后，隔着围墙就往粮库里扔！好在我们发现及时，没造成大损失，把他也给逮住了！"

王玄策一看，这就是个印度平民，穿着粗布衣服，显然不是什么富裕家庭。不用说，他肯定是受了拉朱他们的宣传，给我们找麻烦来了。唉！

这时候蒋师仁也跑来了："怎么回事？粮库怎么着火了？"

卫兵照实回答呗："回蒋先锋！就是这个印度人纵的火！"

咱们说蒋师仁可没那么好脾气，"嗷"一嗓子："娘的！小子胆儿挺肥啊！敢惹事是不是？我今天要不把你撕巴了，我都不姓蒋！"

蒋师仁说着，拽住印度人的胳膊就要撕，还别说，他有这能耐。这时候就听有人喊："住手！不得无礼！"

这话把蒋师仁吓得一哆嗦，再一看，谁喊的？王玄策！王玄策现在也是一脑门子官司，可他比蒋师仁还冷静一点："蒋先锋，先消消气！"

"我的王大总管，我怎么消气啊？这家伙自寻死路，咱要不成全，都对不起他！"

"师仁呐！别说了，先把他关起来！"

王玄策现在很明白，本来印度人对你的印象就不好，要是再动粗，肯定是百口莫辩！所以这时候，无论如何都得忍！蒋师仁也没脾气啊！无论怎么说，王玄策都是他的上司，出使的时候，王玄策为正，他为副；现在，王玄策是行军大总管，他是先锋，所以只能听话。蒋师仁噘着嘴吩咐："去！把这个印度人关起来，看住了！他要是跑了，我打折你们的狗腿！"

他也是有气没地方出了！再说王玄策，他现在就琢磨着：只要把拉朱降服就行，他要是答应帮我们说话，他是刹帝利种姓，大多数人就可以跟我们亲近，这就没事了！所以王玄策再次坐定之后，大喊一声："把拉朱给我带上来！"

可是呢，等了半天也没来，王玄策急了，再叫人去催，没想到催的人很快就回来了："报告大总管，俘虏拉朱跑了！"

"啊？"

有人问了，这是怎么回事呢？咱们书中代言，王玄策他们现在还有一个错觉，觉得使团被劫的事，罪魁祸首是印度新王阿罗那顺，拉朱不过是执行者，所以看守的时候也没什么特殊的。所以这一着火，拉朱正好被带出来，这一乱，拉朱一看，我跑吧！要是失败了，算我倒霉，就是个死呗！反正让唐朝使臣知道使团事件的真相，我也得死。要是成功了呢，我不就活了吗？到时候回去再搬弄一下是非，让阿罗那顺王站在我这一边，我又能有缓啊！所以拉朱趁着着火，带着他走的卫兵走神，一使劲，挣脱出来，是逃之夭夭！卫兵再想追，让人群冲乱，没能追上。

这回拉朱，美！哎哟！可算逃脱了！而且怎么说，他的身份也高，印度人就听他的。所以拉朱跑到一户平民家，让人家给他解了绑绳，又换了套衣服。这平民也没辙啊！人家种姓高，比自己高贵，那就得听。所以拉朱换了便装，就混出华氏城，他跑了！

再说王玄策，拉朱跑了，他气得是七窍生烟！那怎么办呢？手头现在只剩了一个俘虏，班西。王玄策没脾气，把班西从牢里提出来，那是好言相劝："班西将军，坐！"

班西根本不听那套，就站着。

"班西将军，咱们之前有些误会，但我还是很敬佩您的！"

班西听了，不为所动："哼！侵略者，少跟我这花言巧语！我不听！"

"哎！班西将军，我们不是侵略者。这件事呢，跟您一言两语说不清，来啊！绑绳给他解开！班西将军，咱们坐下，我跟您说说实情，您应该就能理解我们了。"

绑绳解开，班西往座上一坐，俩手一堵耳朵："我不听不听就是不听！我不想跟侵略者讲话！恶心！"

蒋师仁一看，那是火冒三丈，没见过这么不给脸的，看我怎么收拾你！

第二十五回　苦劝下班西犹豫
　　　　　　　危难时贵人相助

　　王玄策劝说班西，就想跟班西说明，自己为什么带兵来印度。可没想到，班西根本不听，反而把俩耳朵一堵，恶语相加："我不听不听就是不听！我不想跟侵略者讲话！恶心！"

　　蒋师仁跟旁边一看，也火了："他娘的！别给脸不要脸，再他娘的来劲，小心老子把你脑袋拧下来！"

　　班西嘴上还不吃亏："行！你来拧啊！正好成全我了！"

　　蒋师仁是火冒三丈，撸胳膊挽袖子要动手，王玄策一瞪眼："师仁！不可无礼！"

　　可是转回头呢，还是对班西和颜悦色："班西将军，我手下粗鲁，您别见怪！这样，您既然认为我们是侵略者，不要紧，我相信事情真的假不了，假的它真不了。我们今天就放了您，您愿意留下看看我们是否有侵略行为，我们欢迎。如果您要走，我们也不拦着。您看怎么样？"

　　"哎？"

班西当时就懵了，怎么回事？真要放了我？不可能啊！大领主拉朱强调过多少遍，唐朝人穷凶极恶，见人就杀。阿罗那顺王也说过，唐朝人嘴甜心苦，净办损事。这怎么跟说的不太一样呢？

王玄策在旁边一看，又急又乐，乐只乐自己这招奏效了，班西不是一个劲地骂人了，态度有所缓和。但他也着急啊！照现在这个意思，想让班西帮自己说话，那也是势比登天，不可能了！现在火烧眉毛，要是明天华氏城的民众再不接粮食，吐蕃和泥婆罗的兵就该闹事了！怎么办？王玄策和蒋师仁是一筹莫展。

眼看着天就黑了，粮食还是没发出去，只能收摊。等王玄策和蒋师仁回到大帐，不住地唉声叹气。最后蒋师仁气急了："他娘的！没想到这帮印度人这么不识抬举，白给他们粮食都不要！惹急了我，明天抓几个来，就让他们把粮食拿走！不拿我砍了他！"

"哎！师仁！不要胡闹！印度和咱们大唐可不一样，你得尊重人家的习俗。而且扎西多吉也说了，强迫的不算数，你这么搞，只能弄巧成拙。"

"嘿哟！我的王大人呐！都现在了，您就别说原则了，拿出办法是真的！"

"哎！原则归原则，必须要遵守。不过这办法嘛，咱们再想！肯定能有！"

正说着呢，有卫兵报告："报！报大总管，有人求见！"

嗯？王玄策就是一愣："何人求见？"

"哎……大总管，是个印度人，似乎身份不低。"

"哦？有这事？待我亲自迎接！"

王玄策现在也急了，印度人主动来找我，那就可能是突破口啊！说什么我也得见！等王玄策带着蒋师仁到外面一看呢，真吓了一跳！怎么回事呢？只见眼前这个人呢，真的是比较特殊，这个人个不太高，高鼻梁、深眼窝子、小麦色皮肤、满头白发，白胡子特别长，都快拖地了。

身上穿着丝绸衣服，脖子上挂着法螺，左手锡杖、右手牛尾拂尘，往那一站，的确不一样，看着就显得高贵。

王玄策看了，马上过来一拱手："请问阁下是？"

"我是婆罗门，名叫那罗迩娑婆寐，闻听将军有难，特来相助！"

"哦？"

王玄策就是一惊，婆罗门！这不是四大种姓里最尊贵的一等吗？而且他的汉语讲得还不错！这回可好了！所以王玄策赶紧往里让："哦！那罗迩娑婆寐大师！这里不是说话之所，里面请！"

那罗迩娑婆寐也不客气，就跟着王玄策进到大帐之中，王玄策赶紧："大师！您请上座！"

旁边蒋师仁一看不干了，但他也不敢拦着，就拽王玄策衣角，低声嘟哝："大总管！大总管！你怎么对这个老头这么恭敬啊？"

"哎！师仁，这是印度最尊贵的阶级，有他在，咱们的事就不难了！"

这时候呢，那罗迩娑婆寐已经坐下，下面有人端来茶水。那罗迩娑婆寐喝了两口，王玄策就问："大师，您特意来此，有何指教呢？"

"哎！指教不敢，我是来帮将军正本清源的！"

"哦？怎么叫正本清源呢？"

"哈哈！将军此来，我知道是为什么！你们大唐使团被劫，将军是来讨要个说法的！"

"哎？"

王玄策一听，他怎么知道那么清楚啊？咱们书中代言，其实这个事，高层还是有一些人知道内情，尤其是四大种姓的第一等——婆罗门。这都是印度的高级知识分子，有智慧，所以阿罗那顺他们那些官方宣传，对他们根本不管用，好多人都能猜出内情。只不过呢，现在婆罗门这个阶层比较尴尬，所以好多人知道，但不言语。您想啊，婆罗门阶层虽然是四大种姓中最高的，有智慧，但肩不能挑、手不能提，主要靠下面三个阶层供养。而供养他们的资源呢，又绝大部分掌握在第二等级刹帝利手里，这是国家的管理阶层，包括国王、领主、将军等等，阿罗那顺就是他们的头儿！刹帝利手头的资源，比第三等级吠舍和第四等级首陀罗加起来，都要多得多。就在这种情况下，吃人家的嘴短，拿人家的手软。受了人家的供养，所以好多婆罗门就揣着明白装糊涂。

印度种姓制度中的第一位，婆罗门，也就是祭司阶层，在社会上享有首脑之尊。赵幼华绘

可咱们说呢，婆罗门内部，也是矛盾重重，有的地位高，有的也不受待见。这个那罗迩娑婆寐就属于那不受待见的，谁都看不上他。这个那罗迩娑婆寐就憋着气，你们等着瞧！早晚我得盖过你们去！之前呢，那罗迩娑婆寐因为在语言上有天赋，所以就学了不少的语言，什么吐蕃话、泥婆罗话、汉语等等，学得都不错。他就想以这个，防备不时之需。

这时候呢，正好王玄策打回来了，而且不费吹灰之力，就占领了华氏城，活捉大领主拉朱，那罗迩娑婆寐一看，这是个好机会啊！反正阿罗那顺还有其余的婆罗门都不待见我。不如我就给他们玩个绝的！现在唐朝使者的部队势如破竹，如果我再帮他们，那就会如虎添翼，至少能重创阿罗那顺！这样，婆罗门上层肯定也会动荡，我就能趁机起势，地位也会比现在强得多！

所以那罗迩娑婆寐就赶紧来到华氏城，正琢磨怎么跟王玄策搭上话呢，正赶上王玄策发粮食发不出去。那罗迩娑婆寐多贼啊！他知道王玄策是想取得华氏城民众的民心，可是因为上面的宣传问题和种姓制度，王玄策想成功，势比登天！不过这对我来说，不费吹灰之力！这忙我要

第二十五回　苦劝下班西犹豫　危难时贵人相助

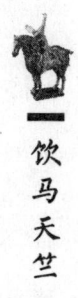

是帮了，肯定王玄策得对我另眼相看。而且以他们的实力，加上我的知识，彻底打败阿罗那顺也不是不可能！要是真的打败了阿罗那顺，嘿嘿，我翻身的时候就到了！

这就是那罗迩娑婆寐来的原因啊！这回把王玄策可高兴坏了！所以王玄策就问："大师如何帮我正本清源呢？"

"哈哈！将军不必多问，明天一早，你们再支起摊子，我自会有办法！"

王玄策一听，那是半信半疑啊！他听说过，婆罗门在一般人心中地位高贵，但高贵到什么程度，心里没数。但好在这比自己碰要强，人家满口答应，自然得有过人之处啊！所以当夜无话，第二天一大早，王玄策和蒋师仁又把摊子支起来，准备发粮食，这时候还是老样子，看的人多，没人领！蒋师仁一看，赶紧过来："大师！该您了！"

那罗迩娑婆寐一看，乐着走到前面，先把胸口挂的法螺拿起来。

"呜——呜——"

这一吹不要紧，当时所有围观的人全都跪下了，那是顶礼膜拜。王玄策和蒋师仁都看傻了："嘿！果然是大师！这一出手，不同凡响！"

"可不是！都给咱跪下了！"

俩人跟着窃窃私语。等那罗迩娑婆寐吹完了，他把法螺放下，把锡杖戳在地上，牛尾拂尘一摆："梵天的子民们！你们不要担惊，不要害怕，我是婆罗门那罗迩娑婆寐！你们面前的是摩诃震旦的使者，他们不是洪水猛兽！是咱们的朋友！"

这句话过后，哎，王玄策就发现，似乎普通的印度人精神为之一变。王玄策还纳闷呢：嗯？难道说婆罗门在印度真有这么大的发言权吗？

这时候那罗迩娑婆寐接着说："梵天的子民们，你们可能不知道摩诃震旦的使者，为什么会带兵来咱们印度。这里我告诉你们，那是因为咱们现在的大王阿罗那顺，他不干人事啊！竟然勒令部下，把摩诃震旦的使者杀死，抢夺金银财宝。摩诃震旦的使者是为了讨个说法，才带兵到咱们印度来的。跟咱们一般人毫无关系！另外，摩诃震旦的使者知道，他们这次的行为，肯定会给大家造成一些麻烦，所以为了补偿咱们，摩诃震旦的使者给咱们华氏城的每个居民都准备了一部分粮食，请大家来领啊！不要担心里面有毒，我先给大家吃一口看看！"

那罗迩娑婆寐还真有邪的，抓起一把生米就塞进了嘴里，当时直着脖子就动不了了！有人问了，怎么回事呢？这告诉您，噎的！您想想，干吞生米好受得了吗？王玄策看得明白，赶紧把水端过来："来来来，大师，喝口水吧！"

那罗迩娑婆寐赶紧接过来，连喝几口，晃着脖子，总算把米咽下去了："大家看见没有？没有毒！你们尽管放心吧！"

这时候，华氏城的平民一看，放心了："哎哟！连婆罗门都帮着唐朝的使者，看来唐朝人对咱们真的无害啊！"

"对！连婆罗门都替他们说话，看来咱们这个阿罗那顺王，肯定又做了什么见不得人的事！"

"就是就是！那咱们就领粮食去吧！"

就这样，印度人开始排队领粮食。可王玄策仍然不高兴，反而眉头紧皱，怎么其中还有蹊跷之处？

第二十六回　合众力诸将领筹粮食
　　　　　　　援军至禄东赞出难题

　　婆罗门大师那罗迩娑婆寐，帮了王玄策一个大忙，当然，他也是有个人原因的。他想借用王玄策的破局，给自己在婆罗门圈子里争得地位。但不管怎么样，这可是场及时雨啊！印度人开始排队领粮食，接受王玄策的好意了。王玄策的这场赌注也就基本算赢定了。

　　可是印度人排队领粮食，王玄策看了看，不但没高兴，反而眉头拧成了一个疙瘩，怎么回事呢？原来，这回有人领粮食了不假，但是呢，这些人大部分衣着都比较光鲜，至少是能保证温饱的。而旁边还有一大批人不敢过来，这些人倒是破衣破裤，面带菜色，看见发粮食就流哈喇子。王玄策就奇怪："哎？大师，这些穷人为什么不来领粮食呢？"

　　那罗迩娑婆寐一听，神秘地一笑："将军，你这就不必管了，这都是些首陀罗和贱民，他们的死活你尽可不用放在心上。"

　　王玄策一看，没辙，听这话头，应该就是印度本地的特殊情况了，我要是跟人家争辩，反而显得不懂规矩了。所以王玄策也就不管了，总之，发粮食的事顺利进行。

等到中午，吐蕃大将扎西多吉和泥婆罗元帅苏尔雅，俩人溜溜达达从驻地过来，准备看笑话。结果一看这情况，当时傻眼，只见行辕门前，门庭若市，印度人排着队来领粮。俩人就不明白啊，怎么回事？印度人怎么开始听话了？等进去一了解，好！是那罗迩婆婆寐帮的忙！俩人心说：嘿！看来我们总管还真有两下子，竟然找来了婆罗门帮忙，不简单啊！那我们就认输吧！

认输怎么办呢？那就得一起想办法筹粮呗！其实咱们说，吐蕃和泥婆罗两方面还都有辙，吐蕃方面的办法就是就地打猎，泥婆罗方面的招数就是就地采集野菜，这样就能把粮食的用量给减小，而且不就地征粮，也不会引起不满。有菜有饭有肉，士兵的饮食也不单调。而在泥婆罗士兵采集的野菜中，王玄策也发现了一个宝贝，这东西长得红根绿叶，挺好看。而且，用开水焯完，吃起来有一股清香味，王玄策觉得挺好吃，就问泥婆罗士兵："这叫什么菜啊？"

"回大总管的话，这东西在我们泥婆罗，叫作菠棱菜。"

"嗯！真好吃！我们大唐就没有！这个菠棱菜，在你们那里很常见吗？"

"对！请大总管放心，这东西好吃，而且还有通血脉的功效。"

"嘿！还能通血脉！对皇上的身体肯定不错！好！等我这次回大唐，一定也把菠棱菜带回去！"

咱们书中代言，等王玄策回大唐的时候，还真把菠棱菜带回去了，这东西后来就在中国生根发芽，成了我们今天耳熟能详的菠菜。

咱们闲言少叙，书归正文，

菠菜，古时也叫"菠薐菜"。传说是王玄策此次远征，从泥婆罗和印度一带带回。另一种说法显示，是唐朝时期，从波斯传入

第二十六回　合众力诸将领筹粮食　援军至禄东赞出难题

粮食的问题基本解决了，王玄策又请那罗迩娑婆寐来劝说俘虏班西。班西呢，本来就开始怀疑阿罗那顺他们的话，如今一看，嘿！连婆罗门都支持王玄策，那肯定王玄策的话就是真的呗！所以也就归顺了。王玄策呢，就让班西管理俘虏的印度兵，咱们说，这一仗别看打得那么厉害，不可能个个都死，肯定有俘虏。受伤的呢，王玄策就派人给调治；没事的呢，干脆就交给班西，让他维持当地的治安。就这样，没五天的工夫，华氏城又开始正常运转了，跟王玄策他们打进来之前差不多。

等把事情都解决完了，王玄策他们又开始筹划下次进军的事宜。现在有那罗迩娑婆寐当行军顾问，一切就都明朗多了，那罗迩娑婆寐明白印度的境况啊。最后大家商量了半天，那罗迩娑婆寐就说了："王将军，我认为，你们现在应该率兵直捣阿罗那顺的首都，曲女城。"

王玄策当时吓了一跳："啊？大师，这不是孤军深入吗？阿罗那顺怎么说也算是印度之王，当年戒日王的部队，我听说有象军六万，骑兵十万，步兵五万。就算阿罗那顺不得人心，兵力减半算，那也不得了啊！咱们统共就不到一万人，实力悬殊有点大啊！"

那罗迩娑婆寐一听，乐了："哈哈哈哈哈！将军，您倒是听说过不少事啊！不过你只知其一，不知其二。你说的是当年戒日王手下的部队，的确也是这么多。但那些部队，好多都掌握在领主手里。那些人听戒日王的，可不听阿罗那顺的！我之所以说要你们直捣曲女城，也是为了避免麻烦。印度的小领主们都盯的是自己的地盘，只要你们直攻曲女城，尽量少占他们的地盘，我敢保证，他们也不会反抗。我给你们算了一下，阿罗那顺的总兵力，也就是他手头的那些，还有五个大领主的部下，总共也就是七万人左右。你们这就干掉一万多，剩下的里面，阿罗那顺跟东天竺王尸鸠摩还有南天竺王遮娄其都不对付，还得分一半出来防备他们。所以剩下的，也就是三万人左右。"

这时候，旁边的泥婆罗元帅苏尔雅和吐蕃将军扎西多吉，俩人就在旁边嘀咕："哎呀大师！即便是三万人，一对三，阿罗那顺的优势还不小啊！"

"可不是！要说我们吐蕃精锐，别的不怕！三万人算什么？俗话说精兵一百，可以破敌三千，我们一千多人，正好就把印度兵收装带包圆！可我就担心一点，印度的战象听说很厉害，我们没什么对付的经验，所以咱还得加点小心。"

王玄策听了，眉头拧成一个疙瘩，的确，大伙儿说得都没错，怎么对付战象，他的办法也不多。正发愁呢，蒋师仁在旁边说话了："各位总管大人！不就是战象吗？我有办法！你们放心吧！有多少战象，我都能对付！"

"哦？蒋先锋，你能行？"

"大总管，你放心吧！战象这种东西，厉害归厉害，我就不信它有我厉害！"

这话一出，大家伙儿都乐了："噗！"

"哈哈哈哈！"

"嘿嘿嘿，蒋大人，我们都承认你厉害，但你再厉害，你能撂倒一头战象吗？"

"对对对！蒋先锋，你可别说大话！"

蒋师仁一听："哎哟！你们大家伙儿都以为我除了一身的肌肉之外，就是一脑子大粪了是吧？狗屁！我的主意多着呢！打仗的事，你找我就算找对人了！我还就把话放在这，战象不碰上我便罢，碰上了，来多少倒霉多少！而且就我知道的，战象行动缓慢，如果咱们速战速决，没准战象没等到呢，咱们就结束战斗了！"

蒋师仁说着，把胸脯拍得啪啪山响。王玄策一看，明白，蒋师仁肯定有主意，那就这样吧！紧接着，王玄策再看看地图："也罢！大师！咱们暂且不考虑战象的情况，我这还有个问题。阿罗那顺还有兵力优势，咱们要出动，就要全军出动，不然兵力分散，只会倒霉。可我也看

147

了，华氏城离着东天竺王尸鸠摩的地盘不太远，咱们要是一走，让班西他们留守。尸鸠摩要是出兵，咱们的后路岂不是就被断了？"

"哎？"

大家伙儿一看地图，还真是的！华氏城再往东，就是尸鸠摩的地盘，万一他掏这么一下，后路一断，还真不好办！那罗迩娑婆寐一看："哦！将军，这的确是个问题，不如我去一趟东天竺，面见尸鸠摩，说服他不动。"

"大师，那可不行，您现在是我们重要的智囊。而且去东天竺王那里，过于冒险，我们也担心您的安全。"

"嗯！王将军，您担心老朽的安全，老朽心领了。但老朽在世二百余载，早已看破世间生死，此去不会有问题！"

这话一出，大家伙儿全吓了一跳，好！这老家伙二百岁，神仙啊！人家怎么活的？王玄策一听："大师，您这么说，我更不能让您去了！"

"可将军不让老朽去，您有什么办法呢？"

"这个……"

正没主意呢，传令兵闯进大帐："报！"

"何事报告？"

"报大总管，吐蕃的禄东赞大人率领一万精兵前来，离华氏城还有三十里。"

"哦！太好了！快快准备迎接！"

这回王玄策可放心了，援军到了还怕什么？所以王玄策马上率领扎西多吉、苏尔雅、蒋师仁、那罗迩娑婆寐几个，带着亲兵，出城迎接。等见了面，果然是禄东赞，禄东赞也高兴啊，跳下马来一拱手："王将军不得了啊！轻而易举就拿下了华氏城，老朽佩服！"

"哎！禄东赞大人，不敢不敢，请！"

两个人是携手揽腕，进了华氏城。等到了王玄策的行辕，几个人分别落座，王玄策就问："禄东赞大人，您此来，是来援助我们的吗？"

"不错！老朽正是为此而来！"

"哎哟！那太好了！下一步我们也盘算好了，打算直捣曲女城，一举干掉阿罗那顺！我们还愁兵力不足呢，您一来就解决问题了！咱们共同进兵吧！"

没想到禄东赞一听这个，口打咳声："唉！王将军你有所不知啊！这回你们遭难，我们赞普非常重视！特别调集了五万大军，我这只是先头部队。以我们吐蕃的规矩，赞普不来，不能主动进攻，所以按照规矩，我必须在此等我们赞普的主力部队。在此还拜托王将军，你们的部队先行出发，我们随后就到！辛苦了！"

这话一出，王玄策和蒋师仁全明白了，别看说得挺客气，闹了半天还是说大话使小钱啊！蒋师仁是咬碎钢牙啊，心说：禄东赞，你算盘打得真好啊！我们费尽全力地打下城池，你们直接霸占成果，这叫什么道理啊？我非要跟你理论不可！

第二十七回　王玄策兵发曲女城
　　　　　　印度王动摇愿和谈

　　王玄策准备继续进军，可担心后方空虚。自己本来兵力就不多，想打败阿罗那顺，必须全军出动。可已经攻下来的华氏城让谁来看着呢？不能让人家抄了后路啊！正发愁的时候，有报告，禄东赞的吐蕃援军到了！这下可把王玄策他们高兴坏了！这回可好，不但留守的人马，连援军都有了！

　　可跟禄东赞一聊呢，满不是那么回事！禄东赞虽然带了一万精锐来，但只负责守城。而且一定让王玄策的联军全军出动，继续打阿罗那顺。

　　蒋师仁一听就急了：禄东赞，你算盘打得真好啊！我们费尽全力，好不容易打下华氏城，把局势稳定住，这果子都熟了，你们一来，没我们什么事了，全成你们的了，这算什么啊！而且你霸占我们的成果还不算，你还借口别的，按兵不动，保存你们的实力，到头来和阿罗那顺硬碰硬的，还是我们！我们成了打白工的了，这他妈叫什么事！哇呀呀呀！

蒋师仁想到这儿，瞪着眼睛就想发作，结果后面有人一拽他的衣角，嗯？蒋师仁回头一看，谁啊？王玄策！王玄策这时候冲蒋师仁一瞪眼，那意思，有事出去说！然后王玄策就对着禄东赞一抱拳："禄东赞大人所言甚是，那我们即刻出发，您尽快赶来便是！"

说完，也不让蒋师仁多一句话，拽着他就出了大帐。等回到部队驻地，王玄策也知道蒋师仁要发火，所以干脆就把他拽到了没人的帐篷，这回蒋师仁可忍不住了："我说大总管，你什么意思啊？跟禄东赞卑躬屈膝的，有必要吗？你看他们那副德行！说大话使小钱，让咱们白白打工，他们吃现成的，凭什么啊！他妈的，等我回到安西都护府，我非得告他们一状，让我们都护给他们难堪！"

"得得得！师仁呐！你明白，你以为我糊涂吗？你别忘了，咱们现在看似处境不错，可实际上呢，没有一兵一卒是咱们的。说到底，咱们就属于光杆司令！咱们的手下，吐蕃兵自不必说，泥婆罗兵也得仰吐蕃的鼻息。你跟禄东赞冲突，那不是等着手下的兵造反吗？"

"那那那他们也太不讲道理了！这不是明抢吗？而且他们说得好听，帮咱们，可关键时刻就往后退，顶到前面的还是咱们！"

唐代阎立本所画的《步辇图》。其中画面中左数第二人，就是吐蕃的权臣禄东赞

"哎！师仁，你这么想，就钻牛角尖了。毕竟咱们和别人的想法不可能完全一致。尤其是现在，咱们有求于人家，你就不能拿自己的道理来要求人家。咱们只能是求同存异，各取所需，这样才能继续合作。不然的话，禄东赞一翻脸，咱们俩可是死无葬身之地啊！咱们可是答应使团的弟兄了，要为他们报仇雪恨，你忘了吗？"

"嗯！！！王大人，我承认你说得有道理，但那咱们也得要尊严！这么仰人鼻息，咱们怎么放开手脚啊！"

"好！师仁呐，那就妥了！你不是想要尊严吗？简单！尊严可不是人家给的，是靠自己争取的！你看见没？咱们打下华氏城，禄东赞对咱们的态度要比之前好一些了。咱们再加把劲，打败阿罗那顺，你看禄东赞和松赞干布会怎么样！而且现在也已经比最差的情况要好了。禄东赞坐镇华氏城，咱们至少无后顾之忧，你说对不对呢？"

"好吧！王大人，那我就听你的劝，咱们彻底击败阿罗那顺，给咱们大唐争口气！"

就这样，蒋师仁也不闹了，整兵带队，准备进军印度的首都——曲女城。

咱们再返回头说阿罗那顺这一边，阿罗那顺这两天是头疼得要死要活，本来以为拉朱没问题，肯定能消灭王玄策。就算有问题也不要紧，拉朱有过交手经验，对王玄策的战术挺熟悉，也能顶个一两个月。到时候王玄策他们的粮食消耗殆尽，也就没事了。可没想到，王玄策他们三下五除二，全歼拉朱的部队，进驻华氏城。阿罗那顺一看，这回事情彻底闹大了，我该如何是好？

这时候呢，王玄策的公文又到了。咱们说王玄策，外交经验丰富，每次都是先礼后兵，这次明明已经撕破了脸，仍然给阿罗那顺留下了退身步。只不过这次的公文，可就没有上次的好听了。这次的公文写得明白：

阿罗那顺冒犯大唐天威，劫夺使团，杀人越货，罪无可赦！但考虑尔等是化外之民，不知我大唐礼仪，我们给你最后一次机会，速速送还礼物，递交国书认罪，我等可退兵还朝，与你们再结盟好。如果不识抬举，大祸就在眼前！

大唐行军大总管王玄策

阿罗那顺看完这封公文之后，那真是浑身大汗啊！怎么办？阿罗那顺有心想认头，但是呢，又拉不下脸：我得听听我这些部下的意见，要是他们大都支持和平解决，也罢，我也就认了，可以得个采纳直言的好名声。可如果他们不支持的居多，我还不能太软，我现在刚当上印度之王不久，要是关键时刻软了，以后我的权威何在？尸鸠摩和遮娄其更得造反了！嗯，我得看看。

所以阿罗那顺赶紧又发命令，召见他手下的那几块料。因为丞相巴拉特被关起来了，所以时间不大，只来了七个人，元帅甘尼许、第一猛将辛格，还有五个大领主，七个人左右分列，来到了王宫，参见阿罗那顺。阿罗那顺现在愁得不得了啊，赶紧就说："众位，你们都是我的心腹，咱们就别多礼了。你们看看！"

阿罗那顺说完，马上就把王玄策的公文扔下来了，几个人捡起来一看，哎！当时全吃了一惊！想来硬的，说败就败了。这怎么办？大家伙儿互相看了半天，最后元帅甘尼许出列鞠躬："启奏陛下，我认为在这封信之中，唐朝使臣虽然出言不逊，但毕竟错先在咱们。梵天教给我们扬善弃恶，如果咱们一错再错，继续跟唐朝使者开兵见仗，这是天大的罪过啊！所以我认为，咱们先对唐朝使者表明善意，和平为先。当然，臣不是惧怕打仗，我只是觉得，咱们继续用兵，消耗也不小了，闹不好咱们付出的代价比战利品的价值还大，这划不来啊！不如咱们坐下来谈一谈为好。唐朝使臣既然说了，他们是为了和咱们友善往来，咱们不折腾，他们也就没有动兵的理由。如果他们存心找茬，我为大王消灭他们！"

元帅甘尼许挺能说，这一通长篇大论，阿罗那顺听完，有点动心了，他一琢磨：可不是嘛！元帅说得句句在理，而且之前丞相巴拉特也劝我，难道说我处理这个事真的太草率了？看来没错！想到这，阿罗那顺赶紧说了："元帅言之有理啊！快！把丞相放出来！"

"是！"

有人下去，把丞相巴拉特放出来了，巴拉特也听说了，阿罗那顺愿意和平解决争端，高兴坏了！所以他来到宫殿之上，拜倒在地："陛下，您愿意和谈，这乃是天大的好事！微臣愿意跟唐朝使臣谈判。我保证，一定不丢咱们印度人的脸！"

咱们说呢，事情要是这么解决，倒好了，但还是那句话，不怕没好事，就怕没好人啊！这时候就有人在底下喊："大王不可！"

阿罗那顺一听，当时吓了一跳。他是心中不满，谁啊？再往下定睛一看，谁呢？惹事精拉朱！咱们前文说了，拉朱跟王玄策开兵见仗，结果被打了一个稀里哗啦，损失极惨，自己几乎是只身脱逃。

等逃走之后，拉朱找个地方把自己的残兵败将收敛收敛，结果一看，只剩了不到一千人。拉朱是气急败坏：完！这回算彻底完啊！我这个大领主的兵给打没了，以后谁能服我啊？王玄策啊王玄策，咱俩是一天二地仇，三江四海恨！我非得让你成为印度的公敌不可，我就不信你那么厉害，全印度的兵将加一块，都不是你的对手！

咱们说拉朱这家伙，他就抱着这个心，回到了曲女城，正赶上阿罗那顺找手下的干将们议事，拉朱就赶紧一起去了，生怕阿罗那顺跟王玄策和了。咱们前文也说过，王玄策使团的礼物有一半都被拉朱扣下，招兵买马了。而且用这些钱招的兵，也全在华氏城一战被王玄策打干净了。您说要是和了，对不上账，拉朱一琢磨：这还不得弄死我呀？所以拉朱一看，今天的会议风向不对，有要和谈的倾向，所以赶紧站出来阻止。

阿罗那顺心中不满啊："拉朱，你有何话要讲？"

"大王，万万不可和谈，您要是和谈，可就中了唐朝使臣的奸计了！"

"此话怎讲？"

"大王您想啊！现在唐朝人没事找事，胡说八道，说是咱们劫夺了他的使团。他明明没有证据，可您要是和谈了，等于就默认了这个事实啊！唐朝人现在就等您承认咱们错了呢。现在说得挺好，说愿意和咱们和平相处，等您承认了，他们一翻脸，那就真成咱们的错了！他们到时候就会发动别人，一起对您不利的！而且我承认，我打了败仗，但唐朝的侵略军，也被我消耗得差不多了，现在他们是虚张声势，咱们要是和谈，这就给他们解围了。咱没必要怕侵略者的威胁啊！不然这话传出去，大王也没法交代！"

第二十八回　拉朱再搅和谈计
　　　　　　　玄策痛骂印度王

　　阿罗那顺有心和谈，可拉朱又蹦出来搬弄是非。这事其实不奇怪，要不是他劫夺使团，王玄策也不至于出征印度，他算是罪魁祸首。而且跟王玄策一战之下，拉朱的兵力损耗殆尽，一下赔了个底儿掉！您说他能不恨王玄策吗？所以阿罗那顺一说要和谈，他拼尽全力反对。说的无非是什么：一旦和谈，等于默认咱们错了的事实，这叫授人以柄；侵略军已经遭到重创，现在是虚张声势，等等。

　　其实上次拉朱就说过类似的，可这玩意有煽动性，就能管用，猛将狮子辛格也蹦出来了："对！大王！我也支持这个看法！唐朝使臣目无法度，还妄想跟大王和谈，这不是做梦吗？我要代表梵天，惩罚他们！"

　　阿罗那顺一看，这回好，2：2，听谁的呢？谁说的都挺有道理。阿罗那顺再看看其他几个人，现在还剩下四个大领主没发话，这四个大领主中，有三个也没有站队，他们的思路跟阿罗那顺类似，听哪个都有道理。这时候阿罗那顺再看看，大领主哥文达还没说话，这可是阿罗那顺的智囊啊！所以阿罗那顺就问："哥文达领主，你的意思呢？"

这个哥文达嘿嘿一乐："大王，我只想问您，您说是邦交重要？还是您的王朝重要呢？"

"这个……当然是我的王朝重要。"

"那就得了呗，大王既以咱们的王朝为重，那就没必要往自己身上泼脏水。而且咱们如果跟唐朝使臣和谈，小心尸鸠摩和遮娄其也会效仿！先挑衅，再把责任推给咱们，咱们可就真的没有统一印度之日了。所以我希望大王快刀斩乱麻，不要听信唐朝使者的一派胡言。速速派尸鸠摩和遮娄其的军兵出战，让他们两败俱伤！"

这话句句戳中阿罗那顺的心坎啊！有人问了，大领主哥文达怎么那么护着拉朱呢？咱们书中代言，这个哥文达也不是什么好货，他主意挺多，但更善于投机钻营。这件事呢，谁是谁非对他来讲，无所谓。只要能保住我的地位，我管你怎样！这回呢，哥文达看得挺明白，阿罗那顺从心眼里，还是不想和谈的。因为和谈就要把吃进来的贵重礼物吐出去，这搁谁都得肝疼。而且他还有私心，因为他的领地离着南天竺王遮娄其的领地不远，遮娄其跟他也不和，没事就出兵互相骚扰，哥文达呢，经常占不到便宜，所以对此事头疼不已。这回一看，我能借唐朝人之手，削弱遮娄其的力量，这多好！可没想到，拉朱败得那么快，哥文达一看，如果不把遮娄其消耗得差不多就和谈，我是什么好处也没有啊！所以不能让他们和谈！

所以也就因此，哥文达几次三番阻挠和谈，而且他简直就是阿罗那顺肚子里的蛔虫，摸脉摸得特别准，所以几句话，打中阿罗那顺的要害。阿罗那顺马上就不想和谈了："嗯！言之有理，哥文达，东天竺和南天竺的部队到哪儿了？"

"回大王的话，他们的先锋部队已到城外驻扎。"

拉朱一听，赶紧在旁边帮腔："大王，有东天竺和南天竺的部队帮忙,他王玄策就是印度的公敌,肯定赢不了!咱们就让王玄策和东天竺、南天竺的部队互相消耗,然后咱们就能从中渔利,这是大王的福分啊!"

"哈哈,说得不错!哥文达,速速令他们在城东扎下大营,抵御唐朝的侵略军!"

旁边的丞相巴拉特和元帅甘尼许一看:"大王!不可听信奸佞之言,一错再错啊!"

"对啊大王!现在要以和为贵,不然玉石俱焚,悔之晚矣!"

"哇!巴拉特、甘尼许,你们俩胆怯就直说,不要跟这里长敌人志气,灭我方威风!再敢废话,我就把你们下大狱!"

这下巴拉特和甘尼许又不敢说话了,毕竟这是自己的主君,再有错也比自己大,所以只能站在一旁。这回会议又决定了,继续跟联军干!您看见没,这就叫人无远虑,必有近忧,阿罗那顺就因为要镇服国内的局势,对外来个不讲理,这能行吗?所以阿罗那顺自取其辱,也是必然的。咱们听书的,也应该引以为戒。

接下来呢,阿罗那顺又把使者叫过来,当场把王玄策的公文撕了,阿罗那顺又把使者臭骂一顿。这回骂得不解恨,还干脆给使者打了一顿板子,这才给轰出曲女城。

消息传回华氏城,蒋师仁可气坏了:"我说大总管,你就多余去劝降阿罗那顺,那家伙就是茅坑里的臭石头,死硬死硬的!这回没说的了吧?咱们即刻进军,一切等抓住阿罗那顺再说!"

王玄策点点头:"没错!阿罗那顺这家伙蹬鼻子上脸,给他留机会和平解决,他偏不要,那就怪不得咱们了,二位副总管,咱们马上整兵出发!"

"是!"

"明白!"

就这样,王玄策他们拔营出发,三天之后,就抵达了曲女城附近,这时候阿罗那顺早就摆好了阵势，等待王玄策。

仇人见面，分外眼红啊！王玄策马上令旗一摆，布下阵势。只见联军这边，一千二百刀牌手阵列在前，一千陌刀手位列其后，两千弓弩手射住阵脚，一千二百吐蕃骑兵分守左右，后面还有运粮车、投石车、绞盘弩、云梯等一堆攻城器械，最后还有一千泥婆罗骑兵掩住后心，别看就这么一万来人，那是胖的威武、瘦的精神，人赛猛虎、马似欢龙，士气高涨！阵中还有五色旗帜，红绿黄白黑，中央最高的一面纛旗，上面写得挺清楚：大唐行军总管王，这就是王玄策的帅旗。整个大阵跟刀砍斧剁一般齐整，那是密不透风！

说实话，阿罗那顺之前在当戒日王宰相的时候，跟王玄策也见过面，当时就知道王玄策是个县令，并不知道王玄策还有军事才能，这回一看阵势，心里有点嘀咕：行啊！没看出来王玄策一个县令，还有这么两下子。不过你们充其量也就一万人，我今天手下三万多人，都是能征善战之辈，我能怕你们吗？

这时候呢，就见联军阵的中央左右一分，中间走出四人四马，分别是联军总先锋官蒋师仁，两个行军副总管，吐蕃将军扎西多吉、泥婆罗元帅苏尔雅，最后一位，则是行军大总管王玄策。咱们说王玄策呢，此时见了阿罗那顺，那是紧咬钢牙，我们本来不想打仗，闹成如今这样，都是你阿罗那顺逼的！所以王玄策是指名点姓，要阿罗那顺前来搭话！

阿罗那顺也不是草包，能怕这个吗？所以也带着翻译，纵马出阵，这阿罗那顺还不讲理："唐朝小儿！你们使团出了问题，那是你们自己不小心。凭什么借着这个借口，兵犯我们印度？我看你们是包藏祸心，借机闹事，罪该万死！"

后头的印度兵一听，也跟着一起鼓噪："罪该万死！"

"罪该万死啊！"

"哗——"

王玄策一听就火了，见过不讲理的，没见过这么不讲理的！所以他

第二十八回 拉朱再搅和谈计 玄策痛骂印度王

是反唇相讥:"阿罗那顺,你别跟这胡说八道!我们使团之所以出问题,就是遭你们的暗算!我告诉你,你的大领主拉朱已经供认了,这件事背后都是你指使的!你还跟这恶人先告状,说我们包藏祸心,我呸!包藏祸心的是你!"

"王玄策!你才胡说八道!都是你们唐朝使臣阴谋作乱,煽动首陀罗和贱民跟我作对,我才下令惩戒的!你们带来的财物我收下了,那只当是你们的赔偿!你们侥幸逃命还不感谢我们,还敢进兵?今天你们已经成了我们全印度的公敌!你们趁早下马归降,我还能给你们留条全尸,否则的话,我把你们全碾成肉泥!"

您说这打嘴仗还有完吗?而且俩人互相骂还挺费劲,一个说汉语,一个说印度语,都听不懂,得靠翻译,这回两边的翻译可头疼了,怎么把两边的话对等地翻译过去呢?为了表词达意,最后各种语言都用上了,俩翻译互相交流,总算把话给翻译一个差不多。王玄策和阿罗那顺骂得两眼冒火,俩翻译也累得通身是汗,最后骂得实在太费劲了,后面的蒋师仁越听越听不下去了,也纵马出列,把大槊一举:"大总管,阿罗那顺顽固不化,你跟他嚼什么舌头?这家伙是不到黄河心不死,想让他服软,得靠这个!"

咱们说王玄策呢,因为隔着两道翻译,也骂得挺累,所以一看蒋师仁出阵,他点点头:"好!师仁呐,这就交给你了,记住啊!阿罗那顺但能不打死,

王玄策戎装图。估计在跟阿罗那顺阵前对话的时候,就会是这个表情。赵幼华绘

就别打死。"

"嘿哟！大总管呐，都这时候您还替他说话呢？阿罗那顺这东西，留着也浪费粮食。"

"别别别，这种人最好活捉之后带回大唐，让他知道知道咱们大唐的国威！"

"行嘞！您看我的吧！"

蒋师仁纵马上前，"踏踏踏踏——吁！""阿罗那顺！既然你这厮不讲道理，咱们也就没必要废话！赶紧过来，让爷爷先打三百槊解解恨！"

第二十九回　辛格大战两军阵
　　　　　　　萨钦偷袭蒋师仁

　　王玄策兵发曲女城，在两军阵上，跟阿罗那顺先展开了舌战！要说呢，虽然王玄策占理，但仍然很费劲。没辙啊！王玄策不懂印度语，只能通过翻译，所以骂了半天也没把对方骂服。最后蒋师仁听不下去了，太费劲了，干脆武力解决吧！

　　所以蒋师仁拨马出阵："大总管，阿罗那顺顽固不化，你跟他嚼什么舌头？看我的吧！"

　　王玄策也骂累了，所以祝福两句，就让蒋师仁出阵。蒋师仁纵马上前："吁！阿罗那顺！既然你这厮不讲道理，咱们也就没必要废话！赶紧过来，让爷爷先打三百槊解解恨！"

　　咱们说阿罗那顺呢，他虽然听不懂蒋师仁的话，但看动作都明白，这是要开打了。阿罗那顺怎么说也算是印度之王，能自己出战吗？所以没多待，拨马回归本队，然后问手下将军："谁上前拿下这个唐朝狂徒？"

底下这帮将军一听这话，当时是面面相觑，没人说话了。有人问了，为什么啊？咱们说，拉朱这一战，震动印度，好多印度将军都知道了蒋师仁的威名。好嘛！当初拉朱手下的丁卡尔将军，那论武艺，在我们印度也算是中上游的水平，好嘛！直接被蒋师仁三下五除二，就给秒杀了。拉朱手下的埃克纳特将军，那算是出类拔萃的猛将，比丁卡尔还强呢，结果也就十几个回合，就被泥婆罗猛将巴哈杜尔给干掉了，据说巴哈杜尔和蒋师仁比，还差一截子呢！我们谁能是个儿呢？所以好多的印度将军都摸不着脉了，畏缩不前。

阿罗那顺一看就急了："你们都干什么吃的？养兵千日，用在一时，关键时刻给我掉链子，你们不怕毁灭之神湿婆惩罚你们吗？"

阿罗那顺嚷嚷了半天，总算有人纵马出阵："我来！"

阿罗那顺一听，高兴坏了！再一看，谁呢？手下的第一猛将，辛格，外号叫狮子，也是阿罗那顺的十二位站殿将军之首，禁卫军队长。咱们说呢，辛格一般不轻易出阵，在阵中护驾的情况居多，今天真是给逼急了，没人出阵，岂不是丢我们的脸？所以纵马出阵。阿罗那顺一看，这回放心多了，狮子辛格是我手下的头号悍将，他出阵，万无一失。所以点点头："辛格将军，你要多加小心，梵天保佑你！"

"大王放心！驾！"

"踏踏踏踏——"

狮子辛格纵马出列，直奔蒋师仁，蒋师仁正美呢！在这叫阵半天，印度那边没一个人敢上来，明显是给吓破胆了。蒋师仁还琢磨呢：哼哼！印度人要是胆寒，还好了，这一口气被压住，他们再大的能耐也得打折扣，这第一手，我们算是占优势了！

哎，没想到这时候，印度那边有人出列了。蒋师仁一看，嘿！这位个儿真不矮，九尺挂零，比自己高上不少，长相凶恶，身着短甲，只护到胸腹，头戴一顶狮子盔，旁边还有装饰的绒毛往外岑岑着，远远看去，真跟狮子差不多！坐下一匹高头大马，手持双锤。这双锤可跟中国的双锤不太一样，中国的锤是圆柱形的直柄，上面一个圆形或者带棱的大锤脑袋。印度这种呢，叫作嘎斯战锤，柄的形状跟中国的鞭锏差不太多，长了三尺往上，下面有把手，把手外延还有护手，有点跟西方的指挥刀类似，护手下面还有一截短把，在紧急情况的时候，也能双手握。上面是柄，再上面就是锤头了，锤头也不是一个大铁疙瘩，而是五片月牙形的铁片。狮子辛格力气头也足，五片铁片尤其的厚实，几乎就成了五楞铁锤，双锤加到一起，足有七十斤，比蒋师仁的浑铁槊还沉。蒋师仁看得认真，这时候就听后面传来那罗迩娑婆寐的声音："蒋将军，这个是阿罗那顺手下的第一勇将，狮子辛格，到现在为止，还没人是他的对手，您可要多加小心啊！"

印度古代著名兵器"嘎斯"战锤，可单手用，可双手用，相当不错的打击兵器

蒋师仁一听，也就加了小心。这辛格呢，也是个急性子，出阵之后，也不答话，抡锤就砸！

蒋师仁一看，嘿！这还是个急性子，那就开打吧！眼看着嘎斯战锤从头上砸下来，他也运足了力气，拿浑铁槊从下往上一兜，"开！"

"当啷！"

这下是火星四溅，嘎斯战锤直接被崩起二尺多高，蒋师仁就感觉虎口发麻，连战马都连退几步。辛格也差不多，虎口发酸，手腕子发麻，大锤拿着都感觉费劲，战马也连续退了好几步。俩人都吃了一惊啊！都没想到对方的劲头那么大。不过吃惊过后，俩人又开始兴奋了，这年头，遇上个够格的对手，难呐！所以俩人把手抖抖，稍微缓缓，继续纵马，就杀在一处！这回还真是棋逢对手，将遇良才。蒋师仁力大无穷，且招数纯熟，上三槊盖头顶、下三槊搂马腿，左三槊右三槊，槊槊随时要他命！狮子辛格也不遑多让，两柄战锤神出鬼没，左锤拨拦架格、右锤打脑揍肩，锤锤围着蒋师仁要害转。这下时间可长了，俩人大战了四十个回合，没分胜负。

战场这边打着，咱们且说阿罗那顺阵中，惹事精拉朱在下面看着，那是百爪挠心啊！咱们说这家伙，他因为跟联军交过手，知道联军的主心骨就是蒋师仁，摧城拔寨全靠他。蒋师仁要是一死，联军这边就等于崩溃一半。可看战场这状况，蒋师仁越战越勇，且有后劲呢！

拉朱有心纵马上前，助狮子辛格一臂之力，但再一琢磨：这也不现实。一方面狮子辛格自尊心特强，要斗阵就是斗阵，单挑就单挑，绝对不用别人帮忙，谁帮跟谁急。另一方面呢，自己这两下子白给，弄不好忙没帮上，先把命丧了，那可就吃什么都不香了，别看我现在实力没什么了，只要人不死，从使团劫来的财物还有一部分，我就能翻本！

可眼前的状况太煎熬，如果狮子辛格要是输了，自己毛也翻不起来！这怎么办呢？最后拉朱心里一横，我还是想办法帮个忙吧！有人问了，怎么帮呢？他打算从阵中放暗箭。可拉朱再一琢磨：我这么干，狮子辛格一不高兴，闹不好就让我上阵。联军那边正恨不得撕了我呢！我肯定得倒霉啊！我得挑动一下别人，别人一放箭，惹恼了联军那边，我的罪责还能减轻点。所以拉朱左顾右盼，这一看，哎！大领主萨钦在旁边呢，这家伙听说弓箭的技术不错，我鼓动鼓动他吧！

"哎！萨钦大领主！"

萨钦正看着战场呢，拉朱一叫他，吓了一跳："哟，拉朱大领主，你有什么事啊？"

"你看这战场形势如何？"

"啊呀！不好说啊！双方战至正酣，一半时还难分胜负呢！"

"那我说萨钦大领主啊，你希望谁赢啊？"

萨钦一听，这不废话吗？我能希望唐朝人赢吗？那不是胳膊肘往外拐，调炮往里揍吗？所以也就说了："我当然希望辛格将军取胜。"

"哦，那既然如此，咱们为什么不帮帮辛格将军呢？"

"拉朱,那你倒说说怎么帮啊?"

"嘿嘿!萨钦大领主啊,我听说您弓箭方面占着一窍,您趁这时候给那个拿榔头的怪物来一箭,这不就解决了吗?"

"啊?这行吗?咱们辛格将军可最注重礼节了,他这单挑,咱们来这一下,他不得急了?"

"哎!话不能这么说,拿榔头的怪物是什么人呐?那是侵略者,跟侵略者讲什么礼节啊?弄死完事,就算辛格将军有不满,咱们打了胜仗,那是第一的,阿罗那顺王肯定会奖赏你,这事也就过去了,多好!"

萨钦越听越有道理,所以把长枪挂到了得胜钩上,拿下弓箭开始瞄准,可这瞄着准,萨钦还有点犹豫:拉朱的话有道理,但得罪了辛格将军,以后怎么言归于好呢?他这想着,就有点走神,而且蒋师仁和辛格交战的速率也快,所以,"哧",这箭放出去之后,没奔蒋师仁,奔蒋师仁的马去了!

"噗!"

这一箭正中马的屁股,那马能受得了吗?它疼啊!所以一下"稀溜溜溜","扑通",当即倒地!蒋师仁正跟这打呢,不提防坐骑受伤,所以"哼"一下,一条腿也被压在了马的身下,当时动弹不得!

狮子辛格正跟这打得起劲呢,这又是一个回合,辛格抡锤要打,没想到锤没下去,蒋师仁"扑通"倒了!辛格还纳闷呢,嗯?怎么回事?等再仔细一看,好,蒋师仁的战马屁股上插着根箭,辛格一看,心里就不痛快:妈的!我这打得正痛快,难得碰上这么好的对手。谁跟这多事啊?

所以辛格回头就嚷嚷:"谁干的?到底谁干的?"

萨钦一看,得!射呲了。他也觉得丢人,干脆把弓往地下一扔,有心不承认。拉朱多坏啊!他在旁边就嚷嚷:"嘿!萨钦大领主,您的箭射偏了!"

嚷嚷还不说，拉朱拿刀背一磕萨钦战马的后胯，萨钦的战马也疼啊，"稀溜溜溜"，"踏踏踏踏"走出队列。萨钦实在没辙了，干脆把长枪抄在手中，打招呼："辛格将军！是我，我想助您一臂之力，不想射偏了！"

辛格一看，火挺大："他娘的！这是我的猎物，你跟着掺和什么？"

"哎呀呀，辛格将军，别发火，咱们还得以战局为先啊！这个拿榔头的唐朝怪物甚难对付，我助您一臂之力也是应该的。"

这时候再看蒋师仁呢，好不容易从战马底下爬出来了，他更是火冒三丈啊！刚才差点没命了！这谁干的？缺德带冒烟的！等蒋师仁仔细一看，哦！又来一位，估计就是他了！嘿嘿，你们当我没战马就不行啊？我今天非叫你们看看我的厉害不可！我就没有战马，照样把你们收装包圆！

第三十回　蒋师仁生擒萨钦
　　　　　　王玄策大战铁骑

　　蒋师仁大战狮子辛格，这真是棋逢对手，将遇良才啊！双方酣战了四十回合，不分胜负。后面的惹事精拉朱呢，他是越看越悬，生怕狮子辛格输。辛格一输，就离战败不远了，要是战败，无论如何，自己都得倒霉！所以这拉朱就犯坏，鼓动另一个大领主萨钦放箭，想要暗算蒋师仁！

　　结果呢，萨钦心里有点犹豫，箭就射偏了点，正中蒋师仁的战马。战马"扑通"一倒，就把蒋师仁压在了马下。

　　咱们再说狮子辛格呢，本来他打得挺起劲，一看蒋师仁挨了暗箭，他也不高兴。难得碰上这么个对手，所以挺生气："谁干的！"

　　萨钦一看，有心不承认，结果拉朱在旁边，用刀背一磕他的马屁股："我说萨钦大领主，您的箭射偏了！"

　　这一磕，萨钦的马"踏踏踏踏"自己走出了队列。萨钦没辙啊，只能上千跟辛格打招呼。这时候呢，蒋师仁终于从战马底下爬出来了，蒋师仁是气满胸膛：谁他娘的暗算我啊？仔细一看，哦，又来一位，估计就是这个了，他娘的，可恶！

这时候辛格一看，蒋师仁爬起来了，赶紧看着蒋师仁，用锤点指联军阵，俩人语言不通，就用这个比画。辛格那意思，你赶紧回去换战马，咱们再来比试！蒋师仁呢，也看明白了，但他也赌着口气：哦！叫我回去换马啊，没门！我不用马，照样对付你！所以蒋师仁没往回跑，就往回大吼一声："哎！老巴呢？给我扔过把陌刀来！"

后面的泥婆罗猛将巴哈杜尔听得明白，赶紧抄起一把陌刀，"嗖！当啷！"，扔到了两军阵前。蒋师仁过去，把陌刀捡起来，冲狮子辛格一摆手，指指自己的脚，再指指自己的陌刀，那意思，我不用换马，就步战，用这口刀也没问题！

狮子辛格当然看得明白，可他一琢磨：大将无马，如折双腿，你说没问题就得了？我也不干，赢了你，我算是胜之不武。所以再用双锤指指联军的军阵，然后一拨马，走了！旁边一起上阵的大领主萨钦一看："辛格将军，您怎么不打了？现在可正是剿灭唐朝那些乱臣贼子的好机会啊！"

辛格听了一瞪眼："这不公平！我辛格自问，不干这缺德事！等他换了马，我自会跟他交手。现在，要动手你自己来，我不管了！"

说完，辛格拨马回阵。萨钦一看，得，自己来个费力不讨好。可是萨钦再一看，机会难得啊！蒋师仁没了马，也不用浑铁槊了，现在手头这口奇怪的大刀，也就是三十斤左右的重量，比自己的长枪重不了多少，这么好的机会浪费了，岂不是坐失良机？干脆我来吧！就算这家伙力大，没了马，没了重兵器，我至少也能跟他拉平了。就这么着了！

所以萨钦抄起长枪，催马过去，"啊嘿"！对着蒋师仁就是一枪。蒋师仁呢，一看辛格反复指示自己回去换马，自己不回去，人家还不打了。不由得是暗挑大拇指：行！印度也有这等好汉，有机会的话，我得结交结交。

正琢磨着呢，这时候萨钦过来，"噗"就是一枪，蒋师仁吓了一跳，赶紧用陌刀一拨："走你！"

"当啷！"

长枪是拨开了，蒋师仁因为准备不足，所以动作也变形了，紧跟着就是一栽歪。这时候萨钦圈回马一看，嘿！蒋师仁差点来个跟头。他心里美啊：嘿嘿，闹了半天，这个唐朝怪物就擅长马战，步战不行啊！你杀了我们印度那么多将军，今天该着我露脸，能要你命啊！这家伙！

"噗！"

又是一枪。这回蒋师仁可做准备了，他心说：好你小子，刚才放暗箭的就是你，这回不说话就动手的还是你，我要是俩回合要不了你的命，我这个蒋字就倒过来写！所以蒋师仁就掐好了火候，等这枪离着自己的脑袋大概三尺左右，这可得掌握好，远了你出招，人家就变了；近了也不行，扎上不死了吗？蒋师仁之前练武的时候，老这么练，所以一点也不陌生，眼看着大枪到眼前了，蒋师仁运出全力，把陌刀往外一拨："嘿！"

"当啷！"

两柄武器一碰，那是火星四溅，萨钦只感觉两手发麻，枪也快握不住了，紧跟着，蒋师仁接着磕大枪的反作用力，往萨钦的身上，"呜"又是一刀！这回萨钦可害怕了，这刀奔着自己的上半截就来了，自己要是不想辙，不被劈成两半，也得来个大开膛，那可就吃什么也不香了！好在萨钦的长枪还没掉，所以萨钦就勉强别着手，把枪一横："嘿！"想搪开蒋师仁的陌刀。可是蒋师仁多鬼啊，他一看，哦！想挡我是吧？哼，劈到杆上也没意思，把你的枪震掉而已，我干脆给你留点记号吧！你不是射箭厉害吗？我让你这辈子没法射箭！所以蒋师仁把刀稍微一偏。

"噗！"

这下好，萨钦的右手五指直接被剁掉三根，萨钦疼得"哎哟"一声，拨马就想走，蒋师仁一看，好啊，想走？没那么容易！想到这，蒋师仁掂量掂量刀，嗯，我是把你竖着劈两半好呢？还是斜着切好呢？

他正琢磨着呢，后面王玄策看出来了，他一看不对，我们这仗，务求快速打胜，而且死的人越少越好，得饶人处且饶人，不然杀多了，我们再说是为和平来的，谁能信啊？所以王玄策就在后面喊："师仁！刀下留人！别砍死他！抓活的！"

蒋师仁一听，哦，也对，抓活的好说话，那我就对马下手吧！

"噗！"

这一刀下去，萨钦的战马当时少了两条腿，您说那还能跑吗？"扑通"就栽倒在地，萨钦一个没留意，也被压在了马下，蒋师仁过去拿刀一顶他："别动！"

这冰凉的刀身在脖子上一划，谁知道是刀背还是刀刃？您说萨钦还哪儿敢动啊？所以就乖乖地没动，蒋师仁解下萨钦的裤腰带，就把他给捆上了，然后拎着回了本阵。之后蒋师仁再让人把马槊捡回来，自己又换了匹战马，再度出阵。

这时候印度那边的将军们更吓得够呛，好嘛！萨钦的武艺不算差的，他骑马，蒋师仁步战，也就两个回合，闹了个重伤被俘，谁还敢上呢？最后狮子辛格一看，别人都不成，还得我出阵！

想到这，他刚要纵马上前，这时候旁边的阿罗那顺说话了："辛格将军！"

"大王！"

"辛格将军，你也不必出阵了。"

"哦？为什么啊？我打得挺过瘾的，而且我加点小心，那个唐朝怪物也赢不了我！"

"哎！辛格将军，你这么说就不对了。咱们现在有精兵四万，何必费那手脚呢。唐朝的那个蒋师仁再厉害，他浑身是铁，能捻几颗钉？咱们大军一过一蹚，就能把他踏为肉泥！哥文达大领主，准备进攻！"

"是！"

辛格一百个不乐意，但也没辙，只能退在一旁。紧接着，哥文达指挥东天竺和南天竺的军队出列。咱们书中代言，对于这一仗，东天竺和南天竺那边都不想掺和，他们乐得看阿罗那顺的笑话。可是呢，阿罗那顺还玩得挺狠，以印度盟主的名义，发表檄文，让共同进兵。言外之意，谁敢不来，谁就是叛徒！谁敢背这骂名呢？所以东天竺王尸鸠摩和南天竺王遮娄其就捏着鼻子，先各派了五千骑兵作为先锋，去曲女城集结。他们自统大军，缓慢前行，到了现在，他们俩还是想再观望观望。

阿罗那顺呢，他自然也明白东天竺王和南天竺王想出工不出力，所以他也定下条毒计，你们反正已经派了人来，我先把你们的部队打先锋，让你们和唐朝结死仇，你们就不得不跟我站在一条船上了。

所以阿罗那顺就劝回狮子辛格，让大领主哥文达指挥东天竺和南天竺的部队，进攻联军。咱们再说东天竺和南天竺派来的部队，那是一水的骑兵，也是最著名的希腊式的重装骑兵，人人都是头有铁头盔、脸有铁面罩，身披铁板甲、手持骑兵枪，马也披着重铠，弓箭射过来，那就跟挠痒痒差不多，而且一旦集群冲锋，那就跟现在的坦克相似！阿罗那顺呢，对他们的战斗力很看好，觉得怎么说也能灭掉联军一半。这时候哥文达开始下令："列成战斗队形！冲啊！"

"哗——"

一万重装骑兵如同洪水一般，对着联军的阵地就冲过来了！这时候呢，联军那边也不肯示弱，八百弓弩手列成三排，轮流向前发射弩箭，后面的弓箭兵也开始发威，一顿乱箭，就射向了重装骑兵群。还别说，别看这些骑兵身披重铠，联军的射击还有些效果，尤其是弩。咱们前文说了，唐朝的弩，有不少是蹶张弩，也就是得靠手脚并用才能打开的硬弩，劲头特别大，一般的铠甲根本防不住！而对上铁板甲呢，虽然说杀伤力不会那么大了，但仍然很可观，有不少骑兵中箭落马。可咱们说了，一万骑兵集群冲锋，那得什么阵势啊！所以落马的全都没捞着好，被自己的乱马踏死。

不过咱们也得说，联军的弓弩虽然起了作用，但毕竟没那么明显。印度的重装骑兵损失了一千多人，就已冲到了离联军阵百步左右的地方，眼看着就能扎进联军阵一顿痛杀了，这时候联军又变了！一举就让重装骑兵全军覆没！

希腊重骑兵。因为亚历山大大帝曾经打到过印度河流域，所以后来有研究者认为，印度也学习了这种重装骑兵的作战风格

第三十回 蒋师仁生擒萨钦 王玄策大战铁骑

第三十一回 王玄策大破铁骑兵 印度王再派重盾阵

阿罗那顺派重装骑兵出阵，大战王玄策。咱们说，重骑兵可是阿罗那顺的王牌之一，浑身上下碰上一般的刀剑，根本没事！而且这是东天竺和南天竺的部队，阿罗那顺打算让他们跟王玄策互相消耗，鹬蚌相争，他渔翁得利。所以一声令下，一万重骑兵就开始了集群冲锋！

王玄策这边呢，刚开始就用蹶张弩和弓箭进行反击。咱们前文也说了，蹶张弩的力量，非一般的弓弩可比，威力得强出多少！所以射击多少有点效果，有些重骑兵受伤落马，被后面的战马活活踏死！

可这种射击虽然起了效果，并不明显，重装骑兵损失了一千多人，就冲到了离联军阵百步左右的地方。眼看着就能扎进联军阵一顿痛杀了，这时候联军又变了！

只见联军阵内，飘起一面黑旗，弩兵和弓箭兵见旗之后，纷纷后撤，后面的一大批士兵纷纷向前。只见这些士兵，身披重甲，背上一口大刀，手里拎着一根重型标枪。这些人涌到阵前，分成两列，插空站立，眼看着印度的重装骑兵这时候已经冲到了三十步左右的距离，骑兵枪马上就碰到鼻子尖了，阵里头黑旗一晃，这堆士兵就是一阵标枪！

"呜！噗噗噗！"

咱们说这些标枪，实际上就是一根竹子，把头削尖，这东西杀伤力虽然堪忧，但整体重量也得三斤左右，这要砸到身上，也挺疼，何况一千多根标枪，对着骑兵的正面一起扔！重装骑兵们虽然不怕扎，但怕砸啊！所以前面的骑兵挺起骑兵枪，拨打标枪。这样，进攻锋芒就迟缓了一下。这一缓不要紧，联军这堆士兵扔完标枪，泥婆罗猛将巴哈杜尔带头，拔出背后的大刀，也就是陌刀，往前就砍！

"杀呀！"

"砍呐！"

"噗！噗噗噗！"

第一排砍完，第二排插空继续砍！跟纺车一般，轮回滚进，一层一层地向前砍！这回重装骑兵可惨了！不少人挨了陌刀一刀，直接被劈成两半！有的幸运点，没砍死，但也重伤落马！

有人问了，印度那边怎么也算重装骑兵啊，怎么碰上了唐朝的陌刀就不行了，被陌刀队如同砍瓜切菜一样地虐呢？咱们书中代言，在唐代，陌刀是一种很可怕的兵器，包钢法制成，也就是两个侧面是钢，中间是铁，这样造出来的刀硬度大、韧性强，特别锋利，手指头粗的铁条，不用太大劲，一划就断！据说现在传承这种包钢法的，就是日本的武士刀，全世界都著名。不过这种制作方法虽然提高了质量，但过于费事，所以到了宋代之后，兵器标准化生产，要求的是效率高，陌刀也就退出了历史舞台，被又宽又大的斩马刀代替，非常可惜。

但在唐朝，陌刀对付骑兵，绝对是一把好手！经常一刀砍下去，人马俱碎！印度的重装骑兵呢，虽说是重装，其实铠甲并没有想象的厚，不然马也驮不动，防弓箭没问题，挡个一般的刀枪也行，但碰上陌刀就完了！而且蒋师仁呢，还加了点料，因为他只是大概知道陌刀的钢铁配比和做法，但不精确，所以蒋师仁特别让人把这批陌刀加重，一般陌刀二十斤左右，蒋师仁这批，得有三十斤，就这个重量，砍不死你，砸也能把你砸趴下！而且联军这边，分工明确，陌刀手根本不理敌人的死活，砍下马完事，第一排砍完，第二排砍，层层滚进，就跟绞肉机一样，绞完就走！陌刀手的后面还跟着刀牌手，刀牌手就负责捡漏，看没死的就补一刀。

"噗！咔嚓！"

"呃！哎呀！"

这回重装骑兵可惨了，他们的进攻不仅是撞墙上了，而且这墙还是带刺的、还往前推，重装骑兵连续被砍倒好几排，剩下的一看，完喽！这么打，来多少死多少，所以就一哄而散。一万重骑兵被干掉将近一半，大败而归！而联军这边，也死伤了五百多人，10：1！

王玄策一看，这损失虽说不大，但禁不起消耗啊！还得想办法激阿罗那顺出战，所以王玄策赶紧让那罗米娑婆寐组织人，往对面喊：

"呔！阿罗那顺！别送这些糟干零碎出来送死，有种你上啊！"

"对！阿罗那顺，有本事你就来啊！"

"哗——"

咱们再说阿罗那顺呢，重装骑兵一击即溃，大出他的意料，本来以为着这些重装骑兵能算张王牌，就算没法全歼王玄策他们，也至少能把他们的阵型打垮，人员损失过半。没想到人家没费吹灰之力，反将重装骑兵击溃。这可怎么办？阿罗那顺看着就发愁。

狮子辛格再次出列："大王，不行还是我来吧！"

阿罗那顺刚要点头，旁边转出一位："大王，我先试试吧！我不行，辛格将军再上。"

"嗯？"

阿罗那顺回头一看，只见此人是辖下的大领主苏雷什。

"苏雷什，你有把握打败蒋师仁？"

"回大王，没把握。"

"噗！"

阿罗那顺当时跟泄了气相似，没把握你逗什么能啊？不过苏雷什似乎成竹在胸："大王，论武艺，我比辛格将军差多了，所以我也有自知之明，应该打不过蒋师仁。但论用兵，我还有点信心，我可以拿盾阵来试试。刚才我也看了，王玄策那边的兵器，不过是弓箭、标枪，还有刚才那种刀，量这点玩意也劈不破咱们的盾阵！有咱们的盾阵打头，后面有骑兵支援，王玄策必死！"

阿罗那顺听完就乐了：对！我怎么把盾阵这事给忘了！这也算我的第二张王牌啊！

"好吧！那你去试试吧！"

"遵命！来啊！布阵！"

大领主苏雷什把手中的反曲刀一挥，顿时印度这边又涌出不少人，大概有五千左右，一水儿的步兵，一个个身披重甲，带着铁头盔和铁护胫，也就是护腿，从头到脚都护得挺严实，左手一面大号的圆盾，能从脖子护到膝盖，右手一柄长矛，腰里还挂着短剑。这堆士兵出列之后，马上以一百人为一拨，把盾"哗"全举起来，长矛架起，组成一个个方阵，最前排的士兵手持长矛，后面的士兵把长矛架在前排士兵的肩膀上，层层叠叠，五千根长矛的矛尖全对准了联军的军阵，形成一片长矛墙，谁要是碰上，几十柄长矛，就能把你扎成筛子！

熟悉历史的人一定要问了，这怎么听着像古希腊的步兵方阵呢？这我告诉您，这还就是希腊式的步兵方阵，而且仿的是亚历山大大帝的马其顿步兵方阵。

咱们这再多说一句，大概就在中国的战国年间，秦国商鞅变法前后，西方的地中海一带也活跃着一个著名的帝王，那就是著名的亚历山大大帝。这个亚历山大大帝呢，带着他的部队不断征战，建立了一个庞大的亚历山大帝国。而亚历山大大帝之所以能横扫西方，乃至近东、中东一带的波斯帝国，他的马其顿步兵方阵居功至伟！咱们说这个亚历山大帝国呢，最东边的疆界，已经到达了印度河流域。但受困于印度地区炎热的气候和威力强大的印度战象，亚历山大帝国在印度方面的疆界，也就固定在了印度河一带，没再能扩张。等亚历山大大帝一死，他的帝国当时就四分五裂了，但他的很多东西还是留存了下来，比如经典的方阵战术，就被各国所学习。印度这边呢，也学会了，而且印度的地形多是平原，所以这种长矛阵就特别适宜。但这种方阵，长矛、铠甲、盾牌等装备都需要特制，士兵也需要特别培训，要不这么沉的装备，一般人根本撑不起来，这样花费特别大，所以只有少数的富裕领主才能用，阿罗那顺手下呢，大领主苏雷什恰好就有这么一支部队，阿罗那顺也把这支部队视为一张王牌。今天给逼急了，好钢使在刀刃上，那就用吧！于是，重步兵方阵步步为营，开始往联军这边缓慢推进。

希腊的马其顿方阵。这也是古希腊军事史上的杰作，传说在亚历山大大帝远征印度时期，此种作战方式也已经传入印度

再看联军这边呢，一摆马其顿方阵，蒋师仁当场乐出来了："哈哈哈！印度人真有意思，连这古董战术都拿出来了，龟甲长矛阵啊！我们几百年都不用了，你们还在用，行！我让你们死得连渣都没有！放箭！"

"呜！当当当当！"

联军这边连弓带弩就一通招呼，可这种马其顿方阵，盾牌非常结实，就算是弩也射不穿，所以几轮齐射下来，印度的重步兵方阵仅有几个人受了点轻伤，但后面的人马上补上，根本没受影响。就这样，盾阵稳扎稳打，逐步就逼近了联军阵百步之内。后面阿罗那顺看得挺高兴：嘿嘿！还是盾阵管用，我看你王玄策和蒋师仁还能有什么招！

等盾阵接近到离联军阵大概七十步左右，联军那边又开始变阵了，弓弩手纷纷散开。阿罗那顺一看，嘿嘿直乐：嘿嘿，你们又要上那堆长刀啊？行！随便！你们那长刀虽然厉害，但也没我们的长矛长，敢来就把你戳成筛子！

可没想到，弓弩手散开之后，上前的并不是势如破竹的陌刀手，而是攻城器械之一：十台绞盘弩。阿罗那顺一看，哎？他们动用这个干啥呢？这个是攻城的，我们的城墙离你们远着呢，这是要干啥？难道……不好！

第三十二回　绞盘弩重创盾阵
　　　　　　众将领计划攻城

　　阿罗那顺再派盾阵。这个盾阵其实就是希腊的马其顿方阵，当年亚历山大大帝东征西讨、屡挫强敌，就是靠这种方阵。印度方面当年也屡屡吃亏，所以也学了这种战法。今天用上了。只见印度士兵身披重甲，右手长矛，左手重盾，结成密集队形，步步为营，接近到离联军阵七十步左右的地方。

　　这时候，联军那边又开始变阵了，弓弩手纷纷散开。阿罗那顺一看，嘿嘿直乐：嘿嘿，你们又要上那堆长刀啊？行！随便！你们那长刀虽然厉害，但也没我们的长矛长，敢来就把你戳成筛子！

　　可没想到，弓弩手散开之后，上前的并不是势如破竹的陌刀手，而是攻城器械：十台绞盘弩。阿罗那顺一看，哎？他们动用这个干啥呢？这个是攻城的，我们的城墙离你们远着呢，这是要干啥？难道……不好！

　　阿罗那顺刚琢磨过味儿来，联军这边已经开始行动了，蒋师仁一声令下:"放!"

"嗚!嗚嗚嗚!"

十根弩箭破风一样,就冲向了阿罗那顺的盾阵!

咱们书中代言,绞盘弩这东西跟普通的弓弩可不是一个概念,箭杆足能有小两米长,对掐粗细。这东西特别笨重,得靠下面弩床的轮子移动,前面的弩弓长大概一丈,弩弦是九股牛筋拧成,比大手指头都粗,凭人根本拉不开,得用绞盘,特别笨重而且费劲,当然威力也是不可小觑,跟射出一杆大枪相似,城墙都能给钉进去,何况这盾牌呢?所以一弩过去,是个盾阵当时就破了一条胡同!

"噗!啊!噗!哎哟!"

中箭的人给钉出老远去,死在地下。这时候,联军士兵又开始把第二根大号弩箭搭上弩床,弩手开始拉绞盘、瞄准。盾阵的士兵一看,"哗",全傻了!他们哪儿见过这个啊?当时是乱作一团。这时候王玄策一看:"好!阿罗那顺乱了!扎西将军,叫你的吐蕃骑兵从两翼

绞盘弩作战想象图。绞盘弩是唐宋时期的重型弓弩,力气极大,所以只能用绞盘开,射速虽慢,但无论攻城守城,都有很大作用。赵幼华绘

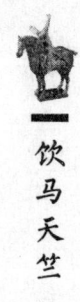

出击！"

"得令！吐蕃的勇士们！上！"

"哗——"

吐蕃骑兵从两翼开始包抄，远了就是弓箭，近了就是投石器，一顿猛揍！

"啪！哎呦！噗噗！啊！呃！啪！啊呀！"

这下盾阵彻底乱套了，因为长矛全都插空对着前方，整体阵型紧密，所以动转不灵，想要转向，前头的战友别着自己的长矛呢，不转向纯挨揍，转了向就得扔了长矛，只剩盾牌，士兵们是叫苦不迭啊！

这时候，联军根本不给印度兵反应的时间，刀牌手又涌到了阵前，这回好，大家伙儿的刀先不拔出来，人手一根标枪，出阵之后，先是一阵标枪雨！

"嗖！嗖嗖嗖！"

"噗！啊！噗噗！呃！"

本来就混乱的盾阵这回更乱了，刀牌手趁机上前，用刀隔开长矛，对着人堆就砍！就这三环套月的准备，印度人哪儿见过？所以盾阵彻底崩溃。还活着的人扔掉盾牌和长枪，掉头就跑，可是因为他们身披重甲，跑起来还费劲，所以又有不少动作慢的，成了联军的刀下之鬼。

这时候阿罗那顺醒过来了，这可是我的嫡系部队，不能损失太大，不然我可就赔了！所以赶紧招呼："快！骑兵赶紧上！解救盾阵部队！上啊！"

印度的骑兵早就知道联军的厉害，一听上阵，脑仁都疼，但也没辙啊！大王下令，不听就是死！所以也就嗷嗷直叫，往上冲。这时候，吐蕃骑兵一看，也嗷嗷直叫，他们根本看不起印度骑兵：你们上来啊，正好！我们正愁没过瘾呢，这回能杀个痛快了！

这时候带队的是吐蕃的两个副将斯郎泽仁、斯郎降措，俩人正待继续厮杀，这时候就听联军阵这边，"当当当当"，鸣金的声音。打仗讲究的是闻鼓必进、闻金必退，斯郎泽仁和斯郎降措没辙，赶紧带兵回归本队。印度那边一看，吐蕃骑兵撤了，也算松了口气，不敢再追，把盾阵的残余人员抢救回阵算完事。

等斯郎泽仁和斯郎降措回阵，就问王玄策："大总管，为何叫我们回来？"

王玄策一乐："二位啊，没别的意思，印度那边人多势众，咱没必要硬拼。你们先休息会儿，仗有你们打的。"

"得令！"

俩人分别整顿部队，归拢到旁边。这时候王玄策就跟那罗迩娑婆寐说："大师，还得麻烦您的人出一下阵，告诉阿罗那顺，有什么招继续让他使！让他尽管来，不来的话，我们可就要出招了！"

"好的！"

那罗迩娑婆寐向旁边嘀咕几句，有几个弟子纵马出阵，拿印度语开始跟阿罗那顺喊："呔！阿罗那顺！你还有什么招没有？继续来啊！"

"对！你要没招了，我们还有呐！你来尝尝啊！"

"哗——"

阿罗那顺在那边听得挺清楚，气得是奔儿奔儿直蹦。这时候猛将狮子辛格又出来了："大王，那个蒋师仁甚难对付，还是我来吧！"

"这个……"

阿罗那顺是真想让狮子辛格上阵，扳回一城，但他还真不敢，辛格是自己唯一的指望，要是有个万一，自己就算彻底完！阿罗那顺再往左右一看，好，除了辛格之外，全软了，一个个蔫头耷拉脑，就怕阿罗那顺点到自己头上。最后阿罗那顺一琢磨：看来王玄策他们打这种野战有两下子，怎么碰怎么有，今天我是万难取胜。不过我何必跟他们在这较死劲呢？我后面还有曲女城呢，我回城防守就行了！曲女城的城墙特别厚，量你们的吐蕃骑兵、那个什么怪刀，还有那个什么大号的弩，都打不破我的城墙！而且曲女城的粮食足够我支持个七八个月，我耗也能耗死你们！"

想到这，阿罗那顺当即下令："撤退！回曲女城！辛格将军，你带人断后！"

您说这多没劲，说撤就撤了。联军这边呢，一看阿罗那顺撤退，那是欢呼雀跃，尤其是斯郎泽仁和斯郎降措，俩人纷纷过来请战："大总管，您给我们一支令，我们带兵过去杀一阵！"

"对！一口气把阿罗那顺的锐气挫干净，他就算回了城，也硬不起来了！"

但这时候呢，王玄策和蒋师仁还挺冷静，俩人仔细一看，阿罗那顺虽然撤退，但整体队形尚算整齐不乱，一队队缓缓而行，而且猛将狮子辛格带了一部分精兵断后。此时硬冲，恐怕收效不大，而且还得吃亏。所以王玄策和蒋师仁对视一眼："不用追了，缓缓前进，跟着就好。咱们已经打胜了，切不可贪功冒进！"

"大总管说得对！整队！曲女城外五里扎营，准备攻城！"

"明白！"

于是联军拔营起队，进至曲女城外五里，扎下大营。下面就该进入攻城战了，越到这关键时刻，越得好好计划。所以大营刚刚扎下，王玄策就把两个副总管扎西多吉、苏尔雅，以及蒋师仁、那罗迩娑婆寐几个人，全都叫来了，怎么攻城？得大家伙儿出主意。

在这个问题上，蒋师仁看得特别简单，而且直接："大总管，打仗这事，您就放心吧！我早有计划，您听听如何？"

"蒋先锋请讲！"

"大总管，曲女城的城墙高阔，这点我早有设想。咱的投石机也不是吃素的，打起来，够这帮印度人喝一壶的！这要是咱们兵力富裕，直接一顿狂揍就能拿下。只不过咱们现在兵力有限，所以在兵力的投放上，就要小心了。我的计划是，咱们可以先把兵力平均摊开，以投石机为主力，没头没脸地给印度人一顿狠砸，打个两天一夜，让阿罗那顺认为，咱们要全面强攻。然后咱们趁着夜里，集中力量攻击一面，而且鼓噪呐喊，吓死他阿罗那顺。当然，咱们这一手还是明的，这边鼓噪着攻打，把阿罗那顺的主力吸引过来，咱们再派一支精兵，从另一侧攀墙而上，让他阿罗那顺顾头不顾腚，曲女城就能一举而下！"

蒋师仁这计划还挺全面，两个副总管扎西多吉和苏尔雅一听，嗷嗷直叫："好！蒋先锋这主意太好了！我再给支一招，阿罗那顺现在就怕我们吐蕃大军来增援咱们，如果让他知道咱们的援军来了，肯定吓得魂飞胆裂！但我估计，禄东赞大人的部队可能到不了那么快，不过咱们能用疑兵之计啊！我带着人来回走几次，城里看不太清楚，肯定以为吐蕃大军到了，吓死他们！"

"对对对！大总管，我还有一招啊，我们泥婆罗人，有些长得就和印度人很相似。我估计阿罗那顺肯定少不了要夜袭，咱们就可以趁这个时候，派一部分人混进城去当内应。等咱们在外面攻城的时候，他们在城里纵火，制造混乱，阿罗那顺肯定更乱套了，咱们的进攻肯定更顺利！"

您看见没？这仨都是高手，一会儿议论下来，怎么打？已经有主意了。不过看王玄策的表情，却是从晴转阴，紧接着是眉头紧锁！

第三十三回　王玄策严令纪律　鬼拉朱三搅求和

王玄策召开会议，跟各个将领计划怎么攻城，咱们说在场的三位：蒋师仁、扎西多吉、苏尔雅，那都是打仗的行家里手，计划个攻城还费劲吗？所以时间不大，声东击西、疑兵计、浑水摸鱼的计划，都提出来了，而且确实都可用。但王玄策听完了，表情却是从晴转阴，然后是眉头紧皱啊！

有人问了，怎么回事呢？有主意了怎么王玄策还不高兴呢？咱们书中代言，没别的，这个计划不错，但杀戮有点大。王玄策就认为，我们这次来，惩罚阿罗那顺是一方面，但更大的目的，还是跟印度搞好关系。你打我，我干掉你，这没问题。但为了达到目的，很可能殃及无辜，而且毁坏过大，之后你再跟人谈和平，谈搞好外交关系，谁还信你啊？所以他是眉头紧皱。

大家伙儿一看，全都不明白了："大总管！您下决定吧！"

"大总管，咱们准备吧！"

王玄策听得正头疼，这时候，婆罗门大师那罗迩娑婆寐也说话了："各位将军，我说几句行不行？"

大家伙儿对那罗迩娑婆寐还挺尊重，一方面人家的确挺受印度底层的爱戴，他说什么，印度人还真能信，不主动挑事；另一方面呢，现在那罗迩娑婆寐也成了联军的高级参谋，就数他熟悉阿罗那顺的状况。之前他都跟王玄策他们透过信儿，王玄策和蒋师仁经过了反复的推演，把阿罗那顺的招数都摸得差不多了，所以阿罗那顺无论用什么招，联军这边准备都很充分，这一点，那罗迩娑婆寐功不可没。所以他一说话，大家伙儿全都不吵吵了："大师您说吧！"

"大师请讲！"

那罗迩娑婆寐清清嗓子："各位将军，你们用兵之妙，我已深深领教。只不过曲女城是我们印度的骄傲，传说是佛祖释迦牟尼下凡的地方。而且这里也承载了我们印度无数的文化，所以我希望将军们尽可能地少杀戮、少破坏。如果将军们能做到，就会得到我们印度人到世界末日的感激。"

咱们书中代言，那罗迩娑婆寐说得一点都不夸张，印度的很多地方都是有文化传承的。据说单一个曲女城，古迹无数，文化价值极高。甚至就连为什么叫曲女城都有一番故事。据说早年间，印度有一个国王，就建都在曲女城，只不过当时不叫这名字。这个国王有一千个儿子、一百个女儿，结果一次女儿出游的时候，让大树仙人着了迷。大树仙人赶紧就进宫求见国王，让国王把一个漂亮的女儿嫁给他。据说这个大树仙人，外形如同枯死的大树，国王的女儿谁都不愿意嫁给他。最后还是国王的小女儿忍辱负重，答应嫁给大树仙人。可等国王把小女儿送到大树仙人那里，大树仙人大怒，说："你嫁给我的女儿，不是最漂亮的！"

国王只能实话实说："没办法，别的女儿都不愿意嫁给你。"

结果这话一出，惹得大树仙人火起，干脆施以咒语，除了国王的小女儿之外，剩下不愿嫁的九十九个女儿，全都变得弯腰驼背。也就因此，后来这座城才得名曲女城。当时曲女城极为繁华，可谓印度的中心。即便到了二十一世纪的今天，曲女城也是佛教的八大圣地之一。

王玄策一看，自己担心得果然没错，破坏太甚肯定不行，所以赶紧出言抚慰："大师尽管放心，我们尽量少破坏。哎我说蒋先锋，咱们能不能想办法，除了城墙之外，尽量少破坏？"

蒋师仁一听，也挺为难，但通过这些日子的相处，他也知道，王玄策肯定有更长远的眼光。而且再一个，怎么说，人家是正使，我是副使；人家是总管，我是先锋。既然大头有话，我得遵命啊！所以蒋师仁就说了："大总管啊，您的命令，我自然想办法遵从。不过我得跟大师说说啊！我说大师，我们可以尽量想办法少破坏曲女城，但我也得跟您强调几点啊！"

"将军请讲！"

"首先，城墙肯定得破坏，阿罗那顺那小子的兵就在上面对付我们，我们不想办法，死的是我们！"

"将军放心，城墙自然不在其列。"

"好！再有啊，内应我们肯定得派进城，等我们攻城的时候，他们得里应外合，一起行动。你为你们印度的文化考虑，我也得为我们士兵的生命考虑！不过我给你保证一点，我们的内应进去之后，尽量不放火。但阿罗那顺那小子要是手黑，烧了什么，我可概不负责啊！你也别往我头上赖！"

"是是是！我多谢将军了！"

王玄策一看，心里高兴多了，蒋师仁现在是真能忍啊！要是原来，他只管打仗，有那么多限制条件，他早就骂人了！现在可好，知道忍了，还能尽量遵守条件，这就不容易啊！之后王玄策当即下令："各位注意，咱们分工合作！副总管扎西多吉！"

"在！"

曲女城遗址。但这是不是戒日帝国时期留下的残骸,就不清楚了

"现在咱们虽然士气旺盛,但总兵力还是要少于阿罗那顺,疑兵之计势在必行,你既然提议,看来是胸有成竹啊!这件事就由你来布置!"

"明白!"

"副总管苏尔雅!"

"在!"

"咱们下面要面临攻城,难度很大,内应方面的事交给你,你选拔人吧!只要阿罗那顺敢来夜袭,咱们就放出内应。等咱们总攻的时候,一起行动!"

"是!"

"先锋蒋师仁!"

"末将在!"

"蒋先锋啊,这回还得你来挑重担。你负责整修攻城器械,还有营地的防卫。只要阿罗那顺派人劫营,那就看你的了!"

"得令!"

"那罗迩娑婆寐大师!"

那罗迩娑婆寐一听,哦,还有我呐!也就出列鞠躬:"在。"

"大师啊,我多次强调过,我们此行就是为了惩罚阿罗那顺,与旁人无关。我相信曲女城的民众和士兵,有不想陪阿罗那顺一起倒霉的。对于这些人,咱们也没必要把他们一起杀掉。就拜托您起草一份给他们的信,说明咱们的来意。这需要的数量大,最好能让您的弟子和信得过的人,抄他个几千上万份,明天攻城,我们就绑在箭上射进城去!"

"多谢将军善意,我马上就去办。"

等分拨已定,联军这边一切齐备,就等着阿罗那顺这边了。

咱们再说阿罗那顺呢,这家伙败回城里,那是垂头丧气啊!这跟头栽得真够爆的!不仅仅是打败仗,这下自己的权威也是一落千丈,自己只要被打败一次,弱点暴露,肯定就有人想效仿。阿罗那顺越想越气,"啪"!把桌上的杯子摔了个粉粉碎:"王玄策啊王玄策,你跟我过不去,无礼至极!混账至极!"

这时候,丞相巴拉特又站出来了:"大王不必担心,事到如今,我看此事并不难解决,只要大王拿出诚意就行。"

"哦?丞相此言怎讲?"

"大王,唐朝使臣早就声明,是咱们劫夺使团礼物在先。既然如此,咱们把礼物还了,赔礼道歉,把这个根给去了,唐朝使臣自然也就没了出兵的理由。这事不就解决了吗?"

阿罗那顺一听,还是这套,这就有点不耐烦了:"丞相!这件事真的像你说得那么简单吗?我看他们就是奔着挑衅来的,让咱们惩罚之后,就以礼物为借口,跟咱们打了几仗了?咱们光死在他们手下的,就不下一万人,伤得更多!就为了那么点礼物,至于吗?明明就是别有用心!"

"大王！此话差矣！咱们对外交流，应该讲的就是一个道理。他有什么要求，咱们有什么要求，都应该开诚布公，这样才能谈判。如果咱们各自设想对方别有用心，互不信任，那肯定事情会越闹越大。大王认为大唐使者无礼，我却有点想法，大王是不是受了某些人的蒙蔽！"

巴拉特说着，狠狠地瞪了拉朱一眼，继续说："大王，我看咱们可以这样，您派我当使者，我去先跟唐朝使者会面，咱们双方把话说开，盐打哪儿咸？醋打哪儿酸？都弄清楚了。然后咱们再议战与和，不好吗？反正咱们的粮食足能支撑半年以上，不在乎这几天，咱们也可以缓一缓。大王对不对呢？"

阿罗那顺一听，也好，就算结果再怎么差，这一谈，自己也能缓一缓，不然士气低落，打不了仗啊！所以就要点头答应。

旁边拉朱一看，吓得浑身冒汗啊！完！全完！这要谈上了，我的底一泄，唐朝人再把我之前的供词给阿罗那顺王一看，我非被剐了不可！不行，我说什么也不能让他们接上头！这回拉朱顾不得什么尊严了，当时出列，直磕响头："大王！巴拉特丞相居心不良，您不能听他的啊！听他的，连您的性命也难保啊！大王！不能听！"

"嘣嘣嘣！"

这时候元帅甘尼许也站出来了："拉朱，丞相说的有道理，咱们至少应该跟唐朝人谈一谈，为什么你偏说不行？你几次三番阻拦，是何道理？我和丞相的看法类似啊！我感觉你小子跟里头搞了什么猫腻！你说！"

这回可好，其余几个大领主，包括猛将狮子辛格全都不说话了，全都在那观望风向，说实话，这帮人鬼着呢，刚开始他们不知情况，以为王玄策没什么了不起，硬就硬了，不讲理就不讲理了，你能怎样！可现在一看，满不是那么回事，经过这一战，自己手头的军队也多少有点损伤，都知道厉害了。所以默不作声，就看拉朱在这白话了。

这拉朱呢，别看他能惹事，还真有主意，脑子一转："启奏大王！

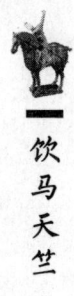

您如果怀疑我在这里有问题,您尽可以把我绑了送到王玄策手里。但我把话放在这,王玄策他们把我杀了,肯定得跟您说好话。等您听了好话,放松警惕,他们就会坏事做绝,趁机要了您的命!这就是侵略者的丑恶嘴脸啊!说劫夺使团,只是借口而已!我死不要紧,就怕我死了,对您没有任何的保护作用!从这一仗我也看出来了,王玄策此来,必和东天竺和南天竺那俩人有关!这是他们串通好的,要害您性命,夺您的江山啊!"

第三十四回　疑兵计惊印度王 敌将夜袭陷空营

　　王玄策兵进曲女城，这下阿罗那顺的朝廷之内可乱套了！丞相巴拉特和元帅甘尼许两个人力主要先跟王玄策谈一谈，再作打算。这回把拉朱可吓坏了，拉朱这家伙，自己办的坏事，还左右挑唆，跟阿罗那顺这边来回说王玄策不讲理；上次被王玄策逮住之后，还一个劲地说是阿罗那顺指使的。您说这情况，他不拦着两方见面就算怪了！只要两边一接头，互相一了解情况，拉朱是必死无疑！所以为了自己的性命，拉朱玩了命地白话：

　　"大王！跟唐朝的侵略军谈，完全没意义啊！依我看，此事甚至跟东天竺王尸鸠摩，还有南天竺王遮娄其都有关！"

　　嗯？阿罗那顺一听，怎么？这和尸鸠摩、遮娄其都有关？这耳朵又不得不听拉朱这些胡言乱语。

　　"拉朱！此话怎讲？这件事怎么和尸鸠摩、遮娄其有关？"

　　拉朱一听，呼！松了一口气，我这算打中大王的要害了，大王要是听，我就没事！所以他继续磕头，往上说："大王您想啊！咱们跟王玄策的侵略军开战，已经有十几天了，尸鸠摩和遮娄其除了派一部分重装骑兵来之外，他们的主力在哪儿？大王是印度的盟主，理当号令全印度，他们全不听，为什么？只能说明，他们在里面必然有事。就算他们派来的重装骑兵，我看也是出工不出力！而且我甚至认为，侵略军能在咱们印度站住脚，肯定得到了东边和南边的支持！要不然对付咱的看家本领——盾阵，侵略者怎么那么轻松呢？没有内部人透信，侵略军怎么可能准备得那么好！"

这拉朱是真能白话！找着任何的线索，都能连起来说，把阿罗那顺说得一愣一愣的："嗯！如果尸鸠摩和遮娄其搞这种勾当，我饶不了他们！"

丞相巴拉特一看不好，我们这个大王平常看着挺好，怎么关键时刻就当断不断，耳软心活呢？这可不行啊！所以赶紧也往上启奏："大王，咱们现在怀疑这些，为时尚早。臣以为，咱们的当务之急，是要先稳定局势，跟唐朝人提出谈判，避免玉石俱焚。剩下的事，咱们不可放松，等局势稳定下来，再细细盘查。陛下以为如何？"

丞相巴拉特这些话，那真是句句良言，阿罗那顺脑袋又转了几个个儿，权衡再三，还是认为丞相的话有道理，拉朱的话虽然点中心坎，但马上实现，难度颇大。你不把局势稳定，怎么调查啊？所以阿罗那顺最终点点头："丞相说得有理，那就依丞相之言，准备谈……"

话还没说完，就听外头有人喊："报！！！"

随着话音，一个传令兵就跑到了宫殿外："报大王！紧急军情！"

阿罗那顺一看，不敢怠慢："何事惊慌？赶紧报告！"

"报告大王！城外的侵略军出现增援部队！"

"啊？待我观看！"

阿罗那顺吓了一跳，赶紧带着手下的众位大臣上了城墙。此时天色已基本黑了，只见远处有两支队伍，打着不少灯球火把，每支队伍看着怎么也得有五千人以上，正缓慢地接近王玄策的大营。当然，咱们书中代言，这其实真的不是什么援军，而是吐蕃大将扎西多吉所出的疑兵之计。这支疑兵，说白了也就一千来人，分成两队，悄悄溜出大营三十里，然后拉开队形，人人把长枪担在肩上，两头各拴一只火把，左手再拿一只，这样借着天黑，大张声势地往大营进发，因为古代没有望远镜，看不清，所以给人的感觉挺震撼，怎么也得一万多人的样子。

阿罗那顺不知道啊，所以当时吓得就是浑身冷汗。好嘛！就王玄策这一支部队，自己已经吃不消了，再来援军，那更完了！而且这援军是哪儿来的呢？不管是吐蕃、泥婆罗，还是东天竺、南天竺，那都能要了自己的命啊！

这时候拉朱一看，机会到了！刚才你同意和谈，这回让你谈不成！所以拉朱赶紧往上说："大王！您看见没？丞相的想法是好的，但就怕侵略军不听他那套啊！现在人家援军都到了，还可能跟咱好好谈吗？咱们要去谈，肯定中了他们的稳军之计，到时候人家突然袭击，打咱们一个冷不防，那不就更糟了嘛？而且这样子谈判，侵略军肯定提好多苛刻的条件，对咱们更不利啊！所以咱们务必先扳回一局，才能谈判！"

丞相巴拉特一听，当时慌了："大王！您不要听信拉朱的胡言乱语，如果大王担心敌人玩什么阴谋，咱们多加防范便是。曲女城城墙结实，护城河也宽，多加小心，唐朝人那边再怎么偷袭，也得不到便宜！切不可先行挑衅啊！"

阿罗那顺这回又犹豫了，听谁的都有道理。虽然说他也知道，丞相的话没错，但他不服输啊！想我阿罗那顺纵横印度，吃过几场败仗？这可好，一天之内，连败三阵，差点输个底儿掉。这怎么行？所以阿罗那顺又从心底里肯定拉朱的说法，就算谈判，也得要扳回一阵再说！

这犹豫来犹豫去，最后阿罗那顺也做不了决定了，干脆一甩袖子："明天再议！回宫！"

就这样，不管了！大臣们没脾气，大王走了还说啥？也干脆回去

饮马天竺

印度猛将想象图。书中的狮子辛格也许就是这个样子。赵幼华绘

了。丞相巴拉特呢，人家是正人君子，一看大王当断不断，那是扼腕叹息，但总不能瞒着大王干什么事吧！所以也就回去休息。但拉朱不一样啊，这家伙鬼心眼子多，特能惹事。他一看阿罗那顺犹豫，心说：坏了！之前大王对我言听计从，现在我的招数快失灵了啊！如果真的失灵，我可就死无葬身之地了！

怎么办呢？拉朱一琢磨：那我就接着惹事吧！事惹得越大，我的罪过越小。这时候正往回走，拉朱转头一看，哎，第一猛将狮子辛格正在旁边，拉朱的坏水就冒出来了，他就赶紧拽辛格的衣角："哎，辛格将军，借一步说话！"

狮子辛格那是实在人，虽然他看不太上拉朱，但拉朱受大王的宠，自己总不能不理，所以也赶紧说："拉朱大领主，有什么事啊？"

"来来来，咱们这里说！"

拉朱赶紧把辛格拽到了偏僻之处，说了："辛格将军，你发现没，大王今天不高兴啊！"

"废话！高兴就算怪了，连输几阵，大王能高兴得了吗？"

"对对对，辛格将军说得没错，但将军有没有想到，大王为什么举棋不定，要跟侵略军谈谈，又不谈了呢？"

"呃，这个……"

狮子辛格一听，我哪儿知道啊？所以干脆问拉朱："拉朱领主，那你认为呢？"

"嘿嘿！这还用说嘛！咱大王是不甘心就这么谈！你想啊，咱们连败几阵，再跟人家谈判，没底气啊！何况侵略军那边又来了援军，到时候他们肯定提一大堆屈辱的条件，你说咱接受不接受？"

辛格一听就火了："这肯定不能接受啊！"

"对喽！所以咱们要把咱的筹码拿回来，才能跟人家谈。至于怎么拿回筹码嘛，那就得看辛格将军您的了！"

狮子辛格这家伙脾气挺直，就怕别人卖关子："哎呀！拉朱领主，你就说吧！怎么才能对咱们更有利？"

"辛格将军，那我就说了啊！今夜您干脆就采取行动，夜袭敌营！敌人来了援军，必然神经松懈，您不如率领一支精兵进行夜袭，搅他们一个人仰马翻！今天白天，您跟唐朝的那个榔头怪物不是没分胜负吗？晚上让他知道您的厉害，争取一锤把他打死！这不就解恨了吗？"

狮子辛格一听："哎！这个……那个唐朝怪物的确实力不软。不过我还是想光明正大地在战场上跟他分个高下！"

拉朱一听，这个辛格怎么那么轴呢？赶紧接着劝吧："辛格将军，此言差矣！现在咱们得为全局考虑，总之您夜袭的收获越大，大王谈判的筹码也就越大。所以我们的命运，不，大王和全印度的命运，就看您的了！"

辛格听得是热血沸腾啊："好！那今天晚上我就夜袭敌营！不过大王没下命令，这……"

"哎呀！辛格将军，您大可不必担心！您是为大王出力，大王怎么能怪您呢？"

"也对！今天晚上，我就要侵略军好看！"

辛格敢想敢做，马上回营，点起三千精锐，开关落锁，悄悄地就杀向联军大营。等到了联军大营附近，辛格仔细一看，好，营帐里面

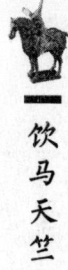

是灯火通明，但看守不严。辛格心中大喜啊：哈哈哈，今天该着你们倒霉啊！

"弓箭手呢？先把高处那两个卫兵给干掉！"

"嗖！嗖！"

高台上的两个卫兵当即中箭摔下来了，辛格这时候把战锤一抡，代替军令："杀啊！"

"哗——"

三千士兵手持兵刃，就杀进了联军大营。大营里面的联军士兵似乎被吓呆了，根本不知道躲，有的印度兵到了跟前，一刀砍下！

"咔嚓！"

根本没冒血，再仔细看看，这是假人！

旁边有的印度兵也一枪捅中了联军士兵，也没冒血，也是假人！

辛格这时候脑袋一转个：怎么回事？

再仔细看看这个大营，虽然是灯火通明，实际上里头没真人！辛格叫苦不迭啊："坏了！我中计了！"

第三十五回　印度王临时抱佛脚　蒋师仁攻打曲女城

狮子辛格夜袭联军营，结果等带兵闯进去，接连砍翻几个目标，都是假人！辛格叫苦不迭啊："坏了！我中计了！"

刚想到这，只见四面八方飞来了无数的乱箭。辛格没辙，只能挥舞双锤，拨打飞箭，旁边的印度兵可惨了，中箭的无数，倒了一大片！

咱们书中代言，王玄策和蒋师仁这回是真加了小心，因为这是在对方的土地上作战，不管你是什么目的，总之没有地利这一项。要弥补这一点，就得想办法。这不，吐蕃的大将扎西多吉出主意，假扮援军，吓唬阿罗那顺。除此之外，蒋师仁又另出一招，虚设营帐，大军埋伏在周围。现在马上要攻城了，得减少损失，尤其得小心敌人劫营。果不其然，这回真管用了，所以辛格一来，就陷入了重围！

这时候再说狮子辛格。这家伙挺倒霉，乱箭实在太多，他两柄锤不够用的，一不留神，左腿和左胳膊上都挨了一箭，虽说穿着铠甲，伤得不深，但那玩意疼啊！辛格一看不好，赶紧跑吧！带着兵就想撤。您说那哪儿撤得了啊？只听四周"呼啦"一声，顿时是伏兵四起，把狮子辛格围在当中。狮子辛格定睛一看，完！这回全完！东边是王玄策和蒋师仁；北边是泥婆罗元帅苏尔雅；南边是吐蕃大将扎西多吉；西边，也就是归路上，是吐蕃的两个副将斯郎泽仁和斯郎降措，整个把狮子辛格给包围了！哪边都出不去！

这时候，联军准备好的印度语翻译就喊了："印度的士兵们！放下武器，包你们活命！否则的话，格杀勿论！"

"对！快快投降！"

"哗——"

狮子辛格一看，这可怎么办？投降？想都不用想，这不可能！想拼命，难度也太大，蒋师仁就不用说了，自己没受伤都不一定是个儿，何况现在！吐蕃的大将扎西多吉，虽然没直接动过手，狮子辛格也听说过，这家伙是松赞干布的卫队长，也有万夫不当之勇！打起来情况不好说。泥婆罗的元帅苏尔雅倒是好对付一些，但他手下的猛将巴哈杜尔也不是吃干饭的。而且人家人也多啊，一个巴哈杜尔把自己拖住，其余的一拥而上，自己也不好办。看来也就只有吐蕃副将斯郎泽仁、斯郎降措好对付一点，一是因为他们的兵器比较轻，我能占点优势；另一个，这是回家的路啊！冲出去就好办了！

最后狮子辛格打定主意："将士们！梵天在护佑咱们！冲啊！"

他是一马当先，冲向斯郎泽仁和斯郎降措！要说呢，斯郎泽仁和斯郎降措，谁也不是狮子辛格的对手，甚至俩绑到一块儿，也难以胜出。但俩人拖住狮子辛格五六十个回合，那是一点问题也没有，再等蒋师仁、巴哈杜尔、扎西多吉他们几个来个群殴，狮子辛格连活的机会都没有。

可咱们说呢，今天大家就没想要了狮子辛格的命。因为要他的命简单，而让他帮着自己完成任务，是更重要的。所以斯郎泽仁和斯郎降措两个人勉强跟狮子辛格周旋了五六个回合，纷纷退开，狮子辛格那是纵马狂奔！

可跑出没几步，辛格回头一看，坏了！自己冲出来了，可队伍的其他人却被联军截在了阵中。狮子辛格不服啊，马上拨马回去，仗着他能打，一个冲锋，又打开个缺口。剩下的印度兵一看，"呼啦"一下，也撒丫子狂奔，一行人总算回到了城下，联军也没再继续追。这时候狮子辛格再点计一下，三千人马，现在只剩了一千不到，而且多数带伤，惨透了！现在只能回城。

阿罗那顺那边，早就听见信儿了，赶紧带着人到城门这迎接。辛格气坏了："大王！拉朱呢？"

"嗯？你找拉朱干什么？"

"都是这小子叫我劫营的，我饶不了他！"

大家仔细一找，拉朱根本没影！咱们说拉朱这家伙多滑啊！他知道情况不妙，早溜了。阿罗那顺也知道，这次偷袭不成，王玄策那边肯定不会善罢甘休，所以赶紧安排辛格带着残兵败将去治伤；然后布置兵力，准备防守；同时，也派出特使，到联军那边去联络，想办法谈判。不管什么，先停战再说吧！

可您说这时候派特使有什么用啊？等特使拿着大旗，举着手，跑到了联军大营，到了就喊："各位，我是阿罗那顺大王派来的使者，我要和你们谈判！"

还真不错，王玄策之前也留过话："只要阿罗那顺派使者，想要谈判，那就别管什么时候，都带来见我！"

士兵们挺懂规矩，给他搜搜身，没敢把他怎么样，然后就带进大营，去见王玄策。可这刚进大营，正碰上蒋师仁！蒋师仁正在大营之中收拾战场、整顿兵马，准备第二天拂晓就开始攻城。正忙活着呢，蒋师仁就看见有个印度人正在往大营里走，蒋师仁就奇怪啊：哎？这是俘虏？不对，俘虏即便是没被我们打伤，也不会穿得那么整齐，这是什么人？所以蒋师仁就问："我说这人！你！哪儿来的？"

第三十五回 印度王临时抱佛脚 蒋师仁攻打曲女城

这个印度特使还会两句汉语:"我是阿罗那顺大王的特使,要跟你们谈判!"

蒋师仁一听,那是火冒三丈,过来一把揪住了特使的衣领:"行,阿罗那顺的如意算盘打得够好的啊!软硬两手都预备着。偷袭成了就把我们往死里打;偷袭不成还想谈判,谈个屁!"

蒋师仁越说越火,撸胳膊挽袖子,就要给特使一顿胖揍。旁边有人看见了,赶紧过来拦住:"先锋不可!"

"蒋先锋,不能打!"

几个人赶紧把蒋师仁抱住。另外有人一看不好,赶紧去通知王玄策。这蒋师仁是余怒未消啊:"奶奶的!你回去告诉阿罗那顺这个混账,现在想谈,可以!赶紧让他把自己捆起来,出城投降,咱们再谈。否则的话,就让他洗干净脖子给我等着吧!爷爷去摘他的脑袋瓜!听见没?滚!"

别看几个士兵都抱着蒋师仁,蒋师仁的胳膊动弹不得,但还有脚呢,蒋师仁挣扎几下,腾出脚来,"嗵"!直接给特使踢出一溜滚儿。特使一看不妙,连谈判的大旗也不拿了,灰溜溜地跑出大营,回城了。等王玄策赶来,特使早都没影了。王玄策也挺生气,蒋师仁你也太大胆了,人家明明是要谈判,你干什么把人家轰走呢?可没想到,蒋师仁那是振振有词:"王大人,今天这事,我是帮您啊!您想啊,阿罗那顺口是心非,他为什么这时候谈判啊?他要是真想谈,早就跟咱谈了,何必等到现在,还特别在偷袭失败之后?还不是因为夜袭失败,他们连点指望也没了,才祭出这一手缓兵之计。这人特别没劲!您放心,我虽然粗鲁了点,但信息传达到了,阿罗那顺要想谈,就自己把自己捆上,出城投降,咱不会为难他。否则连点诚意也没有,我看谈也是瞎谈!咱们把城攻下来,再叫他谈判不迟!那时候他才能说点人话!"

这话噎得王玄策挺难受,但也不得不点头称是,人家蒋师仁说得也不是没道理。

"那就这样吧！下不为例！听见没？"

"行了，王大人，我明白了！"

"好！明天拂晓，开始攻城！咱们的时间紧迫，两天之内必须给我拿下来！"

"行嘞！您瞧好吧！"

第二天拂晓，联军摆开了进攻的态势，分兵四面，同时开始进攻。联军士气旺盛，那是嗷嗷直叫！阿罗那顺这边呢，虽然兵力占优，但士气低落，有点攒鸡毛凑掸子的感觉。好在曲女城的城墙结实，护城河也宽，阿罗那顺还有些信心，觉得防守没问题。可这一打起来，满不是那么回事！蒋师仁根本不按套路出牌！

按说，攻城应该集中兵力，进攻一点，阿罗那顺对这个早有预料，所以他就把一半的兵力平均分布在城墙上，另一半就攥在手中，作为预备队，看联军的主要进攻方向，再进行增援。可没想到蒋师仁的进攻也有意思，就看联军这边，士兵们手持盾牌，拖着云梯和沙袋，就往南城墙下面冲。

印度士兵一看，不敢怠慢，让人爬上城墙还了得？赶紧加强防守，玩命往下射箭。再看联军这边，一顿沙袋填平护城河，不再攻了，拖着云梯跑了。印度兵看了直纳闷，这什么意思？不打了？

正纳闷呢，"轰！轰！"，两块大石头正好砸到了刚才射箭最密集的城墙上，人堆里当时就血肉横飞！还

泥婆罗士兵想象图。赵幼华绘

第三十五回　印度王临时抱佛脚　蒋师仁攻打曲女城

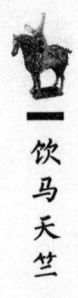

活着的印度兵嗷嗷直叫:"不好啦!咱们损失惨重,赶紧报告大王,南城墙需要救援!"

"是!"

传令兵赶紧报告阿罗那顺,阿罗那顺不敢怠慢,赶紧派预备队增援。可等预备队到了南城墙,这边倒消停了。北城墙又开始闹腾,联军又一拨人发起进攻,印度这边不反击则已,一旦射箭反击,马上就招来投石机的猛砸!紧接着,东西城墙也遭到攻击。联军这边井然有序:你放箭太猛,我们就撤退,用投石机招呼;你要是放箭少了,我就把云梯架到城墙上。有的士兵顶着盾牌就开始爬墙。

印度人这时候一看,不防守不行了,赶紧集中一批人,来推倒云梯。这一推,好,联军士兵也不爬高,跳下来就跑。紧接着又是一顿投石机,"轰!咣!咚咚!",砸到了刚才印度兵扎堆的地方!来不及跑开的印度兵又被砸得腿折胳膊烂。您看见没,这每一步都是细研究过的,印度兵怎么办,蒋师仁他们都有后招,打得印度人叫苦不迭!

第三十六回　师仁虚招巧消耗
　　　　　　　联军声东又击西

　　联军进攻曲女城，这打得可热闹：下面的联军进攻，印度人只要敢放箭阻止，马上就招来投石机的猛轰！如果不放箭，联军就开始搭云梯爬城。这下印度人是不敢不放了，真让联军攻上城头那还得了？所以赶紧组织人推倒云梯。

　　可这一推不要紧，联军士兵还是玩虚的，根本不爬高，你一推，他们跳下云梯就跑。然后又是一阵投石机，砸得印度人叫苦不迭！

　　等阿罗那顺听说联军这么攻城，气得火冒三丈："娘的鬼啊！王玄策竟然跟我们玩这么卑鄙的战术！来人呐！派人出城，毁掉侵略军的攻城器械，我看他们怎么攻城！"

　　"是！"

　　元帅甘尼许赶紧组织人，出城迎战。结果刚一开城门，好！几根对掐粗的大箭破风飞到！

　　"吱！吱！噗！噗！"

涌到门口的十几个印度兵猝不及防，当时被这几根大箭给穿了串儿，倒在一边！咱们书中代言，这就是联军的重型兵器——绞盘弩。这玩意厉害！人都开不了，得用绞盘开，劲头大得很！之前对付盾阵，这东西就显露了威风，这次更是！把印度兵吓得魂不附体啊！剩下有部分幸运的，躲开了绞盘弩，冲出城去，还没等接近联军的攻城兵器呢，也全被联军的劲弩和弓箭射成了刺猬！

您说这还怎么打？印度兵本身士气就低，说打仗，那是勉强振作精神，一看这情况，赶紧一哄而散，关上城门。这回好，只能被动挨打了！

就这样，打了整整一白天，阿罗那顺这边损失不小，死伤两千多人。更重要的是，人无战心，到最后都有点出工不出力了。相对来讲，联军乐观得多，一天下来，死伤才一百来人，蒋师仁也是有意憋他们的锐气，每次都不让玩命强攻，战士们是摩拳擦掌，就等着来真的呢！

等黑夜降临之后，阿罗那顺猜想：王玄策他们肯定不会就这么歇了，得小心他们的夜袭！所以特别交代给元帅甘尼许："甘尼许元帅！你务必布置好，侵略军肯定会夜袭。如有不测，我唯你是问！"

"明白！"

入夜之后，甘尼许小心谨慎，他亲自带兵，就在四处城墙巡查。不得不说，曲女城的城墙真结实，联军拿投石机砸了一整天，除了上面的垛口有所损伤之外，主体结构根本没事！甘尼许正巡查到西城墙，就发现墙外面有火光，他就加了小心，怎么回事呢？再看看，火星越来越多，紧接着遍地都是，甘尼许一看，哎！情况不妙啊！

"马上戒备！"

喊声刚落，所有的火星腾空飞起，明眼人一看，这是火箭啊！印度兵也不是傻子，赶紧举盾遮挡，"当当当当！"

这下好在没人受伤。紧接着，外头是喊声四起！

"冲啊！"

"杀呀！攻下曲女城！"

"哗——"

联军士兵嗷嗷直叫，直扑曲女城的城墙！敢死队踏过已经填平的护城河，开始支放云梯！印度兵没辙啊，只能勉力反击，往下射箭，有的长枪兵使劲顶住云梯，一使劲，"哎！"，就给推翻了。可没想到，推翻一个，又搭上十个，紧接着底下又扔上来一堆搭钩，下面的联军士兵搭住城墙之后，就开始往上爬！一个个是奋勇争先，跟潮水一样，前仆后继地开始攻城！紧接着投石器也开始发挥作用，成块的大石头全都砸向城墙！

"咚！咚！轰轰！"

甘尼许一看，明白，这是总攻了！赶紧找传令兵："快！报告大王！侵略军发动总攻，西城墙需要支援！"

"明白！"

传令兵撒脚如飞，赶紧去报信了。甘尼许就地组织士兵进行反击，枪推云梯、刀砍搭钩，还一个劲地往下射箭。这下联军损失可真不小，一会儿的工夫，死伤好几百。但联军将士们仍然如潮水一般地往上涌，一个也不退缩！

咱们再说阿罗那顺，这家伙也没敢睡，城墙这边一骚动，他也听着信儿了，赶紧组织预备队，准备支援。正这时候，传令兵到了："报告大王！侵略军在西城墙发动总攻，甘尼许元帅正在组织抵抗，请求支援！"

"好！各位啊！梵天在看着咱们，跟我走啊！"

"哗！"

预备队全都涌到了西城墙。这时候情况已经非常紧急，联军已经有一小部分杀上了城墙，印度兵全都咬着牙往上顶，意图把联军赶下去。双方厮杀得正激烈，阿罗那顺带人赶到！阿罗那顺一看这个，马上下令："快！把侵略军赶下去，我重重有赏！杀啊！"

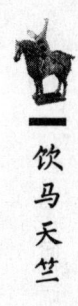

"哗!"

增援的印度兵又潮水一般地涌上来,联军顿时支持不住,被打下城墙,转眼之间,死伤已经近一千。阿罗那顺看得挺高兴:哼哼!小样儿,就你们这两下子,别想算计我!白天围攻半天,就是分散我们注意力,晚上突然集中兵力,来个猛的。我早有预料,这些预备队就是给你们准备的!

这时候,联军方面仍然不气馁,马上再组织人马,继续攻城。阿罗那顺一看:嘿!王玄策他们还真不信邪啊!还来硬的。好好好,我看你们能打几次!

"各位听好,把王玄策的侵略军打趴下,我重重有赏!刹帝利赏封地,吠舍升官!"

这时候,联军又打上来了,阿罗那顺抖擞精神,指挥防守。还别说,阿罗那顺不是废物点心,人家打仗的确有一手。这一波联军的进攻虽然凶猛,但连城墙边都没靠上,云梯全被推倒,搭钩也全被砍断,联军又损伤了好几百人。

阿罗那顺正杀得性起,突然听见空中出现刺耳的响声,"吱!吱!吱吱!",阿罗那顺吓了一跳,这是怎么回事?侵略军这是要干什么?

正想到这,城内杀声四起:"冲啊!"

"杀呀!"

"哗——"

阿罗那顺当时就晕了,怎么回事?王玄策他们什么时候打进城了?

咱们书中代言,这就是泥婆罗元帅苏尔雅的计策,之前印度猛将狮子辛格劫营,全军覆没根本就是板上钉钉的。联军之所以网开一面,就是为了混进一部分内应,以便于攻城。蒋师仁也交代好了:"我们外面怎么攻打,你们不要管,只等我们响箭一起,你们就里应外合,四处呐喊,开城门配合我们!但你们记住了,不许放火!"

"是!"

"明白!"

所以这响箭一起,内应们马上各自行动,四处鼓噪,而且放暗箭杀人。

"噗!噗!"

"啊!呃!"

这回也没放火,隐蔽性不错,这些人在暗处,印度兵在明处,根本找不见,所以是乱作一团!

这时候,联军在外面又发起了猛攻!

"哗!"

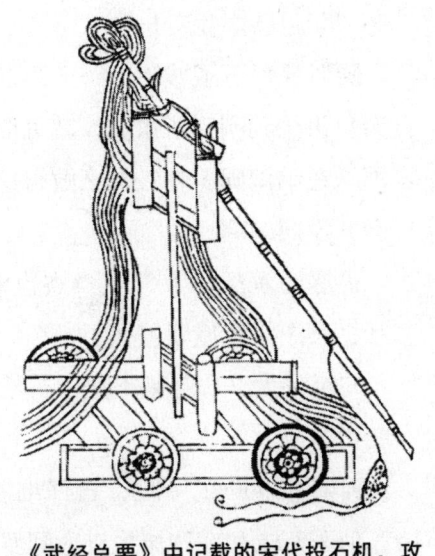

《武经总要》中记载的宋代投石机,攻城利器,形式上也许和唐代大同小异

联军士兵扛着云梯,潮水一般地涌向城头。阿罗那顺现在彻底没脾气了,可劲嚷嚷:"防守!快防守!"

这时候印度兵全乱了,谁听他的啊?有些士兵扔了兵器就想跑,阿罗那顺火往上撞,抡起宝刀:"咔嚓!咔嚓!"

带头跑的俩士兵挺倒霉,当即横尸当场。阿罗那顺抬靴子底擦擦血:"快回去防守!谁敢后退,定斩不饶!"

这回印度兵一看,没辙了,前也是死,后也是死,只能勉强返回城头,奋力苦战。这回战斗可太血腥了,联军士气旺盛,再加上有投石机和弓弩的掩护,几度杀上城头,阿罗那顺倒也不是善茬子,指挥士兵就地反击,与联军展开肉搏战,双方死伤都挺大。

正这时候,西城墙正打着,东城墙又是火光四起,杀声震天。阿罗那顺心里一惊:坏了!我们中计了!王玄策的目标是东边,我们这里是假的!想到这,阿罗那顺赶紧把甘尼许元帅叫过来:"甘尼许,东城墙那边有问题,你在这顶住,我立即增援东边!"

"明白!"

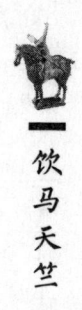

"禁卫队跟我走！"

阿罗那顺下了城墙，跨上马，带着禁卫队，"吘吘吘"，就往东边狂奔！没想到刚到了东城，就见前面的败兵如同潮水一般退了下来。阿罗那顺还纳闷呢：嗯？怎么败得这么快啊？我城墙上摆了一些兵将，挡一会儿没问题啊！

正琢磨着呢，大领主桑杰也败下来了，阿罗那顺赶紧把他拦住："吁！桑杰，东城墙怎么了？"

"哎呀大王！赶紧跑吧！东城墙失守，敌人打进来了！"

"啊？"

阿罗那顺吓了一跳，再仔细看看，可不是嘛！东城门那边乱成一团，似乎有士兵在往城里进。阿罗那顺吓得直哆嗦：怎么王玄策能打进来呢？

咱们书中代言啊！来的这些内应，可不光是呐喊一下、骚扰一下就完。蒋师仁特别把最精锐的一队叫住，单开了会："你们的任务是彻底扰乱西城门，能弄多大动静，就弄多大动静，尽量吸引印度兵的注意力。等外面杀上城墙之后，你们要去开城门。"

"是！"

"明白！"

这队人马依计而行，等信号一起，所有内应一起发难，城里乱作一团，这一队人马就开始行动。往西城墙上射火箭、扔石头、嗷嗷地呐喊，弄得西城墙的守将桑杰不知道怎么好。这时候有的人还挺坏，有的人还用印度语喊："不好啦！东边快被打趴下啦，赶紧增援啊！"

"哗！"

桑杰听完吓了一跳，赶紧手搭凉棚往东边看看，一看，果然东边火光冲天，桑杰也急了，赶紧组织部队增援，城头是乱作一团啊！

正在这个乱的时候，一百多个精锐的吐蕃勇士已经摸到了城墙外头，趁着乱的时候，把搭钩抛到了城墙上。这回蒋师仁也特别布置了，一百个吐蕃勇士，一人带五条搭钩，还有四块石头，都拴好了，等城里一乱，全都扔上城头，然后选那条没石头的，开始爬城。城头上本身就乱作一团，注意绳索的人不多，这回可好，五条绳索，四条是假的，印度兵一半时根本分辨不清。有的机灵点，拿着火把往城外照，惨喽！城外早就埋伏了一百精锐的弩兵，就在暗处盯着城墙上，谁敢探头，当时就一箭狙杀！这回城头上更乱了，印度兵只能拿刀砍绳索，可是绳索又多又结实，一来分辨不出真假，二来砍的动作也不能太大，动作一大，外头有弩箭伺候。这不费劲了吗？所以还没等印度兵砍完，八十多个吐蕃勇士已经攀上城头，抡着砍刀，跟印度兵开始了肉搏战！

第三十七回　印度王城破出逃
　　　　　　猛辛格力尽被擒

　　联军声东击西，强攻东城墙，弄得阿罗那顺风声鹤唳，全城吃紧。这时候，西边也开始行动，内应一起发难，往东城墙射火箭、扔石头，而且还有人喊："不好啦！西边快被打趴下啦，赶紧增援啊！"

　　"哗！"

　　东城门的守将桑杰一听，也是心神不宁，赶紧组织士兵，准备过去增援，城墙上乱成一团。这时候，联军的奇袭队趁乱开始行动，一百个吐蕃勇士开始悄悄爬城！他们每人扔上五条搭钩，实际只用一条，虚虚实实，外面还有弩兵掩护，所以印度人防不胜防！想拿大刀砍断搭钩，根本砍不完！时间不大，八十多个吐蕃勇士已经攀上城头，抢着砍刀，跟印度兵开始了肉搏战！

　　"叮当！咔嚓！咔嚓！"

　　"哎哟！"

　　"咔嚓！"

城头上这回更乱了，桑杰一看，只能指挥所有的兵力，开始跟爬上城头的吐蕃勇士开战。内应们一看，机会来了！他们也冲向城门，反正这帮人也穿着印度兵的衣服，城门这乱成一团，没人管他们。内应过来，三下五除二，杀散城门的守军，赶紧衣服一脱，省得误会。然后就大开城门！

外头埋伏的主力，正是吐蕃大将扎西多吉。这家伙早就等不及了，一看城门大开，马上率领一千吐蕃骑兵，就杀进城内！见人就砍，那跟砍瓜切菜相似啊！

这时候城门一破，印度兵当时就慌了，人无战心，好多干脆不打了，扔掉武器投降。大领主桑杰一看，再也打不下去了，干脆也领兵败逃。说实话，从爬城开始，到吐蕃骑兵涌进城内，一共没用了半个小时。

再说阿罗那顺，东城门失守，他知道情况不妙，可怎么办呢？回头再看看，西城门这边也悬了，联军再次攻上了城头。四个城门被攻破俩，城破也只是早晚的事。阿罗那顺再看看身边，就剩了一千多人的禁卫队，再想反扑啊，门儿都没有！阿罗那顺一抖落手，完！曲女城算彻底守不住了！

这时候，北城门的守将拉朱，这家伙滑头，他一看情况不妙，东西城门都遭到猛攻，城破是早晚的事。这家伙一琢磨：我可不能被逮住，逮住就得吹灯拔蜡！赶紧跑吧！

这家伙本来就想从北门开关落锁，直接逃。可北边，蒋师仁用了疑兵之计，远处点了模模糊糊一片灯光，而且布置了一些稻草人，远远看去，这里好像也有不少人马。拉朱现在是惊弓之鸟，他就没敢走北边，带着人马奔了南边，正好跟阿罗那顺碰上。拉朱一看是阿罗那顺，高兴坏了：好！大王要是也跑了，王玄策他们的主要目标肯定就不是我了！

所以拉朱赶紧吵吵："大王！快撤吧！再不撤就完啦！"

阿罗那顺咬了三回牙，想再回去拼命，拉朱一拽他："陛下，别努

第三十七回　印度王城破出逃　猛辛格力尽被擒

213

了，留得青山在，不愁没柴烧！咱撤吧！死在这，可就便宜唐朝人了！快走吧！"

阿罗那顺再三犹豫，最后也没勇气拼死一搏，只能灰溜溜地跟着拉朱往南撤。南城门这回是由猛将狮子辛格镇守，这边倒还算安静。但其实这也是王玄策和蒋师仁有意布置的，围三缺一。西面猛攻，东面奇袭，北面疑兵，只有南面什么都没放。这也难怪，如果四面困守，敌人知道出不去，没准就殊死一搏，这还真不好办。要是围三缺一呢，敌人总有条后路，往往他就没有勇气死拼，这也是心理战的一种。且说阿罗那顺带着人撤到了南城门，狮子辛格早就严阵以待了，一看是大王，马上接出来："大王！战况如何？"

阿罗那顺口打咳声："辛格将军，战况不妙啊，看来曲女城要沦陷了！"

辛格一听，心里也咯噔一声："大王，这可如何是好啊！"

阿罗那顺晃晃脑袋："咱们还有战象部队没动用，为今之计，只能弃城而走，跟战象部队会合，再组织兵力打回来了。好在战象部队是咱们的王牌，侵略军那边应该根本没见过，吓也能把他们吓死！所以咱们翻本应该不难。"

正聊的时候，拉朱有嗷嗷直叫："大王不好！侵略军打过来了！"

阿罗那顺赶紧扒城头观看，一看，可不是嘛，远远地一条火龙，直奔南城门而来。阿罗那顺吓得头皮发麻："坏了！快走吧！"

这时候，狮子辛格分獭尾、撩战裙："陛下，您赶紧撤吧，末将死守城门，掩护您撤退！"

"哎呀！我多谢辛格将军了！"

阿罗那顺也来不及说别的，赶紧下了城门，带着残兵败将，拉朱突前，桑杰殿后，阿罗那顺居中，赶紧就逃出曲女城。

再说狮子辛格，这家伙也真是条光棍，别看受了点伤，一点不在乎，马上下了城墙，跨上战马，抄起嘎斯战锤，带着手下的五百轻骑，

第三十七回 印度王城破出逃 猛辛格力尽被擒

曲女城城门遗址。也许阿罗那顺就是从这里逃跑的

把住城门，就等联军前来。

咱们再说蒋师仁这边呢，别看计划挺周全，但损失也不小，等打破东西城墙，联军的死伤也已经破了两千人，蒋师仁急得两眼冒火：娘的，这回非得把阿罗那顺逮住，才算够本，不然的话，那就赔大了！所以城门一破，蒋师仁也不管城墙上的残兵了，留给泥婆罗元帅苏尔雅收拾，他马上带着巴哈杜尔轻装前进，几百骑兵就扑向城中心，打算逮住阿罗那顺。

这时候呢，吐蕃骑兵也在大将扎西多吉的带领下，扑向城中心，等两边会合了一看，阿罗那顺根本没影！蒋师仁脑子一转个："嘿！阿罗那顺的腿还挺快啊！那咱们得继续找啊！扎西将军，你带着人往北找，我带着老巴往南找。务必得把阿罗那顺给抓住！"

"明白！"

于是蒋师仁和扎西多吉兵分两路，继续找。且说蒋师仁这一路，等找到了南城门，一看，好！老冤家狮子辛格正在这严阵以待呢，五百骑兵直接把城门堵死。蒋师仁心里就明白了八分：哦！看来阿罗那顺就在

215

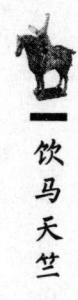

这边，不然狮子辛格也不会这个架势啊！所以蒋师仁根本不废话，纵马抡槊，直扑狮子辛格。狮子辛格一看，赶紧下令："后面的士兵，等我有危险，你们再上，不然不许动！"

咱们说，狮子辛格这也是没辙了，要是一起上，联军那边也会全军出动，自己这点人，还不够人家塞牙缝的，覆灭只是瞬间的事。如果凭单挑顶一顶，拖得时间还能长点，我们大王也能跑得远点。

这时候，蒋师仁已经冲到眼前，抡槊当头就打！

"啊嘿！"

狮子辛格一看，不敢怠慢，马上把两锤并到一起，海底捞月："嗨！"

"当啷！"

两个人劲头都挺大，所以这一下，火星四溅，蒋师仁的大槊当时被崩起三尺多高，俩人都震得在马上一晃悠。蒋师仁心说：行啊！这家伙可是个好对手，之前夜袭他就受了伤，现在看一点影响也没有啊！有意思！

所以蒋师仁继续抖擞精神，一槊紧似一槊，一槊快似一槊，直往狮子辛格的脑袋上招呼！狮子辛格呢，今天也是拼了，我要是完了，我们大王也就悬了！就算赢不了，我也必须拖上一阵！所以他也把压箱底的功夫全拿出来了，施展平生所学，就跟蒋师仁战在一处！五六个回合没分胜负。俩人跟打铁相似，"叮当！叮当！"，就看谁力气大了！可是呢，两个人的本事差不了太多，这回呢，因为狮子辛格受伤，蒋师仁能占些便宜，但三五十个回合之内，要想把狮子辛格赢了，也挺困难。

这时候，泥婆罗猛将巴哈杜尔在旁边看的着急啊！照这么打，得什么时候是个头啊？打完了，阿罗那顺也跑远了。看来今天也别一对一了，干脆来个群殴吧！所以巴哈杜尔也纵马出阵，挺大枪直取狮子辛格！

蒋师仁在旁边一看："老巴！回去！我没叫你上来啊！"

"哎呀我说蒋老弟啊，现在可不是单打独斗的时候，你跟这耗时间，阿罗那顺早跑了，咱们赶紧动手，把这家伙抓住是真的！"

蒋师仁脑袋一转个儿：也对，现在还讲什么单挑啊？所以也不说话了，俩人双战狮子辛格。这回狮子辛格可惨了，一个蒋师仁他就快受不了了，再加一个巴哈杜尔，所以那是手忙脚乱。不过狮子辛格也够硬的，就这么二对一，又死撑了五个回合，累得他是呼呼直喘。最后蒋师仁一看，太费劲了，干脆我们来个狠的吧！所以一边打着，蒋师仁一边说：

"老巴！"

"蒋老弟，在呢！"

"这家伙的两柄锤还挺厉害！这样，下个回合咱俩一起，你崩他的左锤，我崩他的右锤，都给他崩飞了再说！"

"明白！"

说到这，正好这回合结束，蒋师仁和巴哈杜尔两个人一趟马，各挺兵刃，运足了力气，从左右就直接抡向狮子辛格。狮子辛格一看不好，赶紧运足了力气，一锤架一个："开！"

"当啷！当啷！"

这回可惨了！咱们说狮子辛格，力气挺足，俩锤并到一起，无论是对付蒋师仁的大槊，还是巴哈杜尔的大枪，重量上都吃亏。刚才狮子辛格双锤还击，体力消耗挺大，但力气头上不吃亏。这回可不行了，单锤的重量不行，所以碰这两下之后，狮子辛格只感觉虎口钻心地疼，俩锤也握不住了，"咣！咣！"，双锤落地！

蒋师仁一看，高兴坏了，就势反背就是一杆，"啪！"，正抽到狮子辛格后背上。咱们书中代言，蒋师仁这回是真留情了，他也欣赏狮子辛格的忠诚和武艺，所以打的时候只用了五分力，而且用的是槊杆，没用带钉子和枪尖的槊头，不然就直接把他打死了！不过就这样，狮子辛格也受不了啊！他只感觉眼冒金星，嗓子眼儿里发甜，"哇！"，就是一口鲜血，紧接着也坐不住了，"扑通"，栽倒在地。

这时候巴哈杜尔一看，也乐了，直接高声怒吼："你们主将完了！降者免死！不投降的一律穿蛤蟆！"

第三十八回 蒋师仁错失良机
王玄策会见俘虏

　　狮子辛格大战蒋师仁和巴哈杜尔，这回尽了全力，可毕竟辛格不是铁打的，体力无限，单一个蒋师仁，他赢得了赢不了还两说着，这还加上一个猛将巴哈杜尔，两猛碰一猛，输是必然的。所以硬顶了七八个回合，让两人把战锤崩飞，蒋师仁反手一杆，打在了狮子辛格的背上。

　　咱们书中代言，蒋师仁真是留情了，只用了五分力，而且用的是㮾杆，这要用上㮾头，又是枪尖又是铁定，准把他打死！但就这样也不行，狮子辛格口吐鲜血，落马被擒。

　　这时候巴哈杜尔一看，也乐了，直接高声怒吼："你们主将完了！降者免死！不投降的一律穿蛤蟆！"

　　狮子辛格的五百骑兵，现在也已经是士气丧尽，狮子辛格都败了，我们不更完了吗？所以有的跑了，有的干脆下马投降。也有那么几个不服的，要跟蒋师仁和巴哈杜尔拼命，您说那还能有好吗？直接就被当场穿了蛤蟆。

等解决了狮子辛格的兵，蒋师仁一看："老巴！"

"有！"

"你带二百人，马上收拾战场，这个印度将军就交给你了。记住了啊！不要亏待，要找医生好好调治。听明白没？"

"明白！"

"好！剩下的人跟我走，追阿罗那顺去！冲啊！"

"哗——"

蒋师仁又带着二百骑兵，旋风一样地追下去了。

这时候，攻城战已经进入了尾声，阿罗那顺的丞相巴拉特在王宫防守，结果不敌被擒。西城墙上，元帅甘尼许力斩二十多人，最终也是力尽被擒。大领主苏雷什在城中碰上了吐蕃大将扎西多吉，结果也被活捉，整体战局大势已定，行军大总管王玄策安然进城。

等进城之后，王玄策骑在马上，特别高兴，对着那罗迩娑婆寐说："大师，这回多谢您了，有您的情报，我们才能打得如此顺利。"

那罗迩娑婆寐也挺会来事："哎！将军，这都是您用兵如神，我不过是帮了点小忙而已。而且将军本次攻城，已经做得很好了，曲女城破坏并不严重，我在这里先行谢过。"

这时候有士兵来报："报大总管，我们已拿下曲女城，请问在何处扎下行辕？"

王玄策听罢，就问旁边的那罗迩娑婆寐："大师，您说在何处扎下行辕比较好呢？"

"这个，我建议将军不要进入印度的王宫，因为这是印度人心中最神圣的地方。如果将军不嫌弃，可以在丞相府或者将军府扎营。"

"哦，这好办！来人，奔丞相府！"

就这样，王玄策就在丞相府扎下行辕，这时候天光大亮，战场也打扫得差不多了，将军们也把俘虏押到这里。王玄策点击数量，这一看，嚯！收获颇丰啊！阿罗那顺的丞相巴拉特、元帅甘尼许、第一猛将狮子辛格，外加上大领主苏雷什，都被生擒活拿，剩下的，逮了将军十位、副将二十八位。还有八千多士兵，也当了俘虏。

再看看自己这边呢，士兵损失也不小，泥婆罗方面损失最大，阵亡一千多人，伤了一千二百多人，将军夏尔马和卡特利负了伤；吐蕃方面，战死一百多人，伤了二百多人，副将斯郎泽仁受了点伤；还有其余的小国军队，也死伤了三百多人。但无论如何，曲女城拿下，这让大家伙儿松了口气。

可这王玄策点来点去，蒋师仁踪迹不见，另外还有二百泥婆罗骑兵也不见踪影。王玄策就奇怪啊：哎？蒋师仁跑哪儿去了？

"哎，各位将军，你们看见蒋先锋去哪儿了吗？"

巴哈杜尔知道，赶紧挺身出列："报告大总管，我们生擒狮子辛格之后，蒋先锋猜想，阿罗那顺应该就在前面，所以就带着二百骑兵追下去了。是不是一直没回来呢？"

王玄策一听，心里直犯嘀咕：怎么回事呢？蒋师仁的武艺，大家都知道，要说他的脾气急，去追阿罗那顺，也不奇怪，怎么这时候还没回来呢？难道有什么不测？

正琢磨着呢，外面一阵大乱，蒋师仁气急败坏地拎着一个人进了行辕，然后劈手把这个人扔在地下。大家伙儿一看，不是阿罗那顺，倒是阿罗那顺手下的大领主桑杰！王玄策一看，赶紧问："蒋先锋，你这是？"

"嗨！都他妈因为这小子，还有那个坏事的拉朱，要不然，我肯定能逮住阿罗那顺！"

有人问了，这是怎么回事呢？咱们说，蒋师仁的直觉没错，所以带着骑兵一路追下去，还真的追上了阿罗那顺，蒋师仁是气炸连肝肺、锉碎口中牙啊！我们之所以这么惨，全都是你弄得，你给我拿命来吧！

所以无论阿罗那顺怎么加速逃跑，蒋师仁仍然是紧追不舍。这时候阿罗那顺魂儿都吓飞了："快护驾！护驾！"

断后的桑杰一听，万般无奈，只能率兵掉头，大战蒋师仁！可咱们说，桑杰的功夫也就是一般般，能挡得住蒋师仁吗？桑杰一提马，带着一部分人反过来冲击蒋师仁，蒋师仁一看乐了："行！来得好，你给我着家伙！"

"呜！"

大槊对准了桑杰的头顶就拍，桑杰一看不好，赶紧把枪一横，想扛住蒋师仁的大槊。可重量相差太大，所以这一扛不要紧，"咔嚓"，桑杰的枪直接被砸折，紧接着大槊就带着风声，砸到了桑杰的肩膀上，"啪！"，桑杰当时骨折，疼痛难忍，落于马下。蒋师仁高兴，几槊下去，把前头挡路的印度兵赶散，正要催马再追，这时候战马一歪，"稀溜溜！"

当时"扑通"就来了个跟头，蒋师仁一个不慎，直接被掀到了马下。蒋师仁还纳闷呢：怎么这马突然就摔跟头呢？仔细一看，不摔跟头才怪呢，脖子上挨了一箭。蒋师仁再往远处一看，那个惹事精，大胡子拉朱拖着弓正跑呢，蒋师仁是锉碎钢牙啊！他娘的，又是这个混账搞的鬼！等蒋师仁换了马，想要继续追，人家早就跑远了。蒋师仁气得不行，把一腔怒火发泄到了别的印度兵身上，投降的捆上，不投降的，一律打死。等收拾完了，留下一百骑兵打扫战场，蒋师仁拎着俘虏桑杰，回归大营。

这就是其中的情况，蒋师仁越说越气，急得直拍大腿："他娘的！都因为他，还有那个拉朱，阿罗那顺又溜了！唉！"

泥婆罗猛将想象图。也许书中的巴哈杜尔就是这个形象。赵幼华绘

第三十八回　蒋师仁错失良机　王玄策会见俘虏

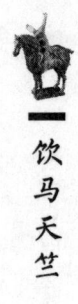

王玄策听了，赶紧安慰他："蒋先锋，你不必把这事太放在心上了。经此一战，阿罗那顺兵力丧尽，逮住他，只是时间早晚的问题了。你先休息几天，咱们还有很多的工作要做。"

"是！"

这时候，泥婆罗猛将巴哈杜尔再次出列："大总管，我有话讲！"

"讲！"

"大总管，我蒋老弟这次没能抓住阿罗那顺，太可惜了。但我也明白，蒋老弟和您之后还有好多的工作要做，抽不开身。但是弟弟没出气，当哥哥的得出头啊！末将不才，愿带一队骑兵，前去追击阿罗那顺！我一定把他活捉回来，给大总管、还有我蒋老弟出气！如有差错，甘当军令！"

这时候，泥婆罗将军沙阿也出列施礼："大总管，巴哈杜尔将军所言甚是，我愿意随他一同追击阿罗那顺！"

泥婆罗这边挺积极，吐蕃副将斯郎降措也不干了："大总管，泥婆罗人可以，我们吐蕃怎么不行？末将也请令，进行追击！"

王玄策一看："这个……"

说实话，王玄策现在最头疼泥婆罗和吐蕃两家争功，毕竟兵不是自己的，两家一闹，可大可小，斗斗嘴皮子不要紧，要是离心离德，倒霉的是自己啊！所以必须一碗水端平。想到这，王玄策就说了："好！几位将军说得有理。只不过，咱们现在刚刚进入曲女城，事情繁多，兵力不足。这样，你们带吐蕃精骑三百，泥婆罗锐骑七百，一共一千人，追击阿罗那顺。不过千万注意，如果阿罗那顺毫无还手之力，你们自可以动手活捉他。要是有任何的困难，千万别硬拼，飞马回曲女城报告我！"

"明白！"

"是！"

就这样，这一支部队出去了。王玄策赶紧处理手头的事，现在最重要的，就是收服人心。毕竟王玄策这次来的目的不是征服印度，得跟人家说清楚啊!

有人问了,怎么收服人心呢?这就得从几个重要的俘虏身上下手了,王玄策落座大营,马上下令:"给我把巴拉特丞相带上来!"

底下士兵把巴拉特带到,巴拉特身上受了点伤,他本来没抱着活的希望,他觉得:别管人家唐朝人对错与否,我们大王处理的方式不敢恭维。可我身为臣子的,没法改变大王的想法,只能吃瓜落,这就是我们的宿命吧!今天既然活不了,无论如何,我不能丢了我们印度人的脸!

所以等巴拉特到了之后,旁边的士兵一瞪眼:"跪下!拜见我们大总管!"

"哼!"

巴拉特不屑一顾,是立而不跪,连行礼都没有,就恶狠狠地瞪着王玄策。旁边的联军士兵一看,哟呵!还拧是不是?

"跪下!"

"快跪下!"

两个士兵过来,就要踹巴拉特的腿肚子,王玄策一摆手:"哎!不要为难人家!巴拉特丞相,我是大唐使臣王玄策,我记得我上次出使的时候,咱们就见过面,别来无恙啊!"

巴拉特也没给王玄策好脸子:"哦,我记得,大唐使者王玄策。我记得上次你们来,是拿着礼物、和颜悦色的。这次改了,直接出兵了,闹了半天上次你们是来侦查的!可惜我们戒日王有眼无珠,错把你们当了好人!他老人家一亡故,就出了这等糟心事。早知道这样,就应该上次一刀一个,把你们宰干净!也免了这次的麻烦!"

王玄策听完,哭笑不得啊!自己怎么来的,合着人家不清楚,全弄拧了。所以王玄策口打咳声:"巴拉特丞相啊,你听我说!"

第三十九回　服人心曲女城平定
　　　　　　劝敌手王玄策用诚

　　王玄策攻下曲女城，现在首要任务就是收服人心，毕竟自己这次不是为了征服印度而来，你得跟人家解释清楚啊！所以王玄策先让人把阿罗那顺的丞相巴拉特带过来，巴拉特也没什么好态度，见着王玄策，就骂了一顿："大唐使者，我记得上次你们来，是拿着礼物、和颜悦色的。这次改了，直接出兵了，闹了半天上次你们是来侦查的！可惜我们戒日王有眼无珠，错把你们当了好人！他老人家一亡故，就出了这等糟心事。早知道这样，就应该上次一刀一个，把你们宰干净！也免了这次的麻烦！"

　　王玄策一听，哭笑不得啊！果不其然，阿罗那顺这边没说自己的好话。而越是这样，越得把话说开。所以王玄策口打咳声："巴拉特丞相，您错怪我了。"

　　"哦？我还错怪你了，那你为什么向我们印度用兵？"

　　"巴拉特丞相，我相信我的公文，您应该看到过吧？"

"没错,我看到过。"

"看到过那就妥了!巴拉特丞相,是这么这么回事。"

王玄策把自己的使团被劫一事,原原本本地讲述出来,包括三次来公文,打算和平解决的意思,也全都说了。最后王玄策还说:"巴拉特丞相,不瞒您说,我们此来,本打算见见戒日王,继续巩固咱们大唐和印度的友好关系。可没想到拉朱这小子玩狠的!而且我们在华氏城也逮住了他,他一口咬定,我们使团被劫一事,是阿罗那顺指使的。而且我们再三发公文,打算跟你们谈谈这件事,咱们但能和平解决就和平解决,我也明白,一旦动兵,后患无穷!可是阿罗那顺每次就不干,撕毁公文,还打了信使。巴拉特丞相,我不知道你们印度什么规矩,在我们大唐,这么干就等于打我们大唐的脸,不揍他揍谁?"

咱们说,砍的没有旋的圆,王玄策说的都是事实,又没有拉朱这种惹事精在旁挑唆,所以巴拉特听着,句句在理。不过巴拉特还有疑虑:"唐朝使者,你们说得倒也在理。我在我们大王身边,也看得明白。整件事,拉朱肯定身上有屎,所以一直在旁挑唆,看来他才是这件事的罪魁祸首!也怪我们大王偏听偏信,以至于有今天的结果。不过唐朝使者,你敢说你来我们印度,没搞什么阴谋吗?你们这次来,到底想干什么?"

王玄策一听,乐了,看来巴拉特是听进去了,你听进去我就好办事。

"巴拉特丞相,既然您肯跟我们交心,我们也没必要藏着掖着。我这里郑重跟您说,我们这次来访,真的就是为了大唐和印度之间的友好关系。要说具体要求嘛,也不是没有。我们希望可以从你们印度,引进一批梵文大师;另外,还希望从你们印度,引进石蜜的制法。仅此而已。"

巴拉特一听都傻了:"啊?就这些吗?"

王玄策一乐:"当然,就这些。不过现在看样子,我还得加上一条要求。"

嗯？巴拉特倒抽一口冷气，果不其然，重点在这呢！如果唐朝人想让我们割让城池和土地，这个……我绝不能同意！可现在唐朝这支联军势如破竹，如果他们要来真的，谁拦得住他们呢？就算阿罗那顺大王和东天竺王、南天竺王合力，也没有必胜的把握。哼哼，看来我得卖卖我的老命了！巴拉特瞄了瞄，自己离着王玄策，大概有十步，要是来个突然袭击，直接扑到王玄策面前，把他的喉咙拧断，应该差不多。行！这我就心里有底了，我听听他王玄策说什么吧！

这时候，就听王玄策清清嗓子："最后这个要求嘛，我们大唐是礼仪之邦，无论何时何地，都讲求个理字，这次出这么大事，我得回去向我们皇上有个交代。我们必须抓住罪魁祸首，也就是拉朱，带回我们大唐！"

巴拉特忍了半天，就等王玄策说割让土地，当即冲过去把他掐死，没想到等了半天，王玄策没说这个。这完全出乎巴拉特的意料："就这个要求？"

"就这个。不过我有言在先，你们大王阿罗那顺几次无理，也已经触犯我们底线。你们最好劝一劝他，让他迷途知返，要是再执迷不悟，我们可不止要逮拉朱，更要把他阿罗那顺逮住，一并作为罪魁祸首，带回我们大唐！"

这时候那罗迩娑婆寐也在旁边帮腔："巴拉特丞相，唐朝使者可是我所见过的最宽宏大量的人。咱们大王做得如此不像话，人家答应了，只要迷途知返，仍然可以既往不咎，在咱们印度也没这个道理啊！此等好意，咱们还不领了？"

巴拉特一听，连那罗迩娑婆寐都这么

丝绸之路上出土的印度人俑。也许丞相巴拉特就是这个形象说，他是深信不疑："好吧！既然大师这么说，大唐使臣的心意，外臣心领了！我定会尽力劝说我们大王，但也希望大唐使者言出必行。"

"巴拉特丞相请放心，我们大唐的子民，奉孔夫子为师，向来讲究：与朋友交，言而有信！"

话都说到这份上了，巴拉特也没什么可说的了，赶紧退到一旁，站在了王玄策的旁边。王玄策一看："哎！巴拉特丞相是主人，我是客人，岂能由主人站着，客人坐着的道理？来啊！搬把椅子，请巴拉特丞相上座！"

下面有人搬来椅子，放在王玄策的右边，也就是上位，巴拉特落座，王玄策接着下令："带甘尼许元帅上来！"

下面有士兵把印度元帅甘尼许带到。咱们简断截说，甘尼许跟巴拉特，他们是阿罗那顺一文一武两大支柱，但思维差不多。王玄策以实情相告，巴拉特和那罗迩娑婆寐再一起劝，所以时间不大，甘尼许也跟王玄策和解了，站在旁边。

第三个带上来的是狮子辛格，咱们前文说了，狮子辛格身负重伤，不过好在蒋师仁手下留情，没要他的命。狮子辛格的身体也好，经军医急救，已无大碍。他憋着劲，知道王玄策得提审自己，所以想的是我怎么能要了他的命呢？

正琢磨呢，士兵把狮子辛格带到，狮子辛格往上一看，好！丞相、元帅都跟王玄策旁边呢，一坐一站，看样子还挺亲密。狮子辛格就纳闷：嗯？我们丞相和元帅让人家给灌了迷魂汤了？怎么跟侵略者一起了？我可得小心啊，切不可让他们洗脑！

这时候王玄策说了："辛格将军，你的伤怎么样了？"

"你管呢！要杀说话，吃肉张嘴！今天爷爷这一百多斤就卖给你了！"

王玄策一看就明白，这是个刺头啊！只能耐心相劝："哎！辛格将军，请您暂息雷霆之怒、休发虎狼之威。我有几句话，得跟你说清楚。"

狮子辛格一晃脑袋："想说话是吧？我不听！不听不听就是不听！"

第三十九回　服人心曲女城平定　劝敌手王玄策用诚

227

王玄策一看，嘿！这还真够硬的！他拿眼睛一瞟印度丞相巴拉特，巴拉特也明白，赶紧说话："辛格！不得无礼！怎可对贵客这么说话？"

狮子辛格瞪着牛眼："我说丞相，你别说我，你跟侵略者站在一起，我还没骂你呢！这些侵略者到底给你什么好处了？你说啊！"

"辛格，你别胡说八道！唐朝使者什么好处都没给我！"

"哼哼，那你跟侵略者穿一条连裆裤，更是自甘堕落！我懒得理你！滚吧！"

说到这，这狮子辛格干脆把眼睛一闭，往地下一躺，开始学滚刀肉了。最后那罗迩娑婆寐一看，出来了："辛格将军！听老朽说一句！"

"我不听！谁说我也不……哎？"

辛格还想骂，但听着声音不对，再睁眼一看，这个人没怎么见过，但穿着打扮与众不同，只见此人身高不高，满脸皱纹，长胡子拖地，身穿丝绸法袍，脖子上挂着法螺，左手锡杖，右手拂尘，明眼人这一看，那是婆罗门！

咱们说狮子辛格，你别看他跟巴拉特这边不管不顾，跟婆罗门可不敢，印度的种姓制度就这么厉害！所以狮子辛格一骨碌身站起来："婆……婆罗门大师……您怎么也跟侵略者在一起呢？"

"辛格将军，你错怪唐朝使者了，他们不是侵略者。"

"哦？不是侵略者，那为什么发兵侵略我们印度？"

王玄策一看，嘿！那罗迩娑婆寐还真管用，他一说话，辛格马上就不那么硬了，所以王玄策赶紧过来，把自己的苦衷又讲述一遍。咱还是那句话，砍的没有旋的圆，事实就是事实。所以王玄策讲完，狮子辛格也不觉得是假的。不过辛格还不放心："我说王玄策，你说你之所以来，全都是拉朱在这捣鬼，我们大王也有责任，这咱们且放在一边。我就问你，你真的没有心侵略我们印度吗？"

王玄策点头："没错，辛格将军，我们大唐对印度并没有非分之想，这件事完后，我们立刻撤兵，把印度的命运还交给你们印度人自己。"

"那你敢不敢发誓？"

"那有什么不敢的？我王玄策就此发誓，我们此来，就为我们大唐争一口气，抓住罪魁祸首拉朱。等事情结束，立即撤兵回大唐。如嘴不对心，天诛地灭！"

狮子辛格心里这才舒服一点："好！唐朝使者，你说的话我可以信。但我们怎么知道，你下面没搞什么其他的阴谋？"

王玄策听了这话，当时就乐了："哈哈，这个简单！辛格将军，我看你也是直性子人，不如你就带着辖下部队，守卫我的中军大帐怎么样？"

这话一出，所有人都吓了一跳，尤其是蒋师仁。蒋师仁心说：嘿！我们大总管真敢说，狮子辛格是什么人？那他妈比狮子还狮子！我对付起来都费劲，其余的人，谁也不敢说能治住他！好，我们大总管还让他守卫中军大帐，这不是在狮子旁边睡觉吗？一个不留神，非让他吃了不可！我们救都来不及！这可绝对不成！

第四十回 定大势婆罗门告辞
急求功吐蕃将冒进

王玄策劝服敌将，丞相巴拉特和元帅甘尼许，这俩先没事了，人家讲理，这就好说，再加上那罗迩娑婆寐的帮忙，这俩是服服帖帖，跟王玄策重归于好。可唯独狮子辛格，那是不服不忿，即便那罗迩娑婆寐来帮忙劝，他仍然翻着眼睛："唐朝使者，你敢说你对我们印度没有侵略之心吗？"

王玄策一听乐了："哈哈！我们还真没有！如果辛格将军不信，我请你给我守卫中军大帐如何？"

"嗯？"

这回不光狮子辛格，在场的每一位都傻了。尤其是蒋师仁。蒋师仁心说：嘿！我们大总管真敢说，狮子辛格是什么人？那他妈比狮子还狮子！我对付起来都费劲，其余的人，谁也不敢说能治住他！好，我们大总管还让他守卫中军大帐，这不是在狮子旁边睡觉吗？一个不留神，非让他吃了不可！我们救都来不及！

所以蒋师仁赶紧出来，抱拳施礼："大总管不可！咱们的中军大帐，怎可让敌人来守卫？"

王玄策摆摆手："蒋先锋，我知道你想说什么。你大可不必担心！我看得出来，辛格将军是性情中人，也不会搞什么阴谋诡计。我说辛格将军，你觉得如何？"

狮子辛格也吓了一跳，以为自己听错了："什么？你让我守卫你的中军大帐？"

"对！你认为我可能搞阴谋，那你就直接监视我。如果我嘴不对心，或者真的搞了什么阴谋，我的中军大帐里就几十个卫士，你的人马随时可以把我干掉。我就拿我的命，践行我的诺言，怎么样？当然了，军营之中，我对你们也有纪律。你可以观看我的军机要务，但在逮住拉朱以前，没我的命令，你和你的部下不得和任何人接触，也不许出营。外面可就是联军士兵，你们要出去搞阴谋、送情报的话，也格杀勿论！怎么样？辛格将军，你敢不敢来这么一把？"

"行！唐朝使者，你要有胆量，我陪到底！"

"啪啪啪！"

两个人连击三掌，这就算做了赌注。狮子辛格也算给收服了。剩下的人也就好办了，所以两天的功夫，从俘虏的大领主桑杰、苏雷什，到一般的领主、将军，尽数收服。之后呢，王玄策应元帅甘尼许之邀，把行营搬到了元帅府。丞相府呢，就由巴拉特带着一众领主，处理本身的事务。咱们说印度，也毕竟是个大帝国，事务庞杂，总得有人处理。

趁着这几天，王玄策也带人，把被劫走的礼物抄出来了。经过几次大战，阿罗那顺也需要招兵买马和赏赐，所以这些东西所剩无几。但最让王玄策大跌眼镜的就是，随着剩余的东西抄出来的，还有一份拉朱的报告单。这份报告单上开列的东西，比王玄策带来的数量少了一半！王玄策马上就把这份报告单和真实情况公之于众，巴拉特、甘尼许，包括辛格在内，大家伙儿这才明白："怪不得咱们一说和平解决，拉朱就拦着呢！闹了半天他私吞了一半！"

"对！本来咱们两家可以好好地把酒言欢，被这小子给搅和了，拉朱罪该万死！"

"哗——"

印度群臣现在恨不得把拉朱扒了皮！丞相巴拉特就说："唐朝使者，我现在终于明白其中原委了。我现在就跟我们大王联系，咱们赶紧和平解决此事为佳。"

"好！我等你的消息！"

咱们说，当时的交通状况，可不比现在，直接打个电话，什么都解决了。当时写封公文，就算六百里加急，都得送好几天，这可非一日之功。就在这个期间，那罗迩婆婆寐找到了王玄策："唐朝将军，如今你们的事情已经基本解决，拉朱的恶行大白于天下，阿罗那顺和不和谈，你们尽可以轻松解决了。这也就是我该告别的时候了。"

王玄策一听，这才叫高人啊！讲的是功成身退。所以他也挺尊敬："大师，您帮了我们这么大的忙，我们无以为报，真是惭愧啊！"

"哎！将军有今天之功，全都是将军自己的造化。老朽只不过尽人事、顺水推舟而已，称不上什么功劳。"

"大师，您可别这么说，玄策身飘异域，您在这时候帮我，正可谓是救人于危难。您滴水之恩，来日我必涌泉相报！来啊！"

旁边有士兵托来一盘金银，两匹绸缎。王玄策就说："大师！我们带来的礼品，虽然被拉朱劫走一半，剩余的也被阿罗那顺作为打我们的军费，花了个七七八八。我们带东西来，本为大唐和印度和平友好，没想到惹出这么大事端。剩余的东西，我们不要了，如果能把拉朱扣下的收回来，那就留给印度，恢复一点元气吧！我跟巴拉特丞相已经讲好了，这一份给您，数量不多，聊表心意。请您收下！"

那罗迩婆婆寐一听，深鞠一躬："将军，您有如此想法，老朽佩服！这一份东西，老朽也不要了，留给印度恢复元气吧！老朽虽已二百

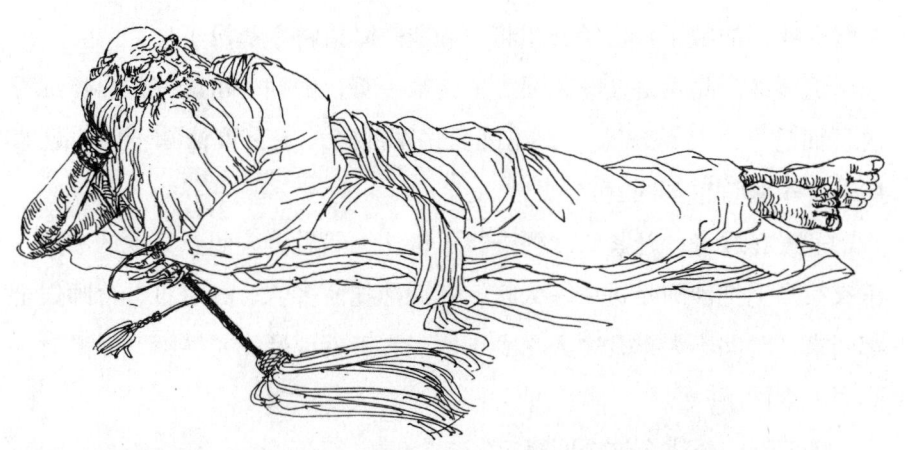

那罗迩娑婆寐想象图。这个老头子号称二百岁,现在看来,应该不靠谱。赵幼华绘

余岁,但日子仍长,咱们来日再见!"

那罗迩娑婆寐说完,带着弟子飘然而去。说到这有人问了,那罗迩娑婆寐真的这么伟大吗?其实不是,这家伙表面功夫做得极好,实际他有他的小算盘。他琢磨着:王玄策这次,彻底把阿罗那顺揍了一顿,之前支持阿罗那顺的那批婆罗门,肯定得失势。我这次回去,肯定能人前显圣、鳌里夺尊,彻底打败他们!然后就由我号令婆罗门!这是最大的事。至于王玄策给的这点东西,我要了顶不了什么事,如果不要,王玄策肯定还得宣传我的名声,我的胜算就更大了!

这是那罗迩娑婆寐心中所想,王玄策不知道啊,只当他是好人。那罗迩娑婆寐走了,暂且不表,再说王玄策。等王玄策送走了那罗迩娑婆寐,回到大营,就看营门口一阵大乱!

"哗!"

王玄策挺奇怪,赶紧过去观看究竟。这一看可好,大营外面来了一支部队,说是部队,其实就是一支残兵,大概有一百人左右,战马是呼哧带喘,士兵都是血透征衣,浑身是伤,龇牙咧嘴。王玄策一看,这些人还挺眼熟,都是泥婆罗式的装扮。为首的一个人,王玄策看着还有点眼熟。

还没等王玄策反应过来,这个人扑到王玄策跟前,以头杵地:"大

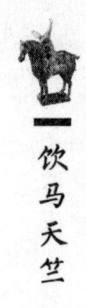

总管！我们战败了！巴哈杜尔将军和斯郎降措将军都没了！"

说到这，此人是哇哇大哭。王玄策一听，倒抽一口冷气，再仔细看看下面这个人，认出来了，泥婆罗将军沙阿。王玄策情知不妙，赶紧叫："军医官！军医官！"

军医官过来，赶紧给沙阿进行了包扎，然后再去照看其他的士兵。王玄策马上把沙阿带进中军大帐，然后把扎西多吉、苏尔雅、蒋师仁全都叫来。时间不大，几个人都到了，王玄策就说了："沙阿，你说吧，到底怎么回事？"

"哎呀，是这么这么回事。"

前文咱也说了，斯郎降措和巴哈杜尔带着沙阿，三将率领一千人，去追阿罗那顺的残兵败将。可是呢，斯郎降措对泥婆罗人一直有看法，他看不上巴哈杜尔和沙阿，所以刚走一天，到了晚上扎下营帐，斯郎降措就说了："巴哈杜尔将军，咱们奉命追击阿罗那顺，这么拖拖拉拉的可不行，用兵讲的是兵贵神速。你们手下的骑兵太慢，要是这么行军，非让阿罗那顺跑了不可！"

巴哈杜尔听了这话，心里特别不舒服，他心说：好你们这些吐蕃人，没事就挑我们的错。看样子，你们想自己走，挺好。跟你们一起，我们也觉得别扭！

所以巴哈杜尔也就回答道："行！斯郎降措将军，你的提议不错。那咱们就分头行动吧，各行方便。"

就这样，第二天拂晓，斯郎降措先带兵走了。之后，巴哈杜尔和沙阿，也带兵向前方挺进。有人问了，他们去哪儿追呢？这事简单，之前那罗迩娑婆寐都给他们讲过，阿罗那顺的老巢，就是他的封国——帝伏那帝国，他要出逃，肯定得回老巢。大家都明白，所以心照不宣。

咱们且说斯郎降措，拔营启程之后，直接往帝伏那帝国进发。等到了第三天头上，侦察兵回报："报告将军，前面发现敌军！"

"对方有多少人？"

"人数不多，大概在一千人左右。"

斯郎降措一听，高兴！这家伙，提起打仗，比吃蜜都甜！当即下令："一千印度兵，就是盘小菜，咱们这回得把阿罗那顺逮回去！准备战斗！"

"哗！"

三百吐蕃精骑马上龙腾虎跃，打起精神，检查好身上的武器装备，放慢速度，做了准备。这时候，敌军也赶到了。斯郎降措一看，好，带队的不是别人，正是阿罗那顺，旁边还有大领主拉朱。斯郎降措高兴坏了，马上纵马出列："呔！阿罗那顺！你还不束手就擒，难道还等我去抓你吗？赶紧投降！"

旁边也有懂印度语的翻译，赶紧冲着阿罗那顺的军阵哇啦哇啦一喊，阿罗那顺听懂了，马上一挥手："撤！"

印度兵是缓缓而退。斯郎降措一看不明白了，这叫什么意思？不打仗就撤退，那你出来干什么？算了，反正我抓住你，就什么都解决了。所以他马上下令："追！快追！"

"哗！"

三百精骑撒开战马，进行了追击，边追边放箭！

"嗖嗖嗖嗖！"

"当当当当！"

射过去的箭，不少都射中了印度骑兵，可印度骑兵没一个倒下的。咱们书中代言，阿罗那顺长记性了，这回他的骑兵每人都带了铁盔，而且带着盾牌，撤退的时候，把盾牌往后背一背，你怎么来我都不怕！

斯郎降措一看，常规战术失效，也没慌。他明白，印度兵的肉搏能力差劲，只要双方一接触，他有信心，能一举干掉阿罗那顺这些骑兵。所以仍然撒开骑兵，猛追！但阿罗那顺这边呢，就跟橡皮糖一样，你加速追，我就加速跑，你要慢一点，我也慢一点。几次三番，大概就跑出十几里地，斯郎降措也纳闷：阿罗那顺到底打什么主意呢？

第四十回　定大势婆罗门告辞　急求功吐蕃将冒进

235

第四十一回　遇象兵吐蕃遭重创
　　　　　　　泥婆罗残兵败归营

　　斯郎降措猛追阿罗那顺，结果还真碰上了阿罗那顺的部队，大概有一千来人。斯郎降措丝毫没把他们放在眼里，在他眼中，三百吐蕃兵，干掉一千印度兵，简直就是张飞吃豆芽——小菜一碟！所以他就着令部队，进行突击，想要把阿罗那顺一举生擒。

　　可是阿罗那顺呢，一看吐蕃兵进，他马上率部退却，还就跟牛皮糖一样，你快他也快，你慢他也慢，而且阿罗那顺长了记性，知道吐蕃兵的弓箭不错，所以让自己的每个骑兵都背着一面盾牌，这样吐蕃的弓箭也就失去了作用。

　　就这样，双方就开始比速度，一连跑了十几里，斯郎降措也纳闷：阿罗那顺到底打什么主意呢？

　　正这时候，就听远处一阵长嘶，斯郎降措吓了一跳，赶紧停马往对面观瞧，一看，傻眼了，只见阿罗那顺主力尽出，人数至少一万以上。除了步兵和骑兵以外，上百头战象也蜂拥而上！

咱们书中代言，这些个战象个个又高又壮，而且身上披着铠甲、象牙上绑着利刃，每头战象的后背上，还有一个座楼，上面有三个人，一个人负责驾驭，一个拿着长矛负责肉搏，还有一个拿着弓箭和投枪的指挥官。这样，无论你从远到近，战象都能对付得了！如果离远了，就用弓箭，近一些就是投枪，再近了，还有长矛。而且战象本身也是皮糙肉厚，再穿着铠甲，一般的弓弩和刀枪，对它几乎无效。而且战象本身冲起来，威力极大，象牙带着利刃，一般人根本受不了。如果说战象的弱点，可能就是动作比较慢，动转不灵，可你想迂回也没戏，前面和两翼还都有步兵军阵保护，根本让你近不了身！

斯郎降措一看，知道不好，硬拼肯定没戏。再想玩迂回战术，从两翼走，也不现实。自己人数太少，而且冲得太猛，已经深陷阵中，阿罗那顺的骑兵，至少有两千，已经率先迂回到了吐蕃骑兵的两翼，也就是说，斯郎降措和三百骑兵，已经被团团包围！

到了现在，斯郎降措避无可避，干脆孤注一掷："战士们！现在就是咱们的最后时刻！不能给吐蕃丢脸！不能给唐朝丢脸！"

"不能给吐蕃丢脸！不能给赞普丢脸！"

"不能给唐朝丢脸！"

"哞！"

"勇猛战死的，会经过乐土，转生为贵族！谁要是怯懦后退，就会被丢进黑暗的深渊，转生为畜生！"

"战死光荣！后退耻辱！"

"冲啊！"

"哞！"

吐蕃骑兵嗷嗷直叫，各催战

象兵示意图。这也是印度的特色部队

第四十一回　遇象兵吐蕃遭重创　泥婆罗残兵败归营

237

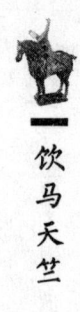

马，朝着印度的军阵正面就冲过去了！

阿罗那顺一看，当时就慌了，一般人看到我这场面，早就傻了！能勉强鼓噪两下，转头突围的，那都算精兵，怎么这还不要命了，正面迎击啊？所以阿罗那顺也不客气："放箭！长矛手准备！"

印度兵这边马上就开始了布置，吐蕃骑兵根本没减速，仍然是老战术，先是一阵弓箭，然后又是一顿石头砸过来，前排的印度长矛兵不能干挨砸啊，所以纷纷用长枪拨打飞石，阵型稍微一乱，吐蕃骑兵就抄起长枪，切入了印度兵的阵中！这顿杀啊！

"噗噗！咔嚓！"

"哎哟！"

"噗！"

这回就看出功力来了，这些吐蕃骑兵，是松赞干布最精锐的卫队，战斗力极强，阿罗那顺的士兵呢，虽然也是他的家底，战斗力不错，但跟吐蕃骑兵相差甚远。所以这一阵痛杀，斯郎降措竟然将印度兵的第一方阵杀透！不过自己损失也很大，三百骑兵只剩了一百零点。阿罗那顺气得奔儿奔儿直蹦啊："第一方阵的指挥官是谁？竟然能让侵略军给杀透了，一会儿逮住他，斩首示众！"

这时候，大领主，也是智囊哥文达就在旁边劝："大王，不用太在意了，既然侵略军想尝尝大象的滋味，那就让他们试试吧！"

"也对！让象阵出动！"

就这样，二十头战象一声长嘶，开始往前冲锋，斯郎降措一看："娘的！大象有什么可怕？战士们，咱们再去砍翻几头！驾！驾！"

连催几次马，战马是纹丝不动，还瑟瑟发抖。这可把斯郎降措急坏了，怎么回事？到底怎么了？咱们书中代言，大象是战马的克星，尤其是没见过大象的马，一旦看见大象，再听见声音、闻见气味，就怕得瑟瑟发抖，这就没法打仗了。

就这时候，最前排的战象已经冲到了眼前，有的吐蕃骑兵因为战马动不了，成了靶子，直接被战象上扔下来的投枪戳死，有的战马怕得向后乱窜。可后面就是刚刚杀过来的印度步兵，他们刚吃了亏，能不加小心吗？所以早把长枪阵摆好了，往回跑的骑兵，就连人带马，死在了印度兵的枪下。

斯郎降措气得发疯，赶紧喊："兄弟们！下马步战！"

说完就抄长枪，滚鞍下马。剩下的吐蕃骑兵，纷纷效仿，下马步战。这下就连速度优势都没了。斯郎降措再想拼命，势必登天啊！想伤着战象，只能近身肉搏。可就凭手中的长枪、马刀，就算能刺穿战象的铠甲，可大象皮糙肉厚，也就是点皮肉伤。自己这边，只要让大象顶上，人当时就飞了，不死也重伤，而且大象有鼻子，急了直接拿鼻子一卷一扔，人也飞了。何况人家上面还有士兵，不许你近身。所以又有不少吐蕃兵，不幸命丧黄泉，最后斯郎降措他们几个只能是左躲右闪。

等这波战象冲过去，吐蕃兵只剩了十几个人还活着，那也是伤痕累累，狼狈不堪。阿罗那顺一看，呦呵！还真行，这都没全干掉，但你们也是强弩之末了。所以阿罗那顺赶紧让翻译喊："放下武器，赶紧投降！"

"赶紧投降！"

"哗！"

斯郎降措到了现在，把心一横："娘的！你做梦！我们决不投降！"

阿罗那顺一听："好！有骨气！放箭！"

印度兵一阵乱箭下去，斯郎降措和剩下的十几个吐蕃勇士全部阵亡，就这样，追击的三百吐蕃兵全军覆没。

可咱们说，吐蕃兵没了，泥婆罗兵完全不知道情况啊！还在盲目地往前行进。这要是之前能情报互通，也就不会有这问题了。结果就这样，泥婆罗的七百人也碰上了阿罗那顺的主力。现在阿罗那顺，美！不管怎么说，把追击的吐蕃骑兵打得全军覆没，士气大振，印度兵也明白了：吐蕃人不是刀枪不入啊，碰上了战象，也全得玩完！所以这回气势

第四十一回　遇象兵吐蕃遭重创　泥婆罗残兵败归营

239

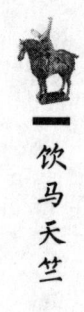

更不一样了，列开大阵，嗷嗷直叫。

这时候，巴哈杜尔也知道不妙，他心说：怎么回事？吐蕃骑兵走在我们前头，怎么连消息都没有？这时候，就看印度军阵之中，挑起一颗首级，有翻译喊："呔！侵略军你们听着！之前你们那拨人已经全军覆没了！这是将领的首级。你们快快投降，我们大王饶你们不死！"

"快投降！"

"哗！"

巴哈杜尔一听，倒抽一口冷气，再仔细辨认一下，可不是嘛，挑出的这颗首级就是斯郎降措本人，他们在军营之中经常见面，虽然不和，但也算熟悉。巴哈杜尔再看看印度的军阵，好，连战象都出来了，印度骑兵也在向左右迂回，看来我们这一阵必输无疑。

想到这，巴哈杜尔赶紧把副将沙阿叫过来："沙阿，咱得想办法撤退。回去告诉大总管，阿罗那顺又开始蹦跶了，还动用了战象，得早做准备。"

沙阿也挠头："将军，我也明白，可咱们现在怎么撤啊？敌人马上就把咱包围了。"

"别管他，前队变后队，立刻突围！你突前，我断后，能走多少是多少！冲啊！"

"冲啊！"

就这样，巴哈杜尔没敢正面迎战战象部队，而是反向突围。阿罗那顺一看，出乎意料之外，嘿！泥婆罗的部队还真胆小啊，还没接战，就要跑，你们往哪里跑？

于是阿罗那顺马上下令："快！马上让骑兵收口，不能让他们跑了！"

印度兵这边，马上举旗下令，两翼迂回的骑兵一看，哦！收口！也马上加速合拢，要把泥婆罗的部队夹在其中！

"哗！"

双方各催战马，就看谁快了！咱还别说，巴哈杜尔这次反应快了一点，阿罗那顺那里呢，又有一部分重骑兵，速度稍慢。所以泥婆罗军队一阵猛冲，沙阿带着头前二百多轻骑兵算冲出去了，剩下的巴哈杜尔带了五百来人，全都被人家截断在阵中。

沙阿一看，这哪儿行啊？我们七百人一起来的，就回去我们这不到二百人算什么事？所以他还想翻身往回杀。这可太难了，人家的包围圈已经合拢了，对着沙阿这二百人就是一阵乱箭，有不少人都受伤了。但沙阿还不放弃，挺枪纵马，带着人连往上撞了三次，可次次损兵折将，也冲不进去。

这时候，就听战团之中传出巴哈杜尔的声音："沙阿！别管我们了，快点回去告诉大总管！快走！"

沙阿一看，万般无奈，这时候再看看，人家的战象也开始往前冲锋，自己一点机会也没有，只能带着残兵败将含泪撤退。可叹猛将巴哈杜尔，就这么死在了乱军之中。您看见没？人的力量是有限的，你浑身是铁，能捻几颗钉？再大的英雄，碰上成千上万的兵将，甚至还有战象，那是一点儿脾气都没有。

再说沙阿，带着残兵败将回归大营，那是痛哭流涕，把事情的原委全都报告了王玄策他们。等王玄策他们听到这个消息，全都急了，尤其是蒋师仁他们仨，那是嗷嗷直叫："他娘的！阿罗那顺怎么又缓过气了？还杀了老巴和斯郎降措，老虎不发威，他当咱们病猫！大总管，给我一支令，我必把阿罗那顺抓回来报仇雪恨！"

第四十二回　全力护主巴拉特求情
　　　　　　志得意满印度王备战

联军遭到重创，追击的一千人中，吐蕃的斯郎降措和三百精骑全军覆没，泥婆罗的七百士兵，也只逃出来一百来个，巴哈杜尔不幸阵亡。等这消息传回大营，几位将军当时就急了，嗷嗷直叫，恨不得把中军大帐的顶给揭开！

蒋师仁直接放话了："他娘的！阿罗那顺怎么又缓过气了？还杀了老巴和斯郎降措，老虎不发威，他当咱们病猫！大总管，给我一支令，我必把阿罗那顺抓回来报仇雪恨！"

扎西多吉和苏尔雅也在旁边帮腔："对！大总管，我们吐蕃还没吃过这么爆的亏！三个百人队全军覆没，我得要他们加倍偿还！"

"没错！大总管，也算我一个，我们泥婆罗也不能落后！"

王玄策一听，心里有点纠结："三位，我明白你们的心情，可你们也听沙阿说了，阿罗那顺又恢复了一定的元气。这次出击的兵力，至少一万人。照此估计，阿罗那顺的总兵力不下两万人，还有战象相助，你们有信心打赢吗？"

蒋师仁一听，哈哈大笑："大总管，这您就放心吧！自从咱们来印度开始，我就一直想着破解之策，就是一直没用上而已。我觉得只需要如此这般，这般如此，这大象并不可怕。"

王玄策一听，哎，这还真是个办法，所以点点头："好吧！那三位，咱们就共同点兵，彻底把阿罗那顺打垮，结束这次的征战。"

"明白！"

"是！"

正在这群情激昂的时候，有士兵报告："报告大总管，印度丞相巴拉特求见。"

"嗯？让他进来！"

时间不大，巴拉特进了中军大帐，后面的狮子辛格也跟着溜进来了。

咱们说这个巴拉特，可等不及了，联军的追击部队被打趴下的消息，早就传到了他耳朵里。他知道，照这架势，好不容易刚平息下来的战端，又得重启！而且我们大王执迷不悟，人家唐朝使者虽然放话，可以饶过我们大王，但也得是我们大王主动言和才行。照这么下去，他肯定得被列为罪魁祸首，一并给逮到唐朝去。俗话说，家不可一日无主，国不可一日无君，我们大王一没，整个印度的局势就得乱套啊！不行！我得再去求求情！

所以巴拉特赶紧跑到联军大营，求见王玄策。等到了大营呢，正好看见狮子辛格也在这奔儿奔儿蹦呢。咱们说狮子辛格呢，他也知道情况了，王玄策让他看守中军大帐，里面吵吵的盖都快顶起来了，辛格就知道不妙，肯定跟我们大王有关啊！但因为语言不通，他也不敢直接闯进去，问王玄策怎么回事，所以就让翻译到了中军大帐的外面偷听。翻译听了几句就明白了，赶紧回来报告。狮子辛格一听，急得奔儿奔儿直蹦：我们大王干什么？好不容易这事情快解决了，只要您稍微认个错，唐朝使者也说了，不会为难您，您怎么又主动挑衅呢？

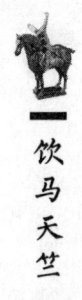

正这时候，巴拉特来了，狮子辛格一问，哦，都是给大王求情的，那我也一起吧！所以两人一起进了中军大帐，面见王玄策！

狮子辛格是直性子人，等进了中军大帐，马上就说："唐朝使者，你们刚才说的，我都听见了，我们大王又做了对不起你们的事。但无论如何，他是我们的大王，请您饶过他！这次的事，肯定又是拉朱挑唆的！等我抓住他，把他撕了，就什么事都没了！求您千万别怪罪我们大王啊！"

蒋师仁他们一听，也不干了，在旁边就吵吵："不行！你们大王无理至极！咱们要好好解决，他还在旁边捣乱，这叫什么事？我告诉你们，这事要想好好解决，好办，咱们谈就行。如果不想好好解决，咱们也好办，我们直接去抓了他再说！"

"对！他不跟咱讲理，咱也没必要讲理！"

"没错！抓住阿罗那顺！"

"哗！"

旁边巴拉特一看，这气势算压不住了，赶紧给王玄策鞠躬："唐朝使者，我说两句行吗？"

王玄策一看，也不能不叫人家说话啊，所以一挥手，蒋师仁他们一看，也不说话了。巴拉特赶紧说："唐朝使者，虽然说很不好意思，但我们大王还是跟你们过不去。刚才辛格将军说的没错，我们大王肯定是受了拉朱的挑唆。这次请让我随您出征，劝说我们大王罢兵息战，咱们握手言和！我求求您了！"

王玄策再看看旁边，扎西多吉、苏尔雅、蒋师仁全都满脸怒气，知道这事不好解决。他是考虑再三，最终说道："好吧！巴拉特丞相，既然我说过，我们来是为了平息问题的，我就同意你的要求。不过我可有言在先啊，如果在交战之前，你把你们大王劝服，我们还能罢兵息战。否则，就别怪我们无情！"

"是是是，我明白！"

说到这，王玄策开始整备兵马："蒋师仁！"

"在！"

"你马上准备你的秘密武器，明天拂晓出发！"

"是！"

"扎西多吉！苏尔雅！"

"在！"

"在！"

"你们各率本部兵马，与本帅打这最后一战，给弟兄们报仇！"

"明白！"

"明白！"

就这样，联军各部开始准备。印度丞相巴拉特呢，赶紧修书一封，跟阿罗那顺说明了现在的情况，而且苦劝阿罗那顺，赶紧罢兵，和平解决。

写完了，派快马给阿罗那顺送过去，这不细说。再说王玄策这边，等到第二天拂晓，联军再度集结，兵发阿罗那顺的老巢——帝伏那帝国。这回大家都咬了牙，一定得把阿罗那顺捉住！

这行军非只一日，等到了帝伏那帝国的边境，再一看，嚯！阿罗那顺还真的恢复了元气，只见这些人马，人数足有三万左右，步兵突前，骑兵两翼，象兵居中，也是士气高昂。王玄策看了就纳闷，嗯？阿罗那顺不是被我们打得稀里哗啦，怎么这么快就恢复了呢？

这时候，有翻译在旁边就说："大总管你看，那是东天竺王尸鸠摩的旗帜，那是南天竺王遮娄其的旗帜！那个那个，是北天竺王和西天竺王的旗帜！"

王玄策一听，哦！原来如此！怪不得阿罗那顺能恢复元气呢！闹了半天东南西北四大天竺王都来了！

咱们书中代言，是这么回事吗？真没错！阿罗那顺的确被打得老本丧尽不假，但好在他的王牌——八千象兵部队一直没能参战。前面咱们也说过，阿罗那顺本来打的如意算盘是，让两个死对头，东天竺王和南天竺王，发兵到曲女城支援自己，然后拿他们的兵力和王玄策互相消耗，鹬蚌相争，渔翁得利。等把他们消耗的差不多，再发动埋伏好的象兵部队，一举荡平东天竺和南天竺。

可没想到，王玄策进展太快，而且势如破竹，一下把阿罗那顺打垮了，象兵部队也就没来得及参战。阿罗那顺无奈，等逃回领地之后，第一件事，就是把八千象兵部队调回来，加上封国的两千留守部队，这就凑了一万人。而且咱们说呢，阿罗那顺的封国离东天竺王尸鸠摩的领地很近，所以阿罗那顺亲自到了东天竺，跟尸鸠摩见面。他这话说得很有煽动性："东天竺王，我知道，咱们曾经闹得不愉快。但不管怎么说，咱们都是印度人，应该联合起来。现在唐朝人王玄策挑衅在先，借口咱们无理，就发兵来打咱。这摆明了是要灭咱们印度啊！因为我的目标最大，所以我先倒霉了。现在你们要是看我笑话，下一个可就是你！咱们必须联合起来，不然的话，早晚中了他王玄策的计，被各个击破，咱们印度可就真完了！看在咱们同是印度人的份上，拉兄弟一把吧！"

尸鸠摩呢，现在也感觉到后脖颈子发凉，为什么呢？阿罗那顺这话，虽然不知真假，但至少有一点，一万吐蕃兵，就在不远处的华氏城驻扎，根本没有走的意思！这个威胁是真实存在的。照这么看，我们还真悬啊！所以尸鸠摩考虑再三，干脆把自己手头的七千禁卫队，全借给阿罗那顺了。然后还帮他写信给南天竺王遮娄其，以及西天竺王、北天竺王，让大家伙儿一起发兵支援。这回阿罗那顺特别还给几大天竺王都写了信，信里的内容也是强调一点：如果你们今天不帮我，下一步王玄策的目标就是你们，如果咱们都被逐个打败，印度就要亡国灭种啊！咱们现在唯一的办法，就是联合起来，一起发兵，打败唐朝侵略者！

信写完，就派快马送走了。而就在这个时候呢，联军的追击部队到了，阿罗那顺有了象兵，也有了东天竺王的援军，腰杆也硬了，连续两阵，就将追兵打了个差不多，连斩斯郎降揩和巴哈杜尔。这回他也美了：好！照这么看，王玄策他们不是不可战胜的，这回我鼓鼓劲，非把王玄策打趴下不可！打趴下他，我还有重现荣光的希望，否则的话，我这一世英名可就完了！

所以阿罗那顺攒足了劲，就要和王玄策决一死战。而接下来这段时间呢，南西北几大天竺王的援军都到了，其中，南天竺王遮娄其亲自带着七千禁卫队，来到帝伏那帝国。西天竺王和北天竺王实力较弱，且路途较远，所以就各带两千精骑，星夜来增援。这么多兵力会到一起，足有三万人，阿罗那顺手头的牌又多了，所以他的野心又开始膨胀。这时候丞相巴拉特的信也到了，让阿罗那顺跟王玄策讲和。您说这能管用吗？阿罗那顺看罢，把信一撕，就开始点兵，准备决战。

第四十三回　巴拉特苦劝大王
　　　　　　王玄策大破象阵

阿罗那顺苦求尸鸠摩，咱们说东天竺王尸鸠摩呢，原本就想看阿罗那顺的笑话。可现在自己也感觉到了危险，一万吐蕃军队已经进驻了华氏城，离尸鸠摩的领地就不远了。东天竺王尸鸠摩无时无刻不感觉到危险，所以最终相信了阿罗那顺的鬼话，借给他七千兵力，不仅如此，还写信给南北西三个天竺王，大家一起发兵来支援。

这几大天竺王，虽然实力强弱不一，但凑到一起，加上阿罗那顺本身的兵力，也有三万人左右。有了兵力，阿罗那顺的腰杆子又硬了。这时候丞相巴拉特的信也到了，让阿罗那顺跟王玄策讲和。您说这能管用吗？阿罗那顺看罢，把信一撕，就开始点兵，准备决战。

咱们再说王玄策呢，等率兵碰上了阿罗那顺，也不敢怠慢，马上挥旗号，列开战阵。咱们前文也说了，对付战象，一般的战阵行不通，得加点佐料。正在联军布阵的时候，印度丞相巴拉特骑马跑到了王玄策跟前："唐朝使者，待我再去劝说我们大王，如果能化干戈为玉帛，不是最好吗？"

王玄策呢，还真给他面子："行，巴拉特丞相，你要多加小心！"

"好！"

说话间，巴拉特催马，"踏踏踏踏"，走到了两个军阵的中央，高声喝喊："大王！我是巴拉特，请您出阵回话！"

阿罗那顺一看巴拉特，气就不打一处来，他心说：好你个巴拉特，吃里爬外的货！还有脸叫我来回话？我懒得理你！阿罗那顺本想置之不理，再一琢磨：不行！巴拉特也算是身居高位，如果他在敌方阵营，我不加以解释，对其他的人也是种冲击。

所以阿罗那顺赶紧纵马出列："巴拉特！你这个叛徒！找我干什么？"

巴拉特一看见阿罗那顺，赶紧跳下马来，深鞠一躬："大王！臣有几句话想说。大王英明一世，可惜受了奸人的蒙蔽。这整件事，臣已经搞清，都是奸臣拉朱搞的鬼，他欺上瞒下，其罪当诛！现在唐朝使者已经放话了，只要您肯停战，咱们就可以坐下谈，化干戈为玉帛。您受奸人蒙蔽，唐朝使者也能理解。请您三思啊！"

阿罗那顺现在，恨得牙根都痒痒："我呸！巴拉特，你这是胳膊肘往外拐、调炮往里揍啊！我能去跟侵略者谈判吗？侵略者是要灭掉咱们印度，你是被洗脑了怎的？竟然帮着侵略者说话！赶紧过来，帮我一起干掉侵略者，咱们一笔勾销，否则的话，我今天先除掉你这个叛徒！"

后面拉朱带头，也跟着一块儿鼓噪："对！快快过来！干掉侵略者！"

"干掉侵略者啊！"

"哗！"

巴拉特听完，心里直打鼓：我们大王这不是自己作死吗？明明坐下来就可以谈的事，他偏不愿意。但巴拉特还得尽自己最后的努力："大王！微臣以性命担保，唐朝使者并无侵略之心，请大王明鉴！大王如果不信，可以带着卫队，咱们在战场之中设帐篷公开谈判，如大王受一点

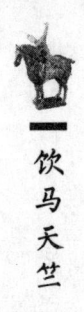

点伤，微臣愿意受剥皮之刑！"

咱们书中代言，巴拉特这个赌咒可够狠的，古印度的剥皮之刑非常残忍，也被称为活烤之刑，先用小火，把皮肤烤到三分熟，然后皮肤自己就会和肌肉脱离，受刑者极为痛苦。巴拉特也是拼了，想以这个刑罚，证明自己的真心，让阿罗那顺坐上谈判桌。

咱们说这时候，阿罗那顺还没说话，拉朱在后头急了，拉朱心说：没想到，巴拉特和唐朝人竟然开出了这么宽松的谈判条件，我们大王要是真谈判，倒霉的就只剩下我了！说什么我也不能叫他们谈成！得把我们大王拖下水！

想到这，拉朱就把弓箭拿出来，高声喝道："巴拉特！你这个叛徒，怂恿大王向侵略者低头，你居心何在！我今天就替印度人，除掉你这个叛徒！"

"嗖！"

拉朱话没说完，对着巴拉特就是一箭。巴拉特听到风声不善，赶紧一扭身，结果躲得慢了点，"噗"，正中肩膀。巴拉特还不服，咬牙忍着疼："拉朱！这件事的罪魁祸首就是你！你劫夺唐朝使团，把礼物自己扣下一半，剩下一半给大王，让大王跟你一起背这不仁不义的罪名！你敢出来对质吗？"

拉朱一撇嘴："对质？对什么？跟你们这些叛徒，我无话可说！这叫欲加之罪，何患无辞！着箭！"

"嗖！"

又是一箭，结果这箭正中巴拉特的大腿，巴拉特当时疼得"啊呀"一声，翻身落马。后面王玄策一看，也别劝了，人家巴拉特丞相什么招都用上了，阿罗那顺还是不肯谈，那有什么说的？打吧！想到这，王玄策赶紧吩咐："快！把巴拉特丞相抢救回来！"

"是！"

几个士兵抄着盾牌过去，赶紧把巴拉特掩护住，抬回阵中，巴拉特被抬着,还大声喊呢:"大王!听微臣一句!和谈是咱们最好的办法,切不可交战啊!"

等巴拉特好不容易回到联军这边,口打咳声:"唐朝使者,如果我们大王还是执迷不悟,就由您处置吧!老臣我已经尽力了。"

"巴拉特丞相,你辛苦了,下去休息吧!来啊!把副总管和蒋先锋叫来!"

一会儿的工夫,两个副总管和蒋师仁都来了,王玄策就问:"大家都准备好没?"

"放心吧!都准备好了!"

"没问题,就看阿罗那顺怎么出招了!"

王玄策点头:"嗯!太好了!那咱们就按照预定计划,骑兵就交给扎西多吉将军;步兵就交给苏尔雅元帅,如果阿罗那顺出动象兵,师仁啊,看你的了!"

"放心吧!大总管!"

"是!请您放心!"

"好!准备战斗!"

就这样,联军做好了准备,只看阿罗那顺的行动了。

咱们再说阿罗那顺呢,他心里其实也有点犯嘀咕:就我所知,我这个丞相也是个宁折不弯的主,对我非常忠诚,想拿金银财宝诱惑他,根本成功不了!可今天是怎么了?他怎么那么信任这个王玄策啊?

不过阿罗那顺仗着自己兵多将广,觉得必胜无疑,也没继续嘀咕,在他的心思中:只要我们把这支侵略军打跑,就什么都解决了,我还能当我的大王。虽说我的实力被消耗了,但东天竺南天竺一样也消耗得够呛,恢复个十年二十年,我还能行!

所以阿罗那顺想到这,横下一条心:"快!准备战斗!象兵打头阵,上!"

咱们说阿罗那顺,经验丰富,他知道,打仗打得就是个气势。我第一步，必须先把王玄策压住！如果成了，王玄策必败！所以阿罗那顺一出手，就动用了最王牌的象兵。阿罗那顺挺有信心：我们这些象兵，威力无穷，冲起来所向披靡，还有铠甲护体，王玄策那点弓弩根本不顶用！只要我把他的阵型一冲破，王玄策就算败定了！

阿罗那顺一下令，拉朱也跟旁边吵吵："快！哥文达领主，看你的了！"

大领主哥文达赶紧指挥象兵，开始冲锋，四百多头大象嗷嗷直叫，每头大象的背上还驮着三个人，除了操纵战象的驭手以外，剩下两人各挥兵刃，耀武扬威，这一支象队就向王玄策的军阵冲了过去！

再看联军这边，果不其然，仍然是万弩阻敌，成千上万的弩箭，跟下雨一样，直扑阿罗那顺的象队！可是大象和身上的人都穿有铠甲，就算挨几下也不要紧，最多是点皮肉伤，有的大象中箭之后，更为狂暴，眼睛血红地加速冲锋。阿罗那顺看了还美呢：哼哼！唐朝人、吐蕃人、泥婆罗人，就没一个见过世面的，就你们那点破弓弩，对付骑兵尚可，对付得了我的大象吗？今天我叫你们吃不了兜着走！

印度象阵作战想象图。这种阵势看似无坚不摧，但弱点也很明显。赵幼华绘

眼看着象队快冲到眼前，联军终于变阵了。只见前面的刀牌手纷纷闪开，一些士兵从阵中推出不少铁车，上面满载柴草，还泼了油。士兵把铁车推出来，马上开始点火。霎时间，火借风势、风助火威，混混浓烟和烈火，就向象队扑去！

咱们书中代言，印度属于热带季风气候，当时的季节属于中国的夏季，虽说印度的温度变化很小，但风向还是有不同的，这时候是从南往北吹。蒋师仁呢，虽然不知气候是什么东西，但他也注意到了，现在净刮南风。所以蒋师仁事先就跟王玄策说了，布阵要布在南方，也就是上风头。所以这一点火，象队正在下风口，连火带烟，是扑面而来！联军这边的士兵好得多，他们在上风头，但点火之后，也不敢靠近铁车，就用特号的长矛顶住，一点点往前推。

这下象队可乱套了！咱们书中代言，大象特别怕火，这一烧还得了，所以大象马上惊了，四散奔逃，往左的往右的，全都跑散了。还有一部分调头，直接回去把阿罗那顺自己的军阵搅了一个稀里哗啦！也有那么几只战象，不知道怎么跑了，反而蹚破铁车，向联军阵冲来！不过咱们说，蒋师仁早就预备好了后手，铁车出阵，后面就是绞盘弩。咱们前文也说了，绞盘弩是一种超大型的弩，人根本拉不动，就得放在底盘上，装上轮子满处移动，然后用绞盘开弩，力量极大，就这种弩箭，每一根都得长小一丈，对掐粗细，崩出去谁也挡不住！之前破印度的盾阵，用的就是这东西，今天换了大象，一样得死！所以零星几头大象冲过来，也没起作用，纷纷被绞盘弩狙杀在地。

这时候，王玄策在后面看得清楚，阿罗那顺这边，已经被自己的战象搅得混乱不堪，此时不杀，还待何时？所以王玄策当即下令："众将官！立即出击，捉拿阿罗那顺！"

第四十四回　恶贯满盈印度王遭擒
　　　　　　忠心护主巴拉特苦劝

　　阿罗那顺动用象阵，想要一举击败王玄策，可没想到王玄策早有准备，他把联军的军阵布置在上风头，象阵一冲过来，联军马上变阵，推出好些铁车，上面满载干柴茅草，还泼了油，这一点燃，火借风势、风助火威，连浓烟带烈火，就冲象阵烧过去了。

　　咱们说大象，你别看厉害，就怕火。所以这一烧，象阵大乱，四散奔逃，驭手根本拉不住。大象有的往左，有的往右，有的转回头，反而把阿罗那顺的军阵冲了个七零八落。也有那么几个瞎跑的，反而冲破铁车，冲联军军阵而来。可联军这边早有准备——绞盘弩，这玩意厉害，劲头特别大，所以零星冲过来的几头大象，全都被这玩意狙杀在地！

　　这时候，王玄策在后面看得清楚，阿罗那顺这边，已经被自己的战象搅得混乱不堪，此时不杀，还待何时？所以王玄策当即下令："众将官！立即出击，捉拿阿罗那顺！"

　　"是！"

"明白！"

"哗！"

联军将士早就憋足了劲，这一得令，马上从铁车的左右分列而出，冲向阿罗那顺的阵营！

"冲啊！"

"杀呀！"

"咔嚓！噗！"

"哎哟！"

"噗噗！咔嚓！"

咱们再说阿罗那顺呢，他是聪明反被聪明误，觉得象兵出击，万无一失，所以就没回后面，在军阵靠前的地方，打算看看联军是怎么溃败的。可没想到联军用了火攻，战象失灵，反过来还把自己的战阵搅了一个稀里哗啦！而这时候，联军趁势杀上来，印度这边彻底乱套，各个争相逃命，有的动作慢了，就开始自相践踏。其实这也不奇怪，这些印度兵，大部分都是四大天竺王的手下，要是能打胜，他们分一杯羹，这个愿意，要是败了，谁愿意给阿罗那顺赔命啊？

阿罗那顺这回是惨透了，战马一看见战象反冲过来，当场傻了，怎么抽鞭子都不走，没辙，阿罗那顺只能跳下战马，徒步逃命。仗着自己身体灵活，阿罗那顺躲过了乱套的战象，没受伤。但这时候，联军的骑兵已经杀到眼前，为首的正是吐蕃的两将，扎西多吉和斯郎泽仁。咱们前文说过，斯郎泽仁和斯郎降措是哥俩，结果在追阿罗那顺的时候，斯郎降措不幸中伏身亡，斯郎泽仁一直嚷嚷，要把阿罗那顺弄死，出出胸中这口恶气！这时候终于碰上了，所以斯郎泽仁咬紧牙关："阿罗那顺，你还我弟弟命来！着枪！"

"呜！"

斯郎泽仁伸手就下了绝情，一枪奔阿罗那顺心窝便刺。阿罗那顺，人家怎么说也是练过武艺，从战场上打拼出来的，能坐以待毙吗？所以

第四十四回　恶贯满盈印度王遭擒　忠心护主巴拉特苦劝

255

赶紧拔出佩刀，撤步闪身，"咯楞"，把大枪隔开。

可没想到，刚隔开斯郎泽仁的大枪，阿罗那顺就感觉自己的胳膊麻酥酥的，刀也握不住了，直接"当啷"落地。阿罗那顺还纳闷呢，怎么回事？我怎么可能连刀都握不住了呢？仔细一看，好！吐蕃大将扎西多吉纵马而过，手里的枪还滴着血。

咱们书中代言，扎西多吉知道，斯郎泽仁痛失兄弟，恨阿罗那顺恨得牙根都痒痒，所以他有心成全手下，让斯郎泽仁把死对头逮回去，这也算给他出了气。可这一动手，扎西多吉看着不对头，斯郎泽仁下了绝情，这一枪，恨不得把阿罗那顺扎个透心凉！扎西多吉一方面怕阿罗那顺死了没法交代；另一方面也为了快点解决战斗，所以纵马过来，"噗"就冲阿罗那顺的右臂点了一枪。咱们说，扎西多吉武艺高强，别看他轻易不动手，一旦动手，跟蒋师仁都能比试比试，而且他的特色就是手头有准，这一枪，深也就是不到两寸，正好能让阿罗那顺把刀掉了，却又不伤及性命。

再看扎西多吉，点完这一枪过去，把马拉回来："斯郎泽仁！别下黑手，大总管有令，抓活的！"

"明白！"

斯郎泽仁二次催马过来，阿罗那顺一看，完喽！自己连家伙什都没了，打什么打啊？跑吧！可他跑，能有马快吗？斯郎泽仁过来，反手一枪杆，"啪！"，正抽到阿罗那顺后背上，阿罗那顺是眼冒金星，站立不稳，"扑通"就是一个大马趴。斯郎泽仁再过来，一抄他的腰带："走你！"

这就算生擒活拿。这时候蒋师仁也冲上来了，一看，嘿！阿罗那顺让别人给逮住了，急得直拍大腿："嘿！晚了！晚了！"

哎，正着急呢，蒋师仁正好看见一个熟悉的身影。蒋师仁仔细一辨认，这不是拉朱嘛！这小子，可算让我看见了，哪里跑！

蒋师仁催马就追。正好这时候，拉朱回头一看，嘿，这不是拿榔头的那个怪物吗？我命休矣！赶紧跑吧！可想跑，跑哪儿去啊？整个军阵乱得一塌糊涂，人员自相践踏，战马是深一脚浅一脚，根本加不起速度来。最后拉朱是万般无奈，返回身来，抄枪大战蒋师仁。可咱们说，拉朱压根也不是蒋师仁的对手，两个回合，"当！嗖！"，枪就被蒋师仁的大槊给砸飞了。拉朱拨马想跑，蒋师仁反手一杆，砸到了拉朱的后背上。拉朱"啊呀"一声，翻身落马，蒋师仁抄腰带就把他逮住了。这回好，两个主要人物一个也没逃了。

阿罗那顺被捉，印度兵这边更乱套了，联军再猛冲一阵，还亏得王玄策有言在先：咱们这次的目标主要就是阿罗那顺和拉朱，剩下的尽量少伤及无辜。所以联军将士都

蒋师仁想象图。历史对蒋师仁记载极少，但大家比较公认，他是个武将，要不然仅凭王玄策这个县令，很难立此不世之奇功。赵幼华绘

搂着了，没放开了杀，不然至少得杀对方一半。但就这样，印度兵损失也挺大，很多都是自相践踏所致。

等联军将士收兵回营，这回收获颇丰啊，斯郎泽仁押着阿罗那顺；蒋师仁捆着拉朱；苏尔雅也把哥文达给逮住了，三个漏网之鱼这回全都给带到了中军大帐。王玄策大喜过望！咱们再说阿罗那顺呢，现在是抖若筛糠，都吓傻了，明明刚才还认为此战必胜，这回可好，转眼之间就成了阶下囚。等把阿罗那顺带上中军大帐，阿罗那顺一眼就看见了丞相巴拉特，当时眼泪都掉出来了："丞相，救救我！"

第四十四回　恶贯满盈印度王遭擒　忠心护主巴拉特苦劝

丞相巴拉特一听，是长叹一声，你说我们大王多没出息啊！之前劝过他多少次，他就是不和谈，甚至认为和谈的就是叛徒。为了这个，我还挨了拉朱两箭，悬点没要了我的命啊！他倒好，那个时候连个屁都不放，现在还来求情，唉！

巴拉特考虑再三，怎么说，阿罗那顺也是自己的大王，大王有难，自己做臣子的干看着，也不像话啊。所以巴拉特只能厚着脸皮，跟王玄策求情："唐朝使者，我还有一事相求。"

"巴拉特丞相请讲。"

"虽然说不出口，但我还是想请唐朝使者，放过我家大王！我们大王已经知错了！"

这话一出，王玄策可不高兴了，好嘛！阿罗那顺屡教不改，我们遭这么大难都是因为他，之前给他机会他不干，现在想通了，狗屁！要不是他命在顷刻，他才不反省呢！而且我们虽然是为了和平之意而来，但要是留下阿罗那顺这么个祸害，我们大唐以后就别想跟印度交通友好，以后我们的使团还得倒霉！这回我算幸运，吐蕃的赞普和泥婆罗的尊王都给我面子，能让我报这一箭之仇，以后呢？要是没这机会，我们大唐得吃多少哑巴亏才算完呢？

所以王玄策是强忍怒火："嗯！巴拉特丞相，你忠心护主，值得敬佩。但我也得说一句，咱们之前可有言在先，在交战之前，阿罗那顺要是有意和谈，咱们怎么都好说，可阿罗那顺非得动手，这叫自取其辱，谁也救不了他！再退一步说，我们来，是为了大唐和印度的友好，如果留着阿罗那顺这个祸害，是不是以后我们的使团还得倒霉？"

王玄策是侃侃而谈，旁边有翻译，就把这些话翻成印度语。巴拉特一听："额，这个……我相信我们大王可以接受教训，从此一心向善，维护大唐与印度的友好。"

"哈哈！巴拉特丞相啊！你这话说得好没道理。我们大唐讲的是儒家，听其言而观其行。阿罗那顺一直死硬到底，我倒还相信他言行合一，至少在我们看来，是条光棍，不是软蛋！如果他就这么软了，言行不一，我看以后更危险！而且我看巴拉特丞相也是个好人，在这我也劝你几句，良禽择木而栖，您这么大能耐，要是碰上阿罗那顺这个昏君，也没处施展啊！闹不好哪天，还得把命丢了。这事，在我们那里早有先例，当年商周易代，就有个贤臣叫姜子牙，他刚开始辅轺商朝为官，结果不但没力挽狂澜，反而在昏君手下，悬点丧命。可他后来辅佐周文王，却能定周朝八百年江山！您也一样，那么大的能耐，何苦就守着阿罗那顺这么个混账呢？"

这回可把翻译给难住了，好多中国的典故，怎么翻译啊？最后磕巴了半天，总算翻了一个大概齐，巴拉特丞相听了个差不多，那是无言以对，只能唯唯诺诺地坐在一旁。王玄策再看看左右："来啊！把阿罗那顺收监！准备带回大唐，给皇上一个交代！"

第四十五回　天竺各王定计谈判　玄策布局从容赴约

联军活捉阿罗那顺。现在这阿罗那顺，那是穷途末路，被带到中军大帐之后，都傻了，就想着怎么能活命。这一看，丞相巴拉特在这坐着呢，阿罗那顺赶紧上前，一阵地哀求。巴拉特不忍，赶紧再向王玄策求情。

可咱们说，王玄策受这么多苦，就是因为阿罗那顺，能放了他吗？所以王玄策不顾翻译为难，用了一系列的典故，什么良禽择木而栖，姜子牙在商朝几乎丧命，却定了周代八百年江山，等等，来劝巴拉特。

这可把翻译难得够呛，好多中国的典故，怎么翻译啊？最后磕巴了半天，总算翻了一个大概齐。好在巴拉特的理解力不错，听了个差不多，也明白什么意思，到最后是无言以对，只能唯唯诺诺地坐在一旁。王玄策再看看左右："来啊！把阿罗那顺收监！准备带回大唐，给皇上一个交代！"

"是！"

"另外，巴拉特丞相，我还有个要求。"

"唐朝使者请讲！"

"之前看旗帜，东南西北四大天竺王也全到了，既然如此，省得我满处找他们去了。就拜托巴拉特丞相给他们传个话，我要找他们见见面！"

等这消息传到四大天竺王的营帐，当时就炸开锅了！咱们说这四大天竺王，这一战算是知道王玄策的厉害了，兵马损失不小，这一听，好！王玄策还要请我们见面，打什么主意呢？四大天竺王赶紧开了个碰头会，东天竺王尸鸠摩就说："我说各位啊，你们怎么看这件事？"

南天竺王遮娄其一听："我说东天竺王啊，这事不明摆着吗？这叫黄鼠狼给鸡拜年，没安好心！唐朝这个使者叫咱们去干什么，咱们聚到一起，他来个一勺烩！不就达到他的野心了吗？所以要我说，别理他这套！咱不自投罗网，他的阴谋诡计就没用！这个王玄策想对付咱们，也没那么容易！咱手头的兵力还有一万多人，完全可以一战！"

可这时候，北天竺王有点异议："南天竺王，我说两句啊，这个事，我倒是认为，没那么复杂。阿罗那顺的丞相巴拉特跟我私交不错，他给我写过信，信中再三说明，唐朝使者王玄策是为了唐朝和印度的友好而来，是阿罗那顺一错再错，才打起来的。由此看来，唐朝使者必然是想和平解决的，人家有诚意，咱们如果死硬不谈，梵天会生气的！"

西天竺王也在旁边帮腔："对对对！南天竺王啊，我也说两句，咱们现在情况可不妙啊。总兵力也就是一万来人了，之前咱们三万人都打不过人家，何况现在！既然人家主动要和谈，咱们何必死硬到底呢？东天竺王，你说呢？"

东天竺王尸鸠摩一听，气得鼻子都歪了，他心说：这西天竺王和北天竺王纯属是站着说话不腰疼！吐蕃那一万兵力在华氏城，那是我的眼皮子底下，不是你们的眼皮子底下！不过他也得承认，现在的确情况不妙，打的话，没有任何取胜的把握；可是和谈又怕被人家一锅端，这怎么办呢？尸鸠摩眼珠转了几下，哎！有主意了！

"各位啊！如今看来，唐朝使者要求谈判，咱们不答应，这也不符合礼数。可我也明白，大家怕唐朝使者搞什么阴谋诡计。我在这有个折中方案，你们听听！"

"行啊！东天竺王，你说吧！"

"是啊是啊！你就说吧！"

"这样，咱们就回复唐朝使者，要谈可以，不能在战场附近，咱们去附近的那烂陀寺谈。那烂陀寺现在还在咱们手里，咱们事先布置好兵力，让王玄策就带着侵略军的几个头头去，如果他好说好散，那就没什么事。如果他要耍混蛋，让咱们签不平等条约，咱就当场掀桌子把他拿下！到时候侵略军群龙无首，肯定得完蛋！各位说怎么样？"

"高！这主意真高！"

"是啊！妙极了！咱们就这么回复王玄策！"

等王玄策一接到信，乐了："哈哈！太好了！我在大唐的时候，就老听玄奘法师跟我讲，他在那烂陀寺求学十年，上次我来，因为时间紧迫，而且不知道玄奘法师这件事，就错过了。今天能补上，也是一大幸事！好！扎西多吉、苏尔雅！"

"在！"

"在！"

"二位副总管，此次谈判，由你们二位陪我去如何？"

二人一听就乐了："大总管吩咐，我们自当遵从！"

"是啊！我们定陪大总管一起去！"

"好！另外，巴拉特丞相！"

"在！"

"您跟四大天竺王比较熟，所以还得劳您一趟，跟我们一起去！"

"好！唐朝使者，那我就再陪您走一趟。"

这时候，蒋师仁在底下说话了："大总管！等等！我说两句！"

那烂陀寺遗址。这也是唐玄奘法师当年学习佛法的地方

"蒋先锋有话请讲。"

"大总管,这那烂陀寺我是没去过,但我听斥候回报,说这块地方现在属于东天竺王尸鸠摩控制,咱们去人家的地盘上谈判,是不是太危险了?"

王玄策一听,点点头:"对!蒋先锋啊,你要不说,我也得布置。这样,斯郎泽仁!"

斯郎泽仁在中军大帐外头候着呢,一听叫他,赶紧进来,躬身施礼:"参见大总管!"

"斯郎泽仁,你带三百精骑,随我们一同去谈判,担任护卫。如有不测,听我们一声响箭,你就得行动。到时候就得看你的功夫了!下去点兵吧!"

"是!"

蒋师仁一听:"大总管,这几大天竺王至少还有一万兵力,要是玩什么鬼花活,您只带三百精骑,可够您一呛啊!"

"师仁啊,你放心,这三百精骑必然不够用!如果四大天竺王搞什么猫腻,他们也不会放这三百精骑进去。辛格将军!"

狮子辛格也在外面候着呢,一听王玄策召唤,也进来鞠躬:"唐朝使者!"

"辛格将军,这次谈判,你们也得出人啊,除了巴拉特丞相之外,我希望你也去,带着二百精兵,给我们担任贴身护卫!"

蒋师仁当时就慌了:"大总管不可!谈判这么重要的事,贴身护卫怎么可以交给外人?"

狮子辛格也吓了一跳:"唐朝使者,你让我担任贴身护卫?你信得过我?"

"蒋先锋放心吧!处了这些日子,我对辛格将军的品格十分佩服,所以我相信,我只要不对印度有非分之想,辛格将军定不会对我背后下黑手。对不对!"

"大唐使者放心吧,我狮子辛格决不干那么下作之事!"

"这就对了!不过这东南西北四大天竺王,他们不一定清楚我要干什么,没准还误解我,认为我有什么阴谋,所以他们有可能布下重兵,准备收拾我呢!到时候请辛格将军一碗水端平,如果我有什么过分要求,你可以跟四大天竺王一起干掉我。但如果出现误会,我希望你可以保护我的安全,我不想因为这点误会,再让印度受兵火涂炭!"

"请唐朝使者放心!我一定端平这碗水!"

辛格下去了。蒋师仁还是不放心:"大总管,这么干,我总感觉不把牢啊!要不您再多带点咱们自己的人?"

王玄策摇摇头:"师仁呐!多带无益!我估计就那三百吐蕃精骑,人家也不会让咱们带到那烂陀寺附近,能在近处负责咱们安全的,也就只有辛格将军他们这些印度兵。这些日子你跟辛格将军也处得不错,他就是个直性子,但绝对可信!你就放心吧!咱不做亏心事,何必怕鬼叫门呢?"

"好吧！但我总感觉不把牢。"

"师仁呐，你也别不把牢，这样，咱们再预备一手，你带着主力部队在外围待命，如果有问题，我会放两支响箭，第一支叫的是斯郎泽仁，你还不要动。如果打出第二支，你就立刻出兵，进攻四大天竺王的大营。你看如何？"

"这招好！大总管，那我去准备了！"

就这样，王玄策分拨已定，就亲自带着两个副总管扎西多吉、苏尔雅，以及印度丞相巴拉特，一行人前往那烂陀寺。

咱们说这那烂陀寺，是当时印度佛教的中心，气势恢宏，简直就是一座小城，里面有八个大寺院，藏书无数，简直就是印度的学术中心，常驻的僧徒就有一万多人。这回特别为了开会，腾出其中一个大寺院，给几大天竺王和王玄策用。

且说王玄策，带着人刚走到那烂陀寺三十里以外，正好碰见四大天竺王的斥候。斥候马上骑马过来就问："请问你们是大唐使者一行吗？"

印度丞相巴拉特骑马过来："没错，我是巴拉特，这位就是大唐使者王玄策。"

"好！我们大王有令，那烂陀寺是我们印度的圣地，域外兵马不得踏进，就请您的卫队在此留步。只请大唐使者和相关人等，前往那烂陀寺。"

王玄策一听："好吧！斯郎泽仁将军，你就带人在这里等候！一切等我的消息！"

第四十六回　天竺王打草惊蛇
　　　　　　　猛辛格据门发威

　　王玄策分兵派将，他知道几大天竺王那边，肯定得玩猫腻。所以都做了相关的准备，预备了后手。然后，王玄策亲自带两个行军副总管，以及印度丞相巴拉特前去谈判。

　　这王玄策带人刚走到那烂陀寺三十里以外，正好碰见四大天竺王的斥候。斥候马上骑马过来就问："请问你们是大唐使者一行吗？"

　　印度丞相巴拉特骑马过来："没错，我是巴拉特，这位就是大唐使者王玄策。"

　　"好！我们大王有令，那烂陀寺是我们印度的圣地，域外兵马不得踏进，就请您的卫队在此留步。只请大唐使者和相关人等，前往那烂陀寺。"

　　王玄策一听："好吧！斯郎泽仁将军，你就带人在这里等候！一切等我的消息！"

　　"是！"

斯郎泽仁就带着三百吐蕃精骑停下了，王玄策带着其余人等，还有狮子辛格的二百人，继续向前。斥候兵一看不干了："大唐使者，我说了，那烂陀寺是印度圣地，域外人马不得踏入。你们这些人也要留下！"

旁边狮子辛格一听就火了："狗屁！你眼睛瞎了是不是？你给我看清楚点，爷爷也是印度人！爷爷是印度第一猛将狮子辛格！"

这叫人的名，树的影，这些小兵未必见过狮子辛格本人，但肯定听过他的名声，所以吓得一哆嗦，不说话了。王玄策一行就继续向前，到了那烂陀寺，四大天竺王早在寺院门口等候了，这一看，嚯！不是说不让域外士兵进来吗？怎么还有这么多兵？再仔细一看，带队的，正是狮子辛格，他们是叫苦不迭啊：我们以为王玄策带的不是吐蕃兵，就是泥婆罗兵，谁想到他连狮子辛格都带来了！早知道就说不能带兵了。

不过他们再一琢磨：也好，狮子辛格怎么说也算我们印度人，要是闹将起来，他得想着我们！王玄策啊王玄策，你给自己下套了！哈哈哈哈！

虽然这四位心里这么想，但嘴上不能说，还得客客气气的。这回东天竺王尸鸠摩带头鞠躬施礼："大唐使者！您的名声，我们早就听说了，一直想见见您。没想到阴差阳错，直到今天才见到啊！"

王玄策也抱拳回礼："几位天竺王，之前王某来印度，几位恰巧都不在封地，结果没能见到，甚为可惜。今日得见，深感荣幸！"

这时候南天竺王遮娄其说了："嗯！大唐使者今天既然为了和平而来，何必带这么多兵马呢？"

"哈哈，这个简单，辛格将军，你们就在门外等候吧！"

"是！"

就这样，王玄策只带扎西多吉、苏尔雅、巴拉特，还有三个最得力的翻译，进到寺院之内。再看寺院之内，早就设下宴席，东天竺王尸鸠摩就说："大唐使者，我们已设下盛宴，只不过这里是佛门圣地，没有

饮马天竺

那烂陀寺遗址。传说唐玄奘法师在回到大唐以后，曾经梦见五百年后，那烂陀寺会被毁灭。果不其然，1193年，那烂陀寺被信奉伊斯兰教的突厥将军巴克赫提亚尔·卡尔积焚毁

荤菜没有酒，请您见谅！请！"

王玄策一点没生气："哎！没关系，入乡随俗嘛，请！"

八个人分两列落座，这边是四大天竺王，另一边是王玄策、扎西多吉、苏尔雅、巴拉特。等落座之后，稍微客气两句，东天竺王尸鸠摩就直入主题："大唐使者，我们听说，你们之所以发兵前来，是因为阿罗那顺倒行逆施，劫夺你们的使团，你们才发兵惩罚他。对不对？"

王玄策点点头："确有其事！我们本为友好而来，没想到遭遇横祸。所以为了争这个理，我们出兵印度，但并无侵犯各位之心。即便对于阿罗那顺，我们也是再三劝说，可阿罗那顺执迷不悟，最终才有今日的下场。"

这时候南天竺王也开始问："那好！既然唐朝使者说了，对我们并无侵犯之心，那现在战事结束，阿罗那顺已经成为阶下囚，那请问大唐使者，你们还有什么要求没有？能否在这里跟我们几个说说？"

"好！那我就说说，我此次来印度，是奉了皇上之命，主要要求有

两个:第一,之前玄奘法师从印度把不少佛经带回我们东土大唐,不过佛经都是梵文,玄奘法师手大捂不过天来,所以我此来,希望可以带一些梵文高手回我们大唐,一起帮助翻译佛经。"

四个天竺王互相看看,点了点头:"好!这个要求我们可以满足。"

"那我多谢四位天竺王了!另外第二项呢,我们东土大唐早就听说,贵国的石蜜名满天下,所以我们皇帝特别要求我恳求各位,给我们一些制作石蜜的工匠,把石蜜的制作技术传入我们大唐,让我们大唐的子民也享受到这种美味,岂不快哉?"

"行!这点我们也可以答应。没要求了吧?"

王玄策点点头:"来之前,我们皇帝只交代了这两条,不过看样子,我还得提出一条,希望四位天竺王能答应。"

这话音刚落,就看四个天竺王当时就变了脸色,"哗啦"一掀桌子:"王玄策!早就知道你对我们印度不怀好意!来人呐!拿下!"

"对!对于你们这些无耻之徒,不必留情!拿下!"

"哗!"

当时,寺院之外是伏兵四起,有不少印度兵,就要往寺院里面涌。可咱们说,门外还有狮子辛格呢,他一看情况不对,赶紧带人把寺门守住:"干什么干什么?攒鸡毛凑掸子是不是?在谈判出结果以前,你们不许进去搅和!"

王玄策常服想象图。估计在跟几大天竺王谈判的时候,王玄策就是这装束,颜色应该是绿色。赵幼华绘

外头有印度兵也开始吵吵："狮子辛格！你这个叛徒！你还护着唐朝侵略者是不是！"

狮子辛格一听，咬碎钢牙："我呸！你们谁看出唐朝使者有侵略之心了？别以小人之心度君子之腹！我告诉你们，谈判完之前，谁也不许进去！谁要是敢造次，先过我这关！"

"叛徒！别听这个叛徒的！冲进去！"

"哗！"

狮子辛格也急了，把俩战锤一碰，"噌啷啷啷啷！"，高声吼道："我告诉你们！我狮子辛格不是叛徒！不信一会儿咱们看谈判结果，如果唐朝使者王玄策有什么非分的要求，我狮子辛格就先把他杀掉，然后自杀！但现在，谁敢扰乱谈判，我狮子辛格跟他没完！怎么着？谁想试试？"

咱们说，这帮印度兵中，好多都是不知真相的，他们接到的命令就是，只要听见里面掀桌子，就冲进去，结果了唐朝使者。可现在被狮子辛格一堵，有点进退两难了。说实话，他们好些人都是受了蛊惑，就知道唐朝使者贪婪无度，别的不知道。现在听狮子辛格这么一吼，哎，觉得挺合理。也对，谈判结果没出来呢，谁知道唐朝人的心思？反正狮子辛格也放话了，咱们看结果再说，这也行啊！所以谁也没敢动。

再看寺院之内，四大天竺王各拽刀剑，等着伏兵冲进来，可没想到等了半天，光听见外面鼓噪了，没人进来，这就有点纳闷。这时候，王玄策这边，扎西多吉和苏尔雅也各拉佩剑，准备开打。说实话，四大天竺多是凭身份高贵，而且有点政治手腕，能统治自己的领地。要说单挑，没一个灵的，一个扎西多吉挑翻他们四个，也只在顷刻之间！所以这一没伏兵，四大天竺王全傻了。这时候丞相巴拉特一看，赶紧两边求吧："住手！住手！东天竺王！南天竺王！唐朝使者！咱们可千万别伤了和气啊！"

这时候就王玄策坐在座位上还没动，王玄策早有预料，所以一点不慌,旁边一堆人都各拔刀剑了,他仍然喝下最后一口水:"我说几位,都把刀剑放下,听我说两句行不行?"

四大天竺王哪儿肯啊?都担心一旦放下刀剑,直接被弄死,所以局势就僵住了,谁也不肯退一步。

正这个时候呢,就听寺院门口有人朗声说道:"各位!请你们放下武器,听老朽一句!"

四大天竺王还纳闷呢,我们封锁了那烂陀寺周边,怎么还有人能往里闯呢?等他们往门口一看,当时傻眼,只见来人非别,正是之前帮助过王玄策的婆罗门大师那罗迩娑婆寐。怪不得门口没人敢拦呢,谁敢挡婆罗门的道啊?

王玄策也没想到,赶紧站起来,抱拳施礼:"大师,您怎么来了?"

"哈哈哈,老朽掐指一算,将军有难,所以特来相助!"

那罗迩娑婆寐转过头来:"各位天竺王,认识老朽吗?"

咱们说呢,东天竺王还真见过那罗迩娑婆寐,其余几位呢,没见过,但从穿着上也能看出来,这是婆罗门阶层的人。在印度,种姓制度根深蒂固,婆罗门在身份上,比几大天竺王都高,所以他们立马变得非常恭敬,赶紧各收刀剑,鞠躬施礼:"大师!"

"大师!"

那罗迩娑婆寐看看左右:"各位天竺王啊,你们也太过冒失了,大唐使者还没说要求是什么?你们怎么就敢说贪得无厌呢?"

"大师,他这个……"

"尊敬的各位天竺王,你们不必有所怀疑,我跟大唐使者接触过。大唐使者吃亏让人,搁哪儿都难得啊!而且你们恐怕不知道吧,大唐使者这边早就做好了准备,一旦你们要来硬的,他的大军就马上进攻你们的大营,你们一个也活不了啊!"

第四十七回　婆罗门化解危难
　　　　　　王玄策会谈成功

　　几大天竺王认为王玄策图谋不轨，结果还没等王玄策说出最后的要求，就发动了伏兵！可结果呢，这些伏兵都被猛将狮子辛格挡在了门口。咱们说狮子辛格，他对王玄策特别信任，知道王玄策肯定不会搞什么阴谋，所以亲自挡在门口，而且放话出来："我告诉你们，谈判完之前，谁也不许进去！谁要是敢造次，先过我这关！"

　　这下伏兵谁也没敢动，里面的几大天竺王本来各拉刀剑，等着动手，可结果没了伏兵，所以就愣在当场，跟扎西多吉和苏尔雅对峙上了。

　　正在这千钧一发之际，婆罗门大师那罗迩娑婆寐赶到，力劝四大天竺王："尊敬的各位天竺王，大唐使者没有图谋不轨之意！而且你们恐怕不知道吧，大唐使者这边早就做好了准备，一旦你们要来硬的，他的大军就马上进攻你们的大营，你们一个也活不了啊！"

　　有人问了，那罗迩娑婆寐哪儿来的呢？真的是能掐会算，知道王玄策有难，特来帮助的吗？王玄策的布置，他怎么也那么清楚呢？咱们书中代言，这叫无巧不成书！之前那罗迩娑婆寐告别王玄策，那是回到婆罗门的圈内，跟其他的婆罗门过招去了。咱们前文也说了，那罗迩娑婆寐虽然是婆罗门大师，但他跟大多数婆罗门都不和，比较受排挤，所以他就得另辟蹊径。正好这时候，发生了王玄策使团被劫事件，那罗迩娑婆寐就觉得，王玄策算个潜力股，干脆我帮他一把，把阿罗那顺揍趴下，现在这帮婆罗门，大部分都是受阿罗那顺供养的，阿罗那顺一倒，他们肯定要失势，我就有机会能崛起！

这就是那罗迩娑婆寐的小算盘。所以那罗迩娑婆寐帮了王玄策好几个忙，之后呢，王玄策势如破竹，把阿罗那顺打得稀里哗啦。这时候那罗迩娑婆寐就告辞了，其实是回去忙自己的事去了。那罗迩娑婆寐召集了众多的婆罗门，就提出："阿罗那顺作恶多端，倒台一点也不奇怪。不过这样的话，咱们婆罗门就少了一个有力的供养者。东南西北四大天竺王谁也不服谁，印度又要乱啊！你们要是推我为首领，咱们就能重新整合印度的力量，支持一方刹帝利，再次统一，这样也能提高咱们婆罗门的地位，怎么样？"

没想到，那罗迩娑婆寐说完之后，没什么人感兴趣，甚至很多人一转身，走了。这回那罗迩娑婆寐可懵了，这怎么回事？

咱们书中代言，这些个婆罗门可不白给啊，婆罗门是四大种姓之首，在社会上有首脑之尊，人人这脑瓜子都好使。咱们说在戒日王时期呢，社会稳定，戒日王对婆罗门很宽容，所以婆罗门收的供奉不少。可戒日王一死，几大天竺王开始互相较劲，婆罗门的供奉就少了。不过这帮婆罗门脑子好使，马上以个人身份，几个一拨，几个一拨，分别联系了几大天竺王，跟人家明说了："你们要是给足我们供奉，咱们就是一伙儿的！"

咱们说这几大天竺王，巴不得有这些婆罗门帮忙呢，毕竟他们的身份高，脑子好使，说话也有分量，那是个很好的助力。所以个个都痛快

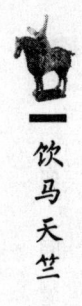

地答应了。这回可好，婆罗门明着跟阿罗那顺关系亲密，实际底下早跟几大天竺王打得火热了，人家都找好靠山了，那罗迩娑婆寐再说，想整合印度的力量，再度统一，有谁听啊？人家一琢磨：你支持一家统一，至少其余有三家得倒霉，何必呢？现在这样挺好，我们的供奉收得足足的，生活挺滋润，干吗找那不痛快啊？至于局势嘛，乱就乱吧，我们不受影响就得。

所以根本没人搭理那罗迩娑婆寐的建议。那罗迩娑婆寐一看，这可不行啊，赶紧私下找几个厉害的婆罗门沟通，结果人家说了："你要执行你的想法，随便，我对这个没兴趣，咱们井水不犯河水，我们是非暴力不合作！你也别跟我们掺和。"

连找了几个，都这意见，最后那罗迩娑婆寐明白了，自己现在是四面楚歌！虽有婆罗门身份，受人尊敬，但没人供奉。这不成，到时候吃饭都成问题。最后那罗迩娑婆寐考虑了半天，这样吧，我还是去找大唐使者王玄策吧。照现在看，王玄策打了胜仗，肯定要班师回朝，我就跟他走吧！到时候我就以婆罗门代表的身份，前往大唐，唐朝人肯定得把我当印度的贵客，不会亏待我，我的供奉不就解决了吗？

所以那罗迩娑婆寐赶紧就来找王玄策，结果等到了军营，正好见着蒋师仁。蒋师仁一看："大师，您怎么来啦？"

"蒋将军你好，我来找王将军。"

"嗨！我们大总管去找那什么四大天竺王谈判了，刚走了有一会儿。"

"王将军去哪儿谈判了？"

"那个那什么陀寺，大师，您去帮帮忙吧！我担心我们大总管吃亏啊！虽说他走之前都说好了，一个不对，我们就来硬的。可那不把我们大总管也给捂到里头了？这不是事啊！"

"将军别急，老朽马上去看看！"

就这样，那罗迩娑婆寐才来到的那烂陀寺，正好给王玄策解了围。那罗迩娑婆寐看着四大天竺王就说："尊敬的各位天竺王，大唐使者向来屈己待人，你们不妨听听他最后一个要求，再做结论。"

四个天竺王实在没辙了，往座上一坐："好！你说吧！"

王玄策清清嗓子："我的最后一个条件就是，把罪魁祸首，阿罗那顺、拉朱和哥文达，全都带回大唐！"

几大天竺王硬着头皮，正准备听割多少地，赔多少款呢，结果没有！南天竺王遮娄其还不敢相信，晃晃脑袋："就这个，没别的了？"

"没了，就这一个要求！印度的命运，还是交给你们印度人自己吧！我和我们大唐都没有兴趣。"

东天竺王尸鸠摩赶紧问："那要是这样，华氏城的吐蕃军队怎么办？"

王玄策一乐："这算什么？我立刻写一封信回去，让大论禄东赞立刻撤军，你们看怎么样？"

"嘿哟！有这好事？"

"东天竺王不信？没关系，我现在就修书一封。如果禄东赞不撤兵，我自会去找他理论，怎么样？"

"好！太好了！"

就这样，王玄策写了一封信，大意就是：

我们联军此次行动，大获全胜，三战三捷，活捉罪魁祸首阿罗那顺，为我们大唐挣回了颜面，这也要多谢吐蕃赞普和泥婆罗尊王的鼎力相助。不过印度的命运，王某认为，还是应该交给印度人自己。我们外出已久，愿即刻班师回朝，参见吾皇。也希望禄东赞大人也从华氏城撤兵，不要伤了和气。

联军行军大总管王玄策

就这么一封信，用快马送走了，这不是一天的工夫。而这时候，又传来消息，阿罗那顺的王妃希玛妮在更西北的乾陀卫地区，给四大天竺王传讯：你们都是印度的子民，怎么能跟侵略者同流合污呢？快快与我联合，共同讨伐侵略者，夺回阿罗那顺大王，恢复印度！

有人问了，这是怎么回事呢？阿罗那顺不是被彻底打败了吗？怎么还蹦出个王妃来呢？咱们书中代言，阿罗那顺被彻底打败了，本人也被生擒活捉，这个没错。但因为联军以抓住阿罗那顺为第一目的，没下死手，所以还有不少人逃得性命。比如那八千象军，四百头战象倒霉了，但八千士兵只有一部分死伤，剩下的全跑了。而咱们说呢，阿罗那顺的王妃希玛妮，也是个女中丈夫，之前打仗的时候，她也在，但阿罗那顺没让她上前阵，结果战败之后，希玛妮王妃逃得性命。她一看，没处可去，只能跑回老家，乾陀卫。

咱们这多说一句，乾陀卫，也翻译成犍陀罗，这里以佛教造像而著称，传入中国以后，也成犍陀罗艺术，在佛教史上相当著名。

再说希玛妮王妃，跑回老家乾陀卫之后，再度竖起大旗，招揽残兵败将。哎！还别说，收集来收集去，还真收集了四五千人。希玛妮王妃野心膨胀，觉得可以了，所以立刻给四大天竺王传信，打算来个绝地反击。可她根本没想到，现在四大天竺王和王玄策坐到了一起。

等王玄策收着信，就问四大天竺王："各位，阿罗那顺的王妃在乾陀卫地区放话，要讨伐我，你们怎么看呢？"

这回东天竺王尸鸠摩带头："哎呀！大唐使者别误会，您不是侵略者，这点我们看得清清的。"

"对对对！大唐使者，阿罗那

犍陀罗艺术的佛像。犍陀罗艺术，实际上是在印度犍陀罗地区兴盛的希腊化艺术，对中国的艺术也有一定的影响

顺的王妃胡说八道，我们不跟她一起闹！"

王玄策点点头："好！我们大唐虽然崇尚和平，但谁跟我们过不去，我们也不会客气！本来我只想究阿罗那顺他们几个人的罪过，没想到阿罗那顺的王妃还送上门了！我要是把她作为俘虏，一并带回大唐，你们不反对吧？"

"没说的！大唐使者请便！"

咱们说这几个天竺王也够坏的，说实话，他们怕阿罗那顺一走，余党还闹事。这会儿有王玄策在这戳着，他们巴不得把阿罗那顺连根拔了呢！省得留有后患。王玄策不知所以然，所以就给几大天竺王留下话："好！那既然这样，我们立即出兵，击破阿罗那顺的王妃。咱们曲女城见！"

第四十八回　蒋师仁击破残军　王玄策长安献俘

　　王玄策会谈成功，根本没提什么恶劣的条件，就要求把三样东西带回大唐：1. 会梵语的大师；2. 石蜜的制法；3. 以阿罗那顺为首的俘虏。四大天竺王一看，这没问题，也就同意了。而且王玄策还特别写了信，劝禄东赞从华氏城退兵，把印度的命运交给印度人自己。

　　就在这一切都进入正轨的时候，传来消息，阿罗那顺的王妃希玛妮，在乾陀卫地区收集残兵败将，而且号召四大天竺王，还要跟王玄策决一死战。

　　等王玄策收着信，就问四大天竺王："各位，阿罗那顺的王妃在乾陀卫地区放话，要讨伐我，你们怎么看呢？"

　　这回东天竺王尸鸠摩带头："哎呀！大唐使者别误会，您不是侵略者，这点我们看的清清的。"

　　"对对对！大唐使者，阿罗那顺的王妃胡说八道，我们不跟她一起闹！"

王玄策点点头:"好!我们大唐虽然崇尚和平,但谁跟我们过不去,我们也不会客气!本来我只想究阿罗那顺他们几个人的罪过,没想到阿罗那顺的王妃还送上门了!我要是把她作为俘虏,一并带回大唐,你们不反对吧?"

"没说的!大唐使者请便!"

就这样,王玄策带着蒋师仁再度出征,兵发乾陀卫。咱们简断截说吧,乾陀卫这仗太简单了,希玛妮王妃别看召集了不少人,多是残兵败将,士气极低,一击即溃。所以没用了十天,蒋师仁的先锋就击破乾陀卫,活捉希玛妮王妃。这还是在用了八天行军的基础上。

等王玄策收兵,回到曲女城,四大天竺王是热烈迎接啊!那是红毡铺地,净水泼街,旁边还有人吹吹打打。王玄策有点糊涂了,他心说:怎么回事?我到印度这些日子,也没这待遇啊!等找个人一打听,明白了,禄东赞已经带着吐蕃士兵,从华氏城撤了。

说到这,咱们还得多说一句,其实按照禄东赞的秉性,他才不想撤兵呢!占住的地盘,岂有放弃的道理?可禄东赞当时也是无计可施,进退两难啊!有些事,可不是会用兵就能解决的。咱们说禄东赞进入华氏城之后没多少日子,就跟班西将军的留守部队发生了冲突。没办法,一万多人,这粮草人吃马喂得多少啊!吐蕃方面,本来后勤就是个短板,所以禄东赞就下令,就地征收!可咱们说,王玄策之前分粮食给印度平民,那都高兴;可要是从他们手里再收上来,谁干啊?而且吐蕃兵性情彪悍,征收的时候,就跟印度的平民发生了不少摩擦。印度这些平民没辙啊,就找留守的班西将军去告状。

咱们说这个班西将军呢,之前做过王玄策的俘虏,王玄策也是再三保证不侵犯印度人的利益,班西受此感召,才带着被俘虏的印度兵重新组队,维持秩序。吐蕃兵出现了这些事,您说班西将军得向着谁?所以班西将军的留守部队和吐蕃兵也没少摩擦。

禄东赞呢,对此也是非常恼火,本有心让这帮印度人尝点苦头,可是吐蕃兵又有不少因为水土不服而病倒。咱们说，青藏高原和印度平原，气候差别太大，出现水土不服，一点也不奇怪。这可把禄东赞给难住了，天天得防火防盗防生病，士兵们是食不甘味，夜不能寐，狼狈不堪啊！病倒的也越来越多。所以王玄策大破阿罗那顺象兵的时候，吐蕃并没有派援军，也是因为这个。

就在这进退两难的时候，王玄策来信，要求禄东赞退兵。禄东赞心里犹豫，说实话，要是撤了，好不容易占的地盘就没了。可要是不撤，一万多人早晚全都得被拖趴下！

没辙，禄东赞赶紧派快马，传信给松赞干布。松赞干布一看，看来是多待无益，也当是给王玄策和大唐一个面子，撤吧！我们回来总结经验，以后再去！所以干脆下令：撤兵！

就这样，禄东赞的吐蕃兵撤退了，四大天竺王的心也落地了，那是兴高采烈，认为王玄策给他们解决大问题了！所以之后，他们都把王玄策奉为神明。数年之后，这四大天竺王，加上后崛起的中天竺王，几次派使团出访唐朝，就是要看看能号令吐蕃的大唐，到底是个什么样子！

咱们再说王玄策，等回到曲女城之后，几大天竺王马上就设盛宴款待他："大唐使者，您们什么时候撤兵呢？"

王玄策一乐："这个请诸位放心，王某只要达到我们皇上的心愿，即刻撤兵。"

四大天竺王一听，赶紧行动吧！早把王玄策送走，早完事，所以是分头行动。咱们说呢，石蜜的事好办，这东西在印度不是罕见的东西，所以很简单就找到了一批制作石蜜的匠人。可梵语大师就难办了，东天竺王还特意去了一趟那烂陀寺，结果真正称得上梵语大师的，大多年岁不小，禁不住长途跋涉。年纪小一些的，又担心功夫不到家。这可怎么办呢？

这时候，那罗迩娑婆寐蹦出来了："各位天竺王，要说梵语大师，你们感觉老朽如何？"

几大天竺王一琢磨，还真行，所以赶紧跟王玄策汇报。王玄策呢，也感觉不错，但也担心："大师，您学问功底深厚，这我相信，而且懂汉语，这自然是最好。只不过您年事已高，回大唐需要长途跋涉，您可否受得了？而且，我们还需要一批会梵语的高手，您可否再推荐几位？"

"哈哈，王将军放心，老朽虽已二百余岁，但寿数仍长，这不是问题。关于人选嘛，我手下还有一些弟子，他们的梵语功底也不错，老朽带他们一同前去，应该够用了！"

"哎呀！如此甚好！"

就这样，王玄策整顿兵马，带着那罗迩婆婆寐这一批人，还有制石蜜的工匠、菠稜菜的种子，以及罪魁祸首阿罗那顺、拉朱、哥文达，以及阿罗那顺的王妃希玛妮等等这一批俘虏，踏上了归途。王玄策还琢磨呢：我们这一趟，先回泥婆罗，把借的兵还给人家，然后还得走西域回大唐，这又是一次长途跋涉啊！

可没想到呢，刚进入泥婆罗境内，泥婆罗王纳伦德拉，以及吐蕃的松赞干布带人盛情迎接，还排摆酒宴，迎接凯旋之事。酒席之上，自然是官面的客气话，王玄策对松赞干布和纳伦德拉王表示了感谢，并且让二位把联军解散，各归各位。

纳伦德拉王呢，十分高兴，还着令元帅苏尔雅，点计兵马，这一看，出征的时候七千人，打这一通回来，还有不到五千人，纳伦德拉王是啧啧称奇："厉害！大唐就是厉害，仅靠这些兵马，就能纵横印度。改日我一定再派使臣去大唐看看！"

王玄策一拱手："纳伦德拉王客气了！"

再看松赞干布呢，他没急着收兵，反而说道："唐朝使者，你们这一趟辛苦。现在你们得回大唐，还需要长途跋涉。我呢，一怕你们长途跋涉过于疲劳，二怕这些俘虏人多难治，这样，我带你们走一条捷径！"

"嗯？什么捷径？赞普大人请明示！"

"哈哈哈哈！我们吐蕃刚刚打通了唐藩道，从这里到你们长安，已经天堑变通途了！我给你们引路，顺便去长安见见皇上，如何？"

"啊呀！那多谢赞普大人了！"

就这样，松赞干布亲自引路，带着王玄策等人，走唐藩道，回到长安。这一路上虽然都是高原，不是特别好走，但毕竟比走西域近多了。

王玄策呢，在途中还派出信使，把自己写的战报，提前拿回了长安。唐太宗李世民大喜过望，马上下令，准备献俘仪式，李世民放话了，要亲眼看看跟大唐作对的阿罗那顺。

就这样，下面的人去准备了，只等王玄策带人到达。贞观二十二年末，松赞干布和王玄策一行终于抵达了大唐的首都长安，王玄策不顾疲劳，赶紧跟蒋师仁整理俘虏以及各种战利品清单，然后参加献俘仪式。

李世民早就等不及了，马上就在太极殿前，接见王玄策。王玄策跪倒在地："参见皇上！臣王玄策自印度而归，现来交令！"

李世民点点头："好！卿等在印度受苦了，朕听说你们还受到印度人的劫杀，是九死一生啊！"

王玄策赶紧往上磕头："托皇上洪福，臣等虽然遭了些难，但同时也受到吐蕃赞普和泥婆罗尊王的帮助，他们借兵于臣，臣才得以重返印度，生擒罪魁祸首阿罗那顺！并顺利完成皇上交代的任务！"

"好！卿等在印度半年有余，竟能立此奇功！大唐甚幸！天下甚幸！我听说吐蕃赞普也随你们一同前来了？"

"回皇上的话，吐蕃赞普已随我们到达长安！"

"好！传朕的话，改日朕要接见于他！"

"是！"

这时候，李世民眼眉一立："来啊！把罪魁祸首带上来，让朕看看！"

"是！带俘虏啊！"

下面卫兵，把阿罗那顺、拉朱、哥文达带到，李世民下了台阶，围着他们转了几圈："哈哈！人的耳目喜欢声色，口鼻爱好美味，如果由着这种性子，必然会变得贪婪！像你们这些人，如果不是因为贪婪，劫夺了我们大唐的使臣，哪里至于被我们抓到长安？哈哈哈哈！众位卿家，印度人的行为，你们可要引以为戒啊！"

下面群臣一听，赶紧回话："皇上圣明！"

"皇上圣明！"

"好！朕即刻下旨！王玄策、蒋师仁为大唐立此奇功，朕重重有赏！王玄策连升五级，擢朝散大夫！蒋师仁连升五级，擢游击将军！"

"谢陛下！"

"谢陛下！"

这回可好，王玄策和蒋师仁连升五级，从原来的正七品上，连越从六品上下、正六品上下四级，直接授了从五品下的勋官。只不过唐代的官职与现在不太一样，勋官定的是等级，而具体职位还得另议，不过这也不得了了，连升五级，多少人眼红啊！

第四十九回　解君忧王玄策出招
　　　　　　　服仙丹李世民驾崩

　　王玄策长安献俘，李世民是大喜过望，大大地抚慰了王玄策一番。而且专门让人把阿罗那顺、拉朱、哥文达等几个俘虏带上来，李世民看了看他们，就对众臣说道："哈哈！人的耳目喜欢声色，口鼻爱好美味，如果由着这种性子，必然会变得贪婪！像你们这些人，如果不是因为贪婪，劫夺了我们大唐的使臣，哪里至于被我们抓到长安？哈哈哈哈！众位卿家，印度人的行为，你们可要引以为戒啊！"

　　下面群臣一听，赶紧回话："皇上圣明！"

　　"皇上圣明！"

　　"好！朕即刻下旨！王玄策、蒋师仁为大唐立此奇功，朕重重有赏！王玄策连升五级，擢朝散大夫！换红服，金涂银带！蒋师仁连升五级，擢游击将军！也换红服，金涂银带！"

　　"谢陛下！"

　　"谢陛下！"

这下，结局可谓是皆大欢喜！咱们这也补充一下，这阿罗那顺，以及拉朱、哥文达等人，后来就没有了记载，据说是客居长安，直到去世。后来，阿罗那顺的形象被刻在了昭陵十四国君长像之中，这应该是历史对他最后的记载吧。

出土的昭陵十四国君长像残体。按照《新唐书》记载，阿罗那顺的形象应该就在其中

献俘仪式之后没几个月，唐太宗远征高句丽时得的毒疮再次发作，病也是越来越重。太医们现在全知道，皇上这病怎么来的？就是沉湎女色，而且远征高句丽，又积了不少的火所致。要说这病虽然缠手，但慢慢调养，也不至于有什么大问题。但皇上老爱吃丹药，这东西说是延年益寿，可实际上害人啊！要不皇上这毒疮怎么反复发作，而且还特别容易发怒呢？所以他们就劝李世民："皇上，您现在得安心养病，别吃什么丹药了。王玄策大夫从印度带回来的菠棱菜和石蜜都是好东西，咱们用好草药，辅以这两种东西，慢慢调养身体。调养些时日，您就可以恢复健康了。之后咱们再说丹药的事。"

第四十九回　解君忧王玄策出招　服仙丹李世民驾崩

可李世民呢，现在认准了，就一门心思想长生不老，一听太医这话就急了："胡说！朕没事，这些疮就是丹药见效了，正往外排毒呢！把毒排干净，朕的身体自然也就好了！快！再接着给朕进献丹药！"

太医一听，脑袋都大了！皇上金口玉牙，但说的是胡话！再吃丹药，那就是自杀了！到时候就算把玄奘法师的肉割下来给您吃，也没法益寿延年了！可皇上有旨，违反不得。怎么办呢？太医们一商议，那我们就糊弄吧！皇上一要仙丹，他们就拿药丸子糊弄。反正这比仙丹强，不会致人死命。

可咱们说呢，唐太宗李世民是什么人啊？眼睫毛都是空的，别看病入膏肓，还易怒，但脑子没太坏，太医没糊弄几天，李世民就看出来了："混账！朕让你们进献仙丹，你们拿些药丸子糊弄事！朕没事！快给我进献仙丹！越管用越好！不然小心你们的脑袋！"

这回太医们一看，急得直抖落手，这可怎么办好呢？

等消息传出来，大臣们也急了，现在皇上要仙丹，我们怎么办呢？

咱们且说，别人主意不多，王玄策倒想起来了：对！我们从印度带

西藏吉隆县发现唐显庆三年《大唐天竺使出铭》拓片。其中记载的应该是王玄策第三次出使印度

来的婆罗门大师那罗迩娑婆寐，他不是有二百多岁了吗？他既然能活那么大岁数，肯定有延年之方啊！王玄策赶紧找到那罗迩娑婆寐："大师！现在我们皇上急需仙丹，延年益寿。您年事这么高，肯定有延年益寿之方，这事您能不能办？"

这个那罗迩娑婆寐一听，马上拍胸脯打包票："将军放心，没有问题！我之所以年岁这么大，是有仙丹相助，你们皇帝要是吃了，肯定也可以的！"

"好！那太好了！我马上带您入宫面圣！"

等王玄策带着那罗迩娑婆寐进了宫，给皇上磕了头，李世民就问："王大夫，你此来是有何事启奏？"

"禀告皇上，我们从印度归来，多得婆罗门大师那罗迩娑婆寐的帮助。他今年已经有二百多岁了，有秘制的延年益寿之方。"

"哦？有这等事？"

那罗迩娑婆寐在旁边就说了："唐朝皇帝，我绝不骗人，我每日服食丹药，甚为管用，所以才有这么长的寿命。您若愿意试一试，我这一副仙丹有十颗，您吃下去，包您病痛消失，恢复健康；两副仙丹下去，包您体健身轻，比三十岁的时候还结实！您要是常吃，肯定能长生不老！"

这一段话，咱们今天听着跟卖假药的差不多，除非鬼迷心窍，不然没人信。可当时唐太宗李世民，别看英明一世，就在生死的问题上，他看不开，能延年益寿还不好？所以马上下令，重赏王玄策和那罗迩娑婆寐，然后发下圣旨，让天下进献那罗迩娑婆寐要的各种药物，炼制仙丹。而且还指定了兵部尚书崔敦礼监制海外仙丹。

您说这不瞎闹吗？这下朝堂之上全炸锅了！太医们不干了，知道这时候找别人没用了，干脆全拥到了东宫，找太子李治："我说太子爷，您得劝劝皇上！现在皇上的身体要是尽力调养，尚有可为，要是再吃丹药，我等可就无力回天了！"

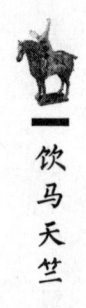

"对对对！太子殿下，丹药之事，名为长寿，实际害人啊！而且皇上吃咱们大唐术士的老丹药，我等还大概知道药理，从饮食啊、用药啊，能想办法能给皇上调一调。可来的这个印度大师，人家是什么路子咱们不清楚啊！再这么下去，我们就真的无能为力了！"

"没错！太子殿下，您一定得想想办法！"

咱们说太子李治呢，他对这事其实也恼火，可是也没辙，李治生性懦弱，根本做不了他爹的主，面对太医的说法，他也就只能敷衍："好好好！各位太医，你们也都是为皇上着想，我一定尽力！"

可怎么尽力呢？李治倒也不是不干活，他也去劝了，结果劝三回被骂出来三回，最后李治也咬了牙：娘的！这个那罗迩娑婆寐，你不是印度大师吗？我看你有什么招！你那海外仙丹要把我爹治好了，咱们什么说的都没有。你要治不好，我叫你好看！

咱们简断截说，几个月过后，仙丹炼成，李世民一看，哟！跟自己之前吃的不一样，红红绿绿的，颜色还挺鲜艳，看来有效。可这吃下去，满不是那么回事！一副仙丹下去，病一点没见好，而且愈发沉重；两副仙丹下去，不但身体没恢复到三十岁，连床都快下不来了！

李世民这时候终于醒悟了，知道自己时日无多。他也明白，太子李治，虽然性情懦弱，但非常孝顺，我死就死在丹药上，估计之后，他对炼丹药的这些术士不会客气。唉！人总有一死，没必要为此大开杀戒啊！所以李世民在病榻之上，再次召见了太子李治，嘱咐他务必不可为此大开杀戒。嘱咐完之后没多长时间，贞观二十三年五月，唐太宗李世民驾崩于长安，太子李治即位，是为唐高宗。

咱们说唐高宗李治即位之后，对这帮炼丹的术士们是恨之入骨！虽说有唐太宗李世民的遗命在先，不能大开杀戒，但死罪可免，活罪难逃！李治一道圣旨，把这堆道士全都给撵出长安。而对于二百岁的那罗迩娑婆寐呢，李治也没客气，直接驱逐出境，赶回印度去了！

那罗迩娑婆寐一走呢，王玄策也好不了，不管怎么说，这人是你从印度带回来的，你脱不了干系！不过唐高宗对于王玄策也算客气，没有贬官。不过你再想进入权力中枢，门儿都没有！所以后来王玄策的大部分时间，就处于这种有官无职的尴尬状态。不过，唐高宗要是一想到跟印度的关系呢，还是能想到这个饮马印度河的奇人——王玄策！所以后来，唐高宗又命令王玄策两次出使印度。

咱们说呢，王玄策的这次远征，对于亚洲的整体形势，也有了不小的影响。印度方面，因为阿罗那顺被擒，天竺几大王中间，失去了实力最强的一家，剩下的谁能服谁呢？所以彼此之间又是混战不休，很长时间也没能再次统一。不过呢，这几家就算打得再激烈，后来只要王玄策一来，几大天竺王全都笔管条直地接见王玄策一行人马，并且向唐朝遣使通好。有关于这个问题，现在有些印度学者甚至认为，王玄策的这次入侵是罪恶的、蓄谋已久的，他打碎了印度再次统一的机会，罪无可恕！但如果有人问他们后来英国入侵印度，并把印度当殖民地的事，他们全都开始装聋作哑。

泥婆罗方面呢，因为印度大乱，他们也没办法左右逢源了。而王玄策和蒋师仁给他们训练的军队呢，虽然有些成效，但因为数量太少，无法抵挡吐蕃的大军，所以又过起了在吐蕃羽翼下的生活。

吐蕃方面呢，这次占得便宜最大，南线的威胁彻底解除。松赞干布去世之后，吐蕃和大唐的蜜月期结束，继任的统治者把主力投入到北线的丝绸之路上，跟唐朝在西域进行了反复地争夺，并一度让唐朝相当被动。再加上大食方面的挤压，唐朝的陆上丝绸之路出现了问题，不得不尽力经营海上丝绸之路，以延续王朝的经济命脉。而在南线方面呢，吐蕃在几十年后，终于有机会饮马恒河，达到了王朝的全盛时期。

所以有人说，王玄策此次行动，唯一没受到什么影响的，反而是发起此次行动的大唐。但怎么说呢？这就是中国人的传统，对外不以利益为先，而讲究的是一个理字。而王玄策对外所传递的中国国风，也随着历史长河，传承至今。

参考书目

陆庆夫：《论王玄策对中印交通的贡献》，《敦煌学辑刊》1984年第1期

西藏自治区文管会文物普查队：《西藏吉隆县发现唐显庆三年〈大唐天竺使出铭〉》，《考古》1994年第7期

孙修身：《唐朝杰出外交活动家王玄策史迹研究》，《敦煌研究》1994年第3期

孙修身：《王玄策事迹勾陈》，新疆人民出版社1998年8月第一版

冯承钧：《王玄策事辑》，《西域南海史地考证论著汇辑》，中华书局1957年版

林承节：《印度史》，人民出版社2014年1月第2版

《旧唐书》，《西戎传天竺》

《新唐书》，《西域传上》

[法]列维：《王玄策使印度记》，《亚洲报》1900年三四月刊

[日]田中芳树：《天竺热风录》，南海出版社2007年版

跋

古代的异域中国风

解开王玄策之谜

  如今中国的国力逐渐增强，尤其是"一带一路"提出之后，中国向外发展势在必行。而在这期间，如何往海外和平发展，而又要减少与当地人的冲突，就成了一个重要的课题。

  对于这个问题，我也在一直思考。而因为一直在研究历史，所以我把思路放到了古代。我们的古人拥有无穷的智慧，他们在往外走的时候，遇到了什么问题？怎么解决的？这都对我们现在有不小的启示。

  我在查阅书籍的过程中，可以说是大有收获，因为古代中国并不是封闭的。所谓封闭，其实仅仅是清代康乾盛世之后到鸦片战争这一段时期内。在至少从汉朝开始的对外交流中，中国又一度成了世界贸易的大头，"丝绸之路"的名称，正是由此而来。而在陆上丝绸之路和海上丝绸之路的征途上，涌现了一代又一代勇敢而又智慧的中国人，他们用自己的行动去冒险，乃至于维护国威，其灿烂程度，完全不输给后来西方称之为"大航海时代"的时期，而咱们的时间，又是比西方领先数百年，乃至上千年。

查阅了一部分资料之后,我就开始想编一系列的评书,给大家讲述古代中国人对外交流的故事,暂且定名"国风扬异域"系列吧!

第一个映入我眼帘的,就是近些年炒得很热的"史上最牛外交官"——唐朝的王玄策(这也许是拜日本著名作家田中芳树的《天竺热风录》所赐吧)。网上把此人说得其神无比!他在出使印度的过程中,使团遭到劫杀,结果和副使蒋师仁只身脱逃,跑至吐蕃,求得松赞干布的帮助,率一千二百吐蕃精兵,以及七千泥婆罗(现尼泊尔)兵,杀回印度,最终彻底打败印度人,活捉对方国王阿罗那顺云云。

看到此,我不禁惊叹,我堂堂中华,竟有如此神人!亏我之前还是学过历史的,为什么几乎没听过此人姓名?

所以我赶紧埋头书堆,仗着有点历史方面的基本功,就开始查找相关资料。同时我还有一些疑问,唐朝既是陆上丝绸之路的辉煌年代,同时也是海上丝绸之路的成熟年代,这跟王玄策有没有关系?而当时的大唐和印度怎么拉上的关系呢?我只听说过一个唐僧;学世界史的时候,我也知道印度的中古时期,有一个明君戒日王,等等这些,会不会有什么联系呢?

查资料的结果,最终让我啧啧称奇,也许我们中国人往往会忽略自己的英雄人物,而外国人却对此十分感兴趣。

王玄策的故事,曾经由法国学者列维,在1900年的亚洲报上发表了文章。此后,中国的研究者们逐步跟进,在1950—2000年间,又将王玄策的事迹予以细致的考订。而在2007年,田中芳树的《天竺热风录》之后,王玄策再度在网上火热起来,被炒作成了一代神人。

这也许就像同在大唐时期的狄仁杰神探一样(从时间上讲,王玄策和狄仁杰甚至可能有见面的机会),由外国的汉学家首先发掘,然后"出口转内销",中国人才会注意到自己曾经拥有这么厉害的英雄人物。

查阅了这些资料之后,我又对网上说得神乎其神的说法,用论文的观点,进行了查对。结果,不仅仅解决了上面的这些问题,还有不少的新发现：王玄策这一件事并非孤立的，他虽是历史长河中的一个小事件，起因是因为唐三藏返回大唐，后果却是对地缘政治的一个大影响。甚至直至今日，印度的某些观点，还对王玄策不服不忿，说他这次是蓄谋已久的侵略；而很有意思的是，同是这些人，你跟他们提英国殖民印度一事，他们却开始装聋作哑。

本着历史的严谨和评书的发挥，我尽量用我的方式，给大家展示一个活灵活现的王玄策，而且希望我在书中穿插的事件联系和之后的影响，能给大家尽量全面展现王玄策的这个事件，以及他无意间对地缘政治的影响。希望这也能给现代人以启示。

最后一句话：

国风必将飘扬异域，中华誓要重塑辉煌！

肖璞韬

2016年1月于京城无涯斋